Ullstein Kriminalroman

ÜBER DAS BUCH:

Goliath nennen die Einwohner des kalifornischen Küstenstädtchens Los Pinos den einstigen Schlachter Walter Miller ob seiner gewaltigen Erscheinung. Ein mächtiger Mann ist Miller auch ungeachtet seiner Körpergröße – er besitzt eine riesige Ranch, eine Hochseejacht, eine eindrucksvolle Villa und mehrere Goldminen in Nevada, die ihn zum Multimillionär machten. Um so überraschter ist Reed Overton, Chefredakteur der Lokalzeitung, als ihn Miller eines Tages übers Telefon zum Zeugen seines Selbstmordes werden läßt. Overtons Skepsis ist berechtigt, denn der vorgebliche Suizid entpuppt sich bald als Mord. Ein Motiv aber hat beinahe jeder in der Familie und im Bekanntenkreis des reichen Patriarchen. Tags darauf ist auch Overton tot, und für Robin Bishop, den Starreporter des örtlichen *Herald,* wird die Suche nach dem Mörder Goliaths zum privaten Rachefeldzug.

ÜBER DEN AUTOR:

Der Amerikaner Daniel Mainwaring (1902–1977) wuchs in jenem ländlichen Kalifornien auf, in dem alle zwölf Kriminalromane spielen, die er zwischen 1936 und 1946 unter dem Pseudonym Geoffrey Homes schrieb. Ursprünglich Lehrer, arbeitete Mainwaring/Homes ab Mitte der dreißiger Jahre als Publicity-Mann für die Filmstudios von Warner, RKO, Columbia und Paramount in Hollywood. Er war eng mit Humphrey Bogart befreundet, nach dessen Vorbild er den Privatdetektiv Humphrey Cambell, eine seiner Romanfiguren, gestaltete. Nach dem Zweiten Weltkrieg machte er vor allem als Drehbuchautor für Jaques Tourneur (OUT OF THE PAST/ Goldenes Gift) und Joseph Losey (THE LAWLESS/Gnadenlos gehetzt) auf sich aufmerksam.

Geoffrey Homes

Ein Mörder für Goliath

Aus dem Amerikanischen
von Jürgen Behrens

Ullstein Kriminalroman

Ullstein Kriminalroman
Ullstein Buch Nr. 10702
im Verlag Ullstein GmbH,
Frankfurt/M – Berlin
Titel der amerikanischen
Originalausgabe:
The Man Who Murdered Goliath

Deutsche Erstausgabe

Umschlaggestaltung
Theodor Bayer-Eynck
Umschlagbild:
Agentur Irmeli Holmberg

Printed in Germany 1991
Gesamtherstellung:
Ebner Ulm
ISBN 3 548 10702 8

Dezember 1991

Vom selben Autor
in der Reihe der
Ullstein Bücher:

Goldenes Gift (10604)
Der Doktor starb zur Dämmerstunde (10655)
Der Selbstmord-Mann (10661)
Der Mann, den es nicht gab (10684)

Die Deutsche Bibliothek –
CIP-Einheitsaufnahme

Homes, Geoffrey:
Ein Mörder für Goliath / Geoffrey
Homes. Aus dem Amerikan. von Jürgen
Behrens. – Dt. Erstausg. – Frankfurt/M;
Berlin: Ullstein, 1991
(Ullstein-Buch; 10702:
Ullstein-Kriminalroman)
ISBN 3-548-10702-8
NE: GT

DER MAINWARING-SIPPE
CHARLES, BOBS, NELL, ROSE,
SEP UND MARGARET

1 DIENSTAG

In Wirklichkeit hieß er gar nicht Goliath, doch es gab einen guten Grund für diesen Namen. Er war ein mächtiger Mann, ein riesenhafter Kerl, ein Mann, so groß, daß er durch keine Tür gehen konnte, ohne daß er den Kopf einziehen mußte. Als er das erstemal durch die Straßen von Los Pinos lief, drehten die Leute sich nach ihm um und starrten ihn an, als wäre er ein Wesen aus dem Monstrositätenkabinett im Zirkus. Doch er war keine Monstrosität. Er war ein gutaussehender Mann mit einer tiefen, wohlklingenden Stimme und einem netten Lächeln und erweckte den Anschein, als wäre er der freundlichste, umgänglichste Bursche der Welt.

Aber er war weder freundlich noch umgänglich. Er war rücksichtslos, furchtlos, herzlos – ein ausgekochter Geschäftemacher, ein Mann, der mit nichts angefangen und am Ende mit der Hälfte aller Reichtümer Nevadas in den Taschen dagestanden hatte. Mit dreißig war er Schlachter in St. Louis gewesen, mit einer unscheinbaren Frau, einer zweijährigen Tochter und einem neugeborenen Jungen, vom Schicksal offenbar dazu ausersehen, ein Leben lang das Hackebeil zu schwingen und die Knochensäge anzusetzen. Mit fünfzig war er Präsident der Miller Mining Company, und er besaß außerdem ein halbes Dutzend Goldminen, eine Jacht, einige Ranches in der Umgebung und das vornehmste Anwesen in Los Pinos.

Ein Stein aus Davids Schleuder hatte den ersten, den biblischen Goliath hingestreckt. Ein Stück Blei, nicht größer als die Kuppe eines Zeigefingers, setzte der spektakulären Karriere des Mannes ein Ende, den sie Goliath nannten. So groß und mächtig er war, es bedurfte nur einer einzigen Kugel aus dem schlanken Lauf eines 38er Revolvers, um ihn zu töten. Eben noch war er einer der Mächtigen dieser Welt gewesen, ein Mann von großem Reichtum, gefürchtet, geachtet und sogar geliebt. Im nächsten Augenblick schon war er ein Nichts. Jemand anderer hatte sein Geld, jemand anderer besaß seine Minen und seine Jacht und seine Ranches und sein prachtvolles Anwesen. Und alles, was ihm geblieben, waren ein übergroßes Grabmal und ein wuchtiger Gedenkstein aus Marmor auf dem von Bäumen beschatteten Friedhof von Los Pinos. Der Stein trug folgende Inschrift:

»Walter K. Miller. Geboren 12. September 1882. Gestorben am 6. April 1937.«

Die Inschrift verschwieg ein wichtiges Detail. Der Mann, den sie Goliath nannten, war ermordet worden.

Die Blondine am Informationsschalter des *Los Pinos Herald* lächelte freundlich, als sie den hochgewachsenen jungen Mann im grauen Flanellanzug die Treppe heraufkommen sah. Sie war hübsch, wenn sie lächelte.

»Kann ich Ihnen helfen?« fragte die Blondine. Sie war gebaut wie eine Damenringkämpferin, und der große junge Mann fragte sich, ob man sie hier postiert hatte, um Kerle rauszuschmeißen, die Arbeit suchten. Ihre Arme waren muskelbepackt, als verbringe sie ihre Freizeit mit Keulenschwingen oder Kugelstoßen. Hinter ihr befand sich eine Tür mit der Aufschrift »Redaktion«, und er schaute überlegend in ihre Richtung, beschloß dann jedoch, seinen ursprünglichen Plan auszuführen und sich Einlaß durch die Setzerei zu verschaffen. Er hatte noch nie Glück bei Mädchen an Informationsschaltern gehabt, auch wenn sie ihm stets ein Lächeln geschenkt hatten.

»Nein, danke«, sagte er und ging an ihrem Pult vorbei den Flur entlang.

»Suchen Sie jemand?« fragte die Blondine.

»Einen Setzer«, erwiderte er. Als er ihr über die Schulter zulächelte, sah er um vieles jünger aus, als er in Wirklichkeit war.

»Ich kann ihn für Sie rufen lassen«, bot ihm die Blondine an.

»Nur keine Umstände«, gab er zurück. »Ich möchte ihn überraschen.« Mit langen Schritten entfernte er sich von ihrem Schalter.

Die Blondine blickte ihm etwas enttäuscht nach, als sie seine hochaufgeschossene Gestalt um die Ecke verschwinden sah. Gutaussehende Burschen, einsachtzig groß, mit breiten Schultern, schwarzem Kraushaar und schmalen Hüften ließen sich nicht jeden Tag beim *Herald* sehen. Sie fragte sich, wer er wohl sein mochte. Vielleicht war er einer der neuen Rettungsschwimmer, die die Stadt erst vergangene Woche eingestellt hatte. Das wäre prima, dachte sie, denn dann würde sie ihn am Sonntag wiedersehen, und vielleicht würde er sie auch zum Dinner ausführen. Vielleicht würde sie draußen, jenseits der Wellenbrecher, einen Krampf bekommen, und dann müßte er sie retten. Sie schloß die Augen und stellte sich vor, wie er zu ihr geschwommen kam, seine starken Arme um sie legte und sie in den rettenden Hafen zurückbrachte. Mannomann, dachte sie bei sich, das wäre wirklich prachtvoll, wenn er der neue Lebensretter wäre.

Doch das war er nicht. Seine Name war Robin Bishop, und er hielt nach einem Job als Reporter beim *Herald* Ausschau, da er, seine Frau Mary und ihr Wohnwagen auf dem öffentlichen Campinggelände von Los Pinos gestrandet waren, ohne das nötige Kleingeld, um Benzin für die Weiterfahrt zu kaufen. Er war deswegen nicht beunruhigt. Immerhin hatten er und Mary fünf Monate lang getan, was ihnen Spaß machte, waren von einem Bundesstaat zum nächsten zigeunert, hatten das Land kennengelernt, angehalten, wo es ihnen gefiel, keine Gedanken verschwendet an Redaktionsschlußzeiten oder Mordfälle oder Lokalredakteure oder Cops.

Robin war noch völlig ahnungslos, als er den langen, sauberen Gang hinuntereilte, doch mit diesem Besuch war es mit seiner Freiheit für geraume Zeit vorbei. Er wußte noch nicht, daß er sich nur wenig später den Kopf über den sensationellsten Mordfall seiner Karriere zerbrechen würde, einen Fall, der um vieles schwerer zu lösen sein würde als der Totentanz von Morgantown oder der Fall des Mannes, der sich selbst ermordete, oder jene Mordfälle, die sich um das Geheimnis von Zenophen Zwick gerankt hatten, des Mannes, den es gar nicht gab.

Einfach waren schon die nicht gewesen. Doch sie konnten es nicht mit dem Fall aufnehmen, mit dem er sich schon bald konfrontiert sah, einem Fall, der seine ganze Fähigkeit zu logischem Denken erfordern sollte. Denn der Mörder, auf dessen Spur er sich schon bald setzen sollte, hatte jeden Teil des Verbrechens im voraus bedacht, war gegen jede Eventualität gewappnet, gegen den kleinsten Patzer.

Als er am Ende des Flurs vor einem offenen Fenster stehenblieb, gab es für Robin keinerlei Veranlassung, anzunehmen, daß ein Mord in der Luft lag. Es war ein viel zu schöner Tag zum Morden. Durch die Bäume hindurch sah er ein kleines Stück Hafen. Weit draußen dümpelten zwei weiße Jachten vor Anker, und etwas näher zum Ufer hin tummelten sich zahllose kleine Boote. Ein Schnellboot pflügte durch die Bucht dem offenen Meer zu, und seine Bugwelle hinterließ eine deutlich sichtbare Spur auf dem glatten grünen Wasser, wie die Furche eines schweren Erntewagens.

Vom Fenster her war nur wenig von der Stadt sichtbar, denn die niedrigen Bürogebäude und die spielzeugartig kleinen Wohnhäuser versteckten sich zwischen den Bäumen. Doch was er davon sah, war gut. Und er entschied, daß dies ein schöner Ort war, wo es sich im Frühjahr lohnte zu verweilen. Jetzt wünschte er sich, Mary dabeizuhaben, damit sie hier mit ihm vor dem Fenster stehen und auf die kleine kalifornische Stadt blicken könnte. Wann immer er an sie dachte, wurde es ihm innerlich ganz warm. Er war zu dem Schluß gekommen, daß er der glücklichste Bursche der Welt war. Dann erinnerte er sich an ihre mißliche finanzielle Lage, wandte sich vom Fenster ab und begann, sich die Türen genauer anzusehen, die vom Flur abgingen. Als er die mit der Aufschrift »Setzerei« entdeckte, öffnete er sie und befand sich sogleich in vertrauter Umgebung.

Die Setzerei des *Los Pinos Herald* war so klein, wie man es von solchen Räumen gewöhnt ist. Da waren etliche Linotype-Maschinen und einige lange Arbeitstische. Sieben ältere Männer in verschmutzten Overalls waren in ihre Arbeit vertieft und schauten nicht hoch, als er auf eine Glastür am anderen Ende des Raumes zuging.

Er blieb einen Augenblick vor der Tür stehen und schaute in die Lokalredaktion, ließ die Atmosphäre auf sich einwirken. Für eine Lokalredaktion sah es hier überraschend sauber aus, doch andererseits schien alles in Los Pinos blitzblank. Auf dem Boden, der mit Linoleum ausgelegt war, lag kein Papier herum, und die Schreibtische waren aus hellem Holz und nagelneu. Ein Mann mit einer riesigen, gebogenen Pfeife zwischen den Zähnen arbeitete an einem Tisch, der das Schild »Sport« trug. Robin fragte sich, welche anderen Sportarten außer Vogelbeobachtung und Golf es hier wohl geben mochte. Und bei dem Gedanken, über einen Wettkampf beim Beobachten von Vögeln berichten zu müssen, grinste er.

Zwei grauhaarige Männer werkelten mit großen schwarzen Bleistiften an einem Tisch, wo offenbar Korrektur gelesen wurde, denn die beiden wirkten genau wie alle anderen Korrektoren, die Robin je gesehen hatte. Im stillen beschloß er, die Zeitungsarbeit an den Nagel zu hängen, bevor er jemals Korrektor werden würde. Der Mann, den er aufsuchen wollte, saß unter einem riesigen Schild, auf dem die schreibende Zunft dringend ermahnt wurde, einen Artikel nie mit einem

Partizip zu beginnen. Auch diese Ermahnung kam Robin merkwürdig vertraut vor.

Die Lokalredaktion des *Herald* befand sich im letzten Stockwerk des Gebäudes, dem zweiten. Darunter war die einzige große Druckmaschine, die jetzt nicht lief, da der Andruck beim *Herald* nicht vor vier Uhr nachmittags begann, und die große Normaluhr an der Wand zeigte erst elf Uhr dreißig. Die eine Wand bestand nur aus Fenstern mit Ausblick auf Bäume und Hügel, die den gewöhnlichen Zeitungsmann so fremdartig anmuten mußten wie tugendhafte Unschuld.

Er stieß die Glastür auf, ging zügig durch den Raum, vorbei an dem Sportredakteur und den Korrektoren und dem einsam dasitzenden anämischen Redaktionsgehilfen, der Zeitungsartikel ausschnitt und sich mal den Hals waschen müßte, und er blieb vor dem Schreibtisch stehen, auf dem in imponierend großen Lettern das Schild »Chefredakteur« prangte. Der Mann hinter dem Schreibtisch war ein großer, bulliger Kerl mit einem häßlichen Gesicht und einem Schopf strohblonder Haare. Als der Mann zu ihm aufschaute, wurde Robin bewußt, daß er sich den Umweg über die Setzerei hätte sparen können. Er hätte direkt durch die Vordertür hereinmarschieren, seinen Namen von der großen Blondine durchgeben lassen können und wäre willkommen geheißen worden, denn der Lokalredakteur war Reed Overton. Das letzte Mal, das Robin ihn gesehen hatte, war vor sechs Jahren in einer Gefängniszelle im Cook County gewesen, wo Overton ein paar Wochen hatte absitzen müssen für einen Versuch, zu beweisen, daß acht Cops es nicht mit einem einzigen Zeitungsmann von der *Tribune* aufnehmen konnten.

»Da schlag doch einer lang hin«, sagte Overton. Er streckte eine große Hand aus, und als er lächelte, konnte Robin feststellen, daß seine Zähne so unregelmäßig waren wie eh und je. Falls überhaupt eine Änderung an ihm zu bemerken war, dann sah er jetzt entschieden jünger aus als an jenem Nachmittag vor sechs Jahren. Auf jeden Fall auch besser, denn bei jener ersten Begegnung hatte er auf beiden Augen Veilchen gehabt, und sein Kiefer war dick geschwollen gewesen.

Als er Overton vor sich sitzen sah, erinnerte er sich wieder an jene wilde, ungebundene Zeit seines Lebens, als er von Stadt zu Stadt gezogen war, unbekümmert darum, wohin er ging oder was er tat, als er sein Geld und seine Kraft und seine Zeit in Spielhöllen und Flüsterkneipen verplempert hatte, doch er war nicht traurig, daß jener Abschnitt seines Lebens hinter ihm lag. Er bedauerte nicht, das Oscar Morgan ihn aus der Gosse geholt und darauf angesetzt hatte, vermißte Personen aufzuspüren, obwohl ihm bei manchen Gelegenheiten das Schwurgericht im Nacken gesessen hatte. Wäre Oscar nicht gewesen, wäre er Mary nie begegnet. Und ohne Mary hätte er nicht zum Journalismus zurückgefunden. Und sicher wäre er jetzt auch nicht der glücklichste Kerl der Welt.

Er setzte sich auf den Stuhl vor dem Schreibtisch, Overton gegenüber, und fragte sich, warum das so sein mußte, daß Männer, die derart eng befreundet gewesen waren wie sie beide, sechs Jahre hatten verstreichen lassen, ohne einander auch nur ein einziges Mal zu schreiben. Er hatte an jenem Tag versprochen zu schreiben, als er ihn zum letzten Mal im Gefängnis besucht hatte, um Lebewohl zu sagen, ihm zu erzählen, daß er sich jetzt einen anderen Zimmergenossen und Zechkumpan suchen müsse, ihm mitzuteilen, daß er, Robin, sich nach New York aufmachen werde, um dort für *United Press* zu arbeiten.

»Ich dachte mir schon, daß du das bist«, sagte Overton. »Als ich dich aus der Setzerei kommen sah, wußte ich sofort, daß es einer meiner Schüler sein mußte. Nur einer, der durch Overtons Schule gegangen ist, hat genug Grips, sich an der Vorzimmerdame vorbeizumogeln und durch die Hintertür einzuschleichen, wenn er einen Job sucht.«

»Was führt dich zu der Annahme, daß ich einen Job suche?«

»Verschiedenes«, klärte ihn Overton auf. »Zuerst die Art, wie du reingekommen bist. Und dann riechst du schwach nach Mottenkugeln, was mir beweist, daß dein Anzug lange im Koffer geschmort hat. Und dann bist du die Pine Road runtergekommen, die einzige ungepflasterte Straße der Stadt, was nur bedeuten kann, daß du auf dem Campingplatz deine Zelte aufgeschlagen hast.«

»Es ist kein Zelt – es ist ein Wohnwagen«, sagte Robin. »Ich hab' mich verbessert. Ich bin nicht länger auf Trebe.«

»Aber trotzdem bist du noch ein Zigeuner«, gab Overton zurück. »Du hast dich keinen Deut geändert. Keine Säcke unter den Augen, keine Fältchen in dem hübschen glatten Gesicht. Und um die Mitte rum kein Spitzkühler.«

»Immerhin bin ich ja auch erst achtundzwanzig«, sagte Robin. »In dem Alter sollte ich noch nicht aus dem Leim gehen.«

»Ich hab' schon geglaubt, du wärst seßhaft geworden«, sagte

Overton. »Ich hab' geglaubt, du würdest unter diesem Vorwand fest bei einer Zeitung bleiben, bis sie dir ein Eckchen freimachen und dich Leitartikel über die Wunder des Frühlings schreiben lassen.«

»Du hast gewußt, wo ich gewesen bin, und hast nicht geschrieben?«

»Genau«, sagte Overton. »Also, ich tauge nicht groß zum Briefeschreiben. Du anscheinend auch nicht. Aber ich hab' deine Karriere verfolgt – zumindest teilweise. Es hat ein paar Jahre gegeben, in denen es schien, als gäbe es dich gar nicht mehr.«

»Ich bin mir dieser Jahre auch nicht mehr so sicher«, sagte Robin. »Ich schätze, ich hab' damals ein bißchen gesoffen.« Sein Gesicht verzog sich zu einem Grinsen.

»Das dachte ich mir schon«, sagte Overton. »Ich hab' bei den Nachrichtenagenturen immer nach deinem Namen Ausschau gehalten. Dann bist du plötzlich bei der *News* aufgetaucht und der große Spezialist für Kriminalfälle geworden.«

»Davor bin ich bezahlter Bluthund gewesen«, sagte Robin. »Ich hab' vermißte Erben aufgespürt, entfernte Verwandte aus dem Hut gezaubert. Aber der Staatsanwalt hatte was dagegen.«

»Also bist du zurück zur Presse«, sagte Overton.

»Ich hab' geheiratet«, sagte Robin.

»Oh«, machte Overton. Er wirkte ein bißchen traurig.

»Ja, ich hab' geheiratet und bin wieder unter die Zeitungsleute gegangen«, fuhr Robin fort. »Meine Frau fand, daß wäre immer noch besser als Gefängnis.«

»Die Ehe oder der Journalismus?« fragte Overton.

»Ach, zum Teufel mit dir«, sagte Robin. »Was hat dich hierher verschlagen? Wo bist du gewesen? Eine Zeitlang sind mir vage Gerüchte über deine Schandtaten zu Ohren gekommen, und dann schien mit einemmal niemand mehr zu wissen, wo du abgeblieben bist.«

»Hier.« Overton machte eine alles umfassende Handbewegung. »Ich bin Chefredakteur geworden, ein bedeutender Mann in Los Pinos, Mitglied des Country Clubs und des Kiwanis Clubs und der Liga zur Rettung der Bäume. Du bist noch zu jung, dich noch an Arthur Matheny zu erinnern. Na also, ich hab' mit ihm jahrelang in Seattle zusammengearbeitet. Und als er dieses Blatt hier gegründet hat, wollte er mich dabeihaben. Hat mir vierzig Dollar geschickt. Da bin ich in den nächsten Zug gesprungen und hab' angefangen, für ihn zu arbeiten. Das war '33. Vor drei Jahren ist er angeln gegangen und nicht wieder zurückgekommen. Mrs. Matheny hat dann die Zeitung in meine Hände gelegt.«

»Und gefällt's dir?«

Overton nickte. »Zum erstenmal, seit ich überhaupt denken kann, hab' ich hier richtig angefangen zu leben. Ich hab' ein Haus und ein Boot. Ich gehe fischen, wann es mir Spaß macht, und kann schwimmen gehen, wenn ich Lust dazu habe. Redaktionsschluß nur einmal am Tag – keine Konkurrenz, keine Aufregung – jedenfalls nicht bis heute.«

»Ich hab' davon nichts gemerkt«, sagte Robin. »Los Pinos macht auf mich einen ganz friedlichen Eindruck.«

»In ein paar Stunden bestimmt nicht mehr«, fuhr Overton fort. »Deswegen hab' ich mir auch gedacht, daß Gott mit mir ist, als ich dich vorhin aus der Setzerei hab' kommen sehen.« Er zog ein Päckchen Bull Durham aus seiner Hemdtasche und drehte sich eine Zigarette, wobei er mehr Tabak auf dem Schreibtisch verstreute, als er in das braune Blättchen rollte. Er schob das Päckchen Tabak zu Robin hin, schaute ihm bewundernd zu, wie er seine Zigarette drehte, ohne einen einzigen Krümel fallenzulassen. »Ich habe vier Reporter«, sagte Overton. »Der eine hat sich Samstag für einen Monat beurlauben lassen. Die anderen drei sind nicht gerade das, was man brillant nennen könnte, aber unter normalen Bedingungen halten sie sich ganz ordentlich. Nur ist heute was passiert, das völlig aus dem Rahmen fällt.«

»Was kann hier schon passieren?« Robin schaute durchs Fenster auf die liebliche Hügelkette. Zur Linken, jenseits eines kleinen Parks, hatte er Einblick in ein sanft abfallendes Tal, und er sah Goldstaub auf den Feldern, dort, wo wilde Senfpflanzen wuchsen.

Overton lehnte sich auf seinem Drehstuhl zurück, sog noch einmal an dem Rest seiner Zigarette und ließ die Kippe dann in den Spucknapf fallen. »Genau um zehn Uhr dreißig hat ein Mann bei mir angerufen und angekündigt, daß er sich erschießen will«, sagte er. »Ich hab' versucht, es ihm auszureden, aber er hat es sich nicht ausreden lassen wollen. Ich habe am Telefon mitgehört, wie er's dann getan hat.«

»Das ist schon einmal passiert«, sagte Robin. »Das ist, glaube ich, 1934 in Los Angeles gewesen. Sie haben damals in der Wochenschau darüber berichtet. Und die Geschichte, die der Reporter geschrieben hat, ist in eine der Anthologien aufgenommen worden.«

»Das hier ist anders«, sagte Overton. »Der andere Vogel damals war ein Schlagertexter. Der Mann, der mich heute angerufen hat, schreibt keine Schlager. Er hat gesagt, er wäre Walter K. Miller.«

Der Name sagte Robin nichts.

»Walter K. Miller«, erklärte Overton, »ist hier in der Stadt die Nummer eins. Wahrscheinlich hast du seine Jacht draußen in der Bucht liegen sehen. Es ist die größte.«

»Ich hab' sie gesehen.«

»Er wohnt in dem größten Haus aus Naturstein auf der Landzunge, kurz vor der Stelle, wo die Klippen anfangen. Er hat es im vergangenen Jahr aus der Erbmasse des alten Alex Mattison gekauft.« Overton betrachtete nachdenklich die Schreibtischplatte. »Miller ist Präsident der Miller Mining Company in Reno. Er ist der größte Mann, den ich je gesehen habe. Ein wahrer Goliath.«

»Goliath war zwei Meter zwanzig groß«, warf Robin ein.

»Nein, der war noch größer – ich meine Goliath. Miller ist nicht ganz so groß. Er mißt zirka ein Meter fünfundneunzig und wiegt so um die zweihundertfünfzig Pfund. Kein Fett, nur groß und wuchtig. Ich geb' dir zu ihm mal ein bißchen Hintergrundinformation.« Er wühlte in einem Haufen Zeitungen und zog dann den Ausschnitt hervor. »1915 ist er Schlächter in St. Louis gewesen, hatte Frau und zwei Kinder. Eines schönen Tages hat er sein Hackebeil hingelegt, seine Schürze aufgehängt und ist verschwunden.«

»Mitsamt seiner Familie?«

»Ohne Familie. Das Familienleben schien ihn anzuöden. Zwei Jahre später ist er in Reno mit einem Sack voll goldhaltigem Erz aufgetaucht. Er hatte in den Bergen an der Grenze zwischen Kalifornien und Nevada geschürft und war dabei auf eine mächtige Quarzader gestoßen. Er hat eine Gesellschaft gegründet und innerhalb von sechs oder sieben Jahren ein Vermögen gemacht.«

»Und die Frau und die Kinder?«

»Er hat sie dann zu sich geholt – aber erst neun Jahre später. Da war Mrs. Miller schon ein abgewirtschaftetes Wrack, das sich in einer Fremdenpension zu Tode geschuftet hatte. 1925 ist sie gestorben.«

»Und die Kinder?«

»Die leben jetzt bei Miller – oder jedenfalls haben sie das bis heute. Und dann gibt es da noch eine neue Mrs. Miller, eine knackige junge Blondine namens Ethel. Er ist ihr in Reno über den Weg gelaufen, als sie sich dort von einem Herrn namens Addison Mosely scheiden ließ. Jedenfalls sind im vergangenen Jahr Miller und seine Braut und sein Sohn und seine Tochter nach Los Pinos gekommen, haben das Mattison-Haus und die Mattison-Jacht gekauft, sich hier niedergelassen, um ihre Tage unter dem strahlenden Himmel von Los Pinos zu genießen. Ich bin ihnen begegnet, kurz nachdem sie hergekommen sind. Und Miller habe ich seitdem oft gesehen. Er hat sich an mich um Hilfe gewandt, als der Staat die Autobahn direkt neben seinem Haus vorbeiführen wollte, was wir dann verhindert haben. Die anderen sind nicht gerade die angenehmsten Zeitgenossen, aber immerhin reden sie mit mir. Marion, die Tochter, ist hier im Ort der große Golfchampion, und sie ist gar nicht so übel. Der Knabe, George, ist ein etwas wilder Typ – schmeißt mit Papas Geld um sich. Er hat ein paarmal Schwierigkeiten mit Frauen gehabt, aber er hat's geschafft, das wieder glattzubügeln. Ich glaube, der Polizeichef und ich sind die einzigen, die davon wissen. Die Frauen haben eine Schwäche für George, und man kann ihnen daraus keinen Vorwurf machen, denn er besitzt einen Rolls Royce Roadster und ein Rennboot. Aber zurück zu Miller. Er hat mich heute morgen angerufen.« Overton stand auf, reckte sich und starrte durchs offene Fenster. Eine kühle Brise, die den Duft von Pinienharz und Meerwasser hereintrug, fuhr raschelnd unter die Zeitungen auf dem Schreibtisch.

»Bist du sicher, daß das Miller gewesen ist?« fragte Robin.

»Ich denke schon«, erwiderte Overton. »Es hat sich nach seiner Stimme angehört, aber ganz sicher bin ich mir da nicht. Ich hab' noch nie mit ihm am Telefon gesprochen.«

»Erinnerst du dich noch, was er genau gesagt hat?«

»Ich habe mitstenographiert.« Overton ging zurück zum Schreibtisch und schob zwei Bogen Konzeptpapier zu Robin hin. »Hier steht alles, was er gesagt hat, Wort für Wort. Was ich genau gesagt habe, konnte ich nur raten.«

Robin las sehr aufmerksam durch, was Overton notiert hatte:

ER: Ist da der Chefredakteur?
ICH: Genau der.
ER: Overton?
ICH: Am Apparat
ER: Hier ist Walter K. Miller.
ICH: Hallo, Mr. Miller. Was kann ich für Sie tun?
ER: Nichts. Ich rufe an, weil ich eine Story für Sie habe.
ICH: O danke. Ich setze einen der Jungs ran.

ER: Ich will mit ihnen reden. Ich werde mich gleich erschießen.
ICH: *Wie war das?*
ER: In einer Minute werde ich mich erschießen.
ICH: Machen Sie keine Scherze!
ER: Es ist kein Scherz.
ICH: Haben Sie getrunken, Mr. Miller?
ER: Nein, ich bin ganz nüchtern. Wenn ich es nicht wäre, würde ich das jetzt nicht tun.
ICH: Tun Sie's nicht! Lassen Sie mich zu Ihnen rauskommen, und dann reden wir drüber.
ER: Nein, danke. Das wäre zwecklos.
ICH: Das ist doch lächerlich.
ER: Das muß ich wohl selbst entscheiden.
ICH: Aber warum tun Sie das?
ER: Aus verschiedenen Gründen. Hauptsächlich deswegen, weil mir das Leben keinen Spaß mehr macht.
ICH: Warten Sie doch einen Moment! Überdenken Sie alles noch mal. Sie haben doch alles, was man sich wünschen kann.
ER: Das glauben Sie.
ICH: Aber Ihre Frau. Und Marion und George. Was ist mit denen?
ER: Die sind ohne mich viel besser dran.
ICH: Ich glaube immer noch, daß Sie betrunken sind.
ER: Dann bleiben Sie ruhig dabei. Ich vermute, daß Sie schon die Polizei angerufen haben.
ICH: Wollen Sie das denn?
ER: Sie können das ruhig tun. Bis die hier sind, werde ich schon tot sein. Die können mich nicht aufhalten. Ich bin ganz allein.
ICH: So warten Sie doch, Mr. Miller!
ER: Ich benutze einen Revolver vom Kaliber .38. Wenn Sie dranbleiben, werden Sie hören, wie er losgeht.
ICH: Nun warten Sie! Seien Sie doch kein verdammter Narr!
ER: Leben Sie wohl, Overton.

Robin schaute hoch. »Und dann hast du gehört, wie's geknallt hat?«

»Ja. Ich habe am Telefon gesessen und *hallo, hallo* hineingebrüllt. Er hat nicht geantwortet, und dann hab' ich was gehört, das sich wie ein Schuß angehört hat. Inzwischen waren die Cops schon unterwegs zu ihm. In dem Augenblick, als er gesagt hatte, er wird sich erschießen, hab' ich einen Zettel geschrieben und ihn O'Hara gereicht. Er ist einer meiner Reporter. Dann hab' ich alle Jungs raus zu Miller geschickt und bin am Telefon sitzengeblieben, weil es schien, als wäre die Leitung noch offen. Ungefähr fünfzehn Minuten später hat Phelps, der stellvertretende Polizeichef, von Millers Schlafzimmer aus mit mir gesprochen.«

»Und Miller war tot?«

»Mausetot. In den Kopf geschossen. Er saß auf einem Stuhl neben dem Fenster, und die Waffe lag neben dem Stuhl am Boden.«

»Scheint offensichtlich, daß er sich erschossen hat. Findest du nicht auch?«

Overton antwortete nicht gleich. Er zog ein Buch aus einer Schreibtischschublade, und Robin sah, daß es sich um ein Exemplar von *The Best News Stories of 1934* handelte. Der Redakteur schlug es auf und schob es zu ihm hin. »Es würde glatt so durchgehen, wäre nicht das hier«, sagte er.

Aufgeschlagen vor Robin lag die Story, auf die er erst vor kurzem Bezug genommen hatte – die Story vom Selbstmord des Schlagertexters. Und während er sie las, ging ihm auf, daß die Worte der beiden Männer, die diese sonderbare Art gewählt hatten, die Welt von ihrem bevorstehenden Selbstmord zu informieren, sehr ähnlich waren. Eine Passage war sogar identisch. Der Schlagertexter aus Los Angeles hatte, kurz bevor er sich am 18. Juli 1934 erschoß, gesagt: »Ich benutze einen Revolver vom Kaliber .38. Wenn Sie dranbleiben, werden Sie hören, wie er losgeht.« Genau das waren auch die Worte von Walter K. Miller gewesen.

2

Aus den Bergen hinter der Stadt war ein Pfeifton zu vernehmen, der den Einwohnern von Los Pinos verkündete, daß es Schlag zwölf Uhr mittags war. Das Pfeifen hatte einen angenehmen Klang, wie die hohe Note einer Orgel. Es erinnerte Robin daran, daß er hungrig war.

»Jetzt ist dir wohl klar, warum ich doppelt froh gewesen bin, als du durch diese Tür hereinspaziert bist«, sagte Overton. »Ich glaube, wir haben es mit einem Mord zu tun.« Er schien darüber gar nicht sehr glücklich. Und als er das Gesicht seines Gegenübers musterte, erkannte Robin, daß sein Freund sich verändert hatte. In früheren Tagen, als er Lokalredakteur bei der *Chicago Daily News* gewesen war, und später, als er bei der *Tribune* Artikel umgeschrieben hatte, waren Mordfälle Overtons große Leidenschaft gewesen. War nicht gerade ein spektakulärer Fall zur Hand, dann nahm er sich den allerschäbigsten Totschlag vor und frisierte ihn so, bis er hochwichtig schien, verlieh ihm Klasse und Farbe und Aufregung und Glanz. Und jetzt saß er hier mit einem denkwürdigen und wichtigen Mord auf dem Tisch und schaute unbehaglich drein. Overton schien die Gedanken seines Freundes lesen zu können. Er grinste. »Ich hab' dir ja gesagt, daß ich friedfertig geworden bin«, sagte er. »Ich habe nicht den Wunsch gehabt, daß so was passiert. Ich nehme an, ich werde alt, weil ich für eine derartige Aufregung nichts mehr übrig habe. Aber du begeisterst dich dafür – ich seh's dir an den Augen an. Du bist in Gedanken noch immer bei der *News* vor deiner Schreibmaschine und wirst hysterisch, weil irgendeine Blondine ihren Ehemann in einen Jutesack eingenäht und ihn dann per Paketdienst seiner Geliebten ins Haus geschickt hat. Also hier, mein Junge, ist eine gute Gelegenheit, von deinem knabenhaften Enthusiasmus Gebrauch zu machen. Fahr raus zum Anwesen der Millers und finde raus, wer Goliath erschossen hat. Nach der Zwick-Sache sollte das ein großer Knüller werden.« In seinem Blick lag Bewunderung. »Das war schon ein tolles Stück.« »Ich stehe jetzt also offenbar auf der Gehaltsliste«, sagte Robin.

»Für fünfzig die Woche«, gab Overton zurück. »Plus laufende Unkosten. Aber denk dran, ich hab' dir beigebracht, wie man Spesenabrechnungen aufsetzt, und ich prüfe sie sehr sorgfältig.« Seine Hand tastete zur untersten Schublade, zog sie auf und fischte eine Literflasche Sunnybrook und Gläser heraus. »Mrs. Matheny schenkt mir jede Woche eine«, sagte er und schaute zärtlich auf die Flasche. »Sie ist eine bemerkenswerte alte Dame.« Er füllte die Gläser und reichte eines davon Robin. »Du mußt ihn schlürfen, nicht runterstürzen«, riet er ihm. »Das hier ist flüssiges Gold.«

»Ich habe das Gefühl, daß ich hier glücklich werde«, sagte Robin. »Vorausgesetzt, du kannst mir zwanzig Dollar Vorschuß geben.«

»Du hast dich nicht geändert«, sagte Overton. Er wühlte in seiner Hosentasche, zog ein paar Scheine heraus und reichte sie Robin, der sich zwei Zehner nahm und dem Chefredakteur den Rest zuschob.

»Ich rufe die Torwache an«, sagte Overton. »Der Wächter läßt dich sonst nicht durch. Du folgst immer der Straße, die den Hügel hinaufführt, dann kannst du das Miller-Haus nicht verfehlen. Es liegt ganz am Ende, genau auf der Landzunge. Ich rufe auch Lee Jackson, den Polizeichef, der jetzt auch dort ist, an und schildere ihm, was für ein begabter junger Mann du bist. Der wird dich dann meinen journalistischen Wunderkindern O'Hara, Jones und Mitchell vorstellen. Vielleicht gehen sie dir zuerst auf die Nerven, doch wenn du sie besser kennenlernst, wirst du sie lieben.« Wieder schüttelte er Robin überschwenglich die Hand. »Jesses, bin ich froh, dich zu sehen«, sagte er impulsiv.

Von der Tür aus schaute Robin noch einmal zurück. Overton lächelte noch immer. Im Hinausgehen hatte Robin das Gefühl, daß es ihm hier noch besser gefallen werde, als er anfangs gedacht hatte.

Über der sanft geschwungenen Hügelkette am oberen Ende des Tals standen ein paar Wolken, weißer als gebleichte Wolle, doch ansonsten war der Himmel klar und sehr blau. Der Wind war etwas frisch und beißend, so daß man das Gefühl hatte, als schwebe man über sauberen Straßen.

Der leitende Kopf des *Herald* hatte Los Pinos ›die schönste Stadt Amerikas‹ genannt. Und das war gar nicht so abwegig. Sie verfügte über den malerischen Reiz einer Künstlerkolonie, ohne dabei gewollt gekünstelt zu wirken – ihre Schönheit war praktisch und zweckmäßig. Die Tankstellen sahen aus wie Tankstellen, die Bürogebäude sahen aus wie Bürogebäude, und die Wohnhäuser sahen aus wie Wohnhäuser. Doch die Stadt war so angelegt, daß alle Bäume erhalten geblieben waren, daß die Architektur weder die Lieblichkeit der sanften Hügel noch die zauberhafte Bucht zu ihren Füßen störte.

Von den Räumen des *Herald* aus blickte man auf die Ocean Avenue, die Hauptstraße der Stadt. Sie entsprang unten an der Bucht und stieg dann stetig ostwärts bis in die Berge an. Zu beiden Seiten der Straße wuchsen Pinien, und an manchen Stellen verwoben sich ihre Zweige ineinander und bildeten eine Art Laubengang. Gegenüber dem *Herald*-Gebäude lag ein winziger Park, und dahinter erstreckte sich eine Reihe von Rauhputzhäusern, Wohnhäusern täuschend ähnlich, in denen jedoch die städtische Verwaltung untergebracht war.

Zur Rechten, am äußersten Ende der Bucht, ragte eine Klippe steil aus dem Wasser. Auf ihrer Spitze erhob sich ein Haus aus Naturstein, welches so geschickt entworfen war, daß man nicht zu sagen vermochte, wo die Klippe aufhörte und wo das Haus begann. Das muß die Miller-Villa sein, dachte Robin, und Erregung packte ihn. Overton hatte recht gehabt. Fünf Monate über Land in einem Wohnwagen herumziehen hatten ihn nicht verändert. Wie stets, wenn er sich mit einer Riesenstory konfrontiert sah, bekam er das Gefühl, an der Schwelle zu einer neuen, erregenden Erfahrung zu stehen.

Er kam an einer Bäckerei vorbei, und der Geruch des warmen Brotes erinnerte ihn daran, daß er noch nicht zu Mittag gegessen hatte. Ein dunkeläugiges Mädchen in einer Kittelschürze nahm warme, braune Brotlaibe von einem Holzgestell und wickelte sie in Ölpapier. Sie hat entfernte Ähnlichkeit mit Mary, dachte Robin, als er den Laden betrat und darauf wartete, daß sie ihm das Brot gab und sein Wechselgeld. Er ging an der Bank vorbei, und als er hinter den Fenstern die jungen Männer sah, fiel ihm auf, wie glücklich er sich schätzen konnte, daß er kein Bankier geworden war. Sein Onkel Phil war Bankier, und der konnte nur mehr daran denken, wie er eine Hypothek für verfallen erklären und Zwangsvollstreckung anberaumen konnte. Wäre er Onkel Phils Rat gefolgt, dann säße er jetzt hinter einem Schalter und würde anderer Leute Geld zählen. Unweit der Bank entdeckte er ein Auto mit einem Taxischild. Das Gesicht des Fahrers wäre ganz hübsch gewesen, hätte nicht irgendwann einmal jemand auf seiner Nase herumgetrampelt. Bei seinem Anblick entschied Robin, daß er trotzdem lieber Taxifahrer als Bankangestellter wäre.

»Zum Campingplatz«, sagte Robin.

»Das macht 'n halben Dollar«, sagte der Taxifahrer, ohne jedoch Anstalten zu machen, ins Auto zu steigen. Robin reichte ihm eine Fünfzig-Cent-Münze.

»Wollen Sie Ihr Trinkgeld auch gleich?« fragte Robin.

»Ich nehm' nie Trinkgeld«, sagte der Taxifahrer und klemmte sich ans Steuer.

Der Brotlaib war fast zu heiß zum Anfassen. Er riß ein kleines Loch ins Papier, was ihn nur noch zehnmal hungriger machte als zuvor. Jetzt wünschte er sich, er hätte ein Taschenmesser dabei, und fand, daß er als kleiner Junge unter die Pfadfinder hätte gehen sollen. Pfadfinder hatten immer ein Messer dabei, und als Pfadfinder hätte er seins vielleicht auch behalten. Er riß das Papier noch weiter auf und brach ein Stück von der frischen Kruste ab. Der Fahrer beobachtete ihn im Rückspiegel.

»Das ist nicht gut für Sie«, meinte der Fahrer. »Warmes Brot ruiniert den Magen.«

»Sie kennen meinen Magen nicht«, sagte Robin.

»Na schön, dann essen Sie's eben«, erwiderte der Fahrer. Robin gelangte zu dem Schluß, daß der Taxifahrer offenbar ein glühender Anhänger von Reformkostläden war. Er sah ganz wie ein Mann aus, der mit Lust rohen Rettich aß. Der Wagen hielt, und der Fahrer wies mit einem Kopfrucken nach rechts. »Wir sind da«, sagte er, ohne sich zu bemühen, ihm die Tür zu öffnen.

»Ihre Gesinnung gefällt mir«, sagte Robin beim Aussteigen. »Sie haben auf mich Eindruck gemacht als hundertprozentiger Individualist.«

Der Fahrer bedachte ihn mit einem unfreundlichen Blick, legte krachend den Gang ein, und als er mit durchdrehenden Rädern davonstob, blieb Robin in einer Staubwolke zurück. Er grinste dem abfahrenden Auto hinterher, wandte sich um und betrat das Campinggelände. Einige Wohnwagen waren unter den Bäumen abgestellt, und hier und da hatten Leute Zelte aufgeschlagen. Die strahlende Sonne malte gestochen scharfe Bilder von Piniennadeln und Zweigen auf die weißen Zeltleinwände, sprenkelte die mit Kiefernnadeln bedeckte Erde mit Flecken von Licht und Schatten. In den Steinöfen brannten Feuer, und der Wind trug ihren würzigen Geruch heran. In einer Ecke übten sich Kinder im Seilspringen. Sie hatten eine Wäscheleine an einem Baum festgemacht, und ein kleines Mädchen in Latzhosen ließ das Seil kreisen und sang dazu ein wunderlich monotones Lied, und die nackten Beine der anderen Kinder wirkten in der grellen Sonne wie braune Striche. Die meisten Camper waren beim Mittagessen, saßen an Holztischen, die mit sauberen Mehlsäcken bedeckt waren, und löffelten ihr Essen aus Konservenbüchsen und Pappkartons. Sie schienen ihre Mahlzeit zu genießen.

Ihm fiel auf, daß sein Wohnwagen dringend gewaschen werden mußte. Auf dem Dach lag dick der Staub, denn die Hinterräder seines Coupés hatten auf den Straßen von Utah und Wyoming, Nevada und Montana jede Menge Dreck aufgewirbelt. Für eine Weile würde es keinen Staub und Dreck mehr geben. Er hatte einen Job, er hatte einen Freund wiedergefunden, und er hatte alles auf eine Stadt gesetzt, die so anziehend war, wie er noch keine gekannt hatte, eine Stadt, in welcher der Mord, an dessen Untersuchung er sich gleich machen wollte, völlig fehl am Platze schien.

Mary hatte das Sonnendach aufgebaut, den Kartentisch und ein paar Campingstühle nach draußen geschafft. Der Tisch, den ein buntes Deckchen zierte und der zum Mittagessen gedeckt war, stand unter dem Sonnendach und sah um einiges besser aus als die anderen Tische, an denen die Camper aßen. Sie saß auf dem Treppchen des Wohnwagens und wartete auf ihn, und er stellte fest, daß sie um vieles hübscher aussah als das Mädchen in der Bäckerei.

»Entweder hast du einen Job gefunden oder eine Bäckerei ausgeraubt«, sagte Mary, als sie den Brotlaib unter seinem Arm entdeckte.

»Ich habe einen Job«, sagte Robin. »Das heißt, den Job hab' ich nur, wenn ich mich beeile. Ich sollte eigentlich schon mitten in der Arbeit sein.«

Er brauchte nicht lange zum Essen. Zwischen den einzelnen Gabelhappen berichtete er ihr von Overton und über den gewaltsamen Tod Millers. Und da jetzt klar wurde, daß sie in Los Pinos bleiben würden, wurde Mary aufgeregt wie ein kleines Mädchen. »Ein Stück hügelabwärts hab' ich ein paar kleine Häuser gesehen«, sagte sie. »Ich glaube, eins davon wird vermietet. Es ist nicht sehr groß, aber immerhin größer als ein Wohnwagen. Ich bin's langsam leid, in einem Wohnwagen zu leben.«

»Hier ist die Anzahlung für die Miete«, sagte Robin und reichte ihr fünfzehn Dollar. »Heb lieber fünf Dollar für Essen auf.« Er küßte sie, ließ den Wagen an, fuhr langsam durch den Campingplatz, und als er dann auf die Pine Avenue gebogen war, trat er das Gaspedal durch und raste durch die Stadt.

Die Straße zur Landzunge kreuzte die Ocean Avenue nahe der Küste, wand sich um einige Sanddünen und führte dann in waldiges Gelände. Ein Tor versperrte den Weg, doch als Robin sagte, wer er war, lächelte der Wächter freundlich und zog die Schranke mit einem langen Seil hoch. Der Wald wurde bald lichter, und die Straße kurvte zurück zur Bucht, ihrem sanften Schwung folgend. Er fuhr an einigen großen Häusern vorbei, die auf wiesenüberwachsenen Felshängen standen, umgeben von Piniengehölz, und er sagte sich, daß man schon Landgüter und Goldminen besitzen mußte, um in einer so gepflegten, von der Außenwelt abgeschirmten Gegend zu wohnen. Eines der Häuser fesselte seine Aufmerksamkeit, und er ging mit dem Tempo herunter. Es war eine von Ranken überwucherte Blockhütte, vor deren Zufahrt zwei Cadillacs geparkt waren. Ein Stück hinter dem Blockhaus gabelte sich die Straße, und ein Schild verriet ihm, daß es rechts zum Wasserreservoir der Stadt und zum Country Club ging. Ein Schild an der linken Abzweigung warnte ihn: »Privat, Zutritt verboten«.

Das Schild mißachtend, bog er in die Straße linkerhand ein und erklomm die Steigung zum Gipfel der Klippe. Der Weg hinauf war schmal und gleichzeitig sehr steil, und an einer Biegung hielt er an und genoß den Ausblick auf die Stadt, die Bucht und die unter einem Laubbaum versteckten Dächer der Häuser. Fünf Kilometer hinter der ersten Absperrung erreichte er ein zweites Tor aus schweren Eichenplatten, das in eine drei Meter hohe Steinmauer gesetzt war. Es öffnete sich automatisch, als seine Vorderräder die quer über die Straße gelegte elektronische Schranke überfuhren. Und zum erstenmal bekam er einen vollen Blick auf das Haus, das der alte Alex Mattison vor fünfzehn Jahren gebaut hatte.

Wegen des Tors und der wuchtigen Mauer erwartete man halb, auf der Spitze der Klippe ein düsteres, zwingburgartiges Gebäude zu finden. Doch das Haus sah einer Burg nicht im mindesten ähnlich. Es hatte nichts Düsteres oder Verwunschenes. Mattisons Architekt hatte ein Auge für natürliche Schönheit gehabt. Ein ganz gewöhnliches Haus, genau auf den Grat einer Klippe gesetzt, hätte den Eindruck erwecken können, als wäre es fehl am Platz. Doch galt das nicht für dieses. Es war errichtet aus flachem, staubfarbigem Stein, der dem des Felsens angepaßt war und dessen Form sich an die Konturen der Klippe schmiegte. Dort, wo das Haus endete, begann die Mauer, die aus demselben staubfarbenen Gestein bestand.

Es war ein zweigeschossiges Gebäude mit Blick auf zwei oder drei Hektar Rasen und Garten und von Blumenbeeten gesäumte Pfade. Der Boden senkte sich sanft zur Mauer hin, und dahinter konnte man den Wald sehen, der steil hügelabwärts bis an die Stadtgrenze stieß. Die Mittagssonne, die hoch über der Landzunge stand, erfüllte den Garten mit Wärme und Licht, und ihr gleißender Schein spiegelte sich in dem Swimmingpool am anderen Ende des Grundstücks.

Ein Fahrweg folgte den Windungen der Einfassungsmauer am Südende, die zum Haus hin von einer hohen Hecke abgeschirmt wurde. Er endete in einem gepflasterten Hof vor der Garage, die ganz und gar nicht wie ein nüchterner Zweckbau aussah. Die eine Seite und das hintere Ende wurden vom Winkel der Mauer gebildet, und sie setzte sich von dort sacht ansteigend fort, bis sie fünfzig Meter weiter an das Haus stieß. Robin parkte sein Auto neben einem gelben Rolls Royce Sportkabriolett mit roter Lederpolsterung, und während er es betrachtete, kam ihm der Gedanke, der junge Miller müsse ein sportbegeisterter Typ sein. Er stieg aus und schritt über einen mit Steinplatten belegten Weg durch einen Rosengarten zur Vorderseite der Villa, vorbei an Marmorsäulen, bis vor eine mit Elfenbein eingelegte Tür. An der Tür war ein Messingklopfer von der Größe eines Hufeisens angebracht, und als er ihn berührte, wurde im Inneren des Hauses helles Glockengeläut ausgelöst. Ein uniformierter Polizist mit Oxford-Akzent und einem Grübchen im Kinn riß die Tür auf und begehrte zu wissen, wen er vor sich hatte. Der Name wirkte Wunder. Der Officer, dessen Marke ihn als stellvertretenden Polizeichef auswies, lächelte freundlich und führte ihn durch einen Flur in ein großes Wohnzimmer. Drei junge Männer saßen Brandy trinkend auf einem riesengroßen Sofa, und Robin wußte sofort, daß es sich um Reporter des *Herald* handelte. Sie waren genau die Sorte junger Burschen, voll Tatendrang und erfüllt vom Gefühl der Wichtigkeit, die eine Polizeimarke verleiht, Typen, wie sie in den Hotelfoyers von Kleinstädten herumlungern und hin und wieder zum Telefon eilen, aus dem Mundwinkel murmelnd: »Baby, verbind mich mal mit meiner Redaktion.«

»Das ist Mr. Bishop«, sagte der Officer. Sie stellten ihre Gläser auf einem niedrigen Tisch ab und erhoben sich.

»Ich bin O'Hara«, sagte ein mondgesichtiger Jüngling mit schwarzem Schnauzbart und einer Stummelpfeife zwischen den Zähnen. »Das da ist Jones.« Er nickte zu einem hageren, knochigen Mann hin, der wie Gary Cooper aussah. Jones hatte ein Muttermal unter dem rechten Auge, das ihm einen seltsam verschlagenen Blick verlieh.

»Mein Name ist Mitchell«, sagte der dritte. Er war ein bulliger, dunkler Typ mit glattem schwarzen Haar und Geheimratsecken.

»Ist der Coroner schon hier?« fragte Robin.

»Noch nicht«, sagte Jones. »Der läßt sich immer Zeit. Muß wahrscheinlich noch was erledigen. Unser Leichenbeschauer, das ist übrigens Joe E. Cruze, Eigentümer des Bestattungsunternehmens von Los Pinos.«

»Bevor du in die Grube fährst, geh zu Bestatter-Joe zuerst«, sagte O'Hara. »Das hat er auf seine Geschäftskarten gedruckt. Das ist ein Witzbold.«

»Wo das traurige Herz Trost findet in seinem Schmerz«, fügte Jones hinzu.

»Entschuldigen Sie die makabre Frivolität von denen da«, sagte Mitchell. »Die sind schon immer so, seit sie *Extrablatt* gesehen haben.«

»Reed behauptet, Sie wären 'ne große Nummer.« O'Haras Gesichtsausdruck war zu entnehmen, daß er die hohe Meinung seines Chefredakteurs nicht teilte.

»Das ist bloß deswegen, weil er früher mal mein Lokalredakteur gewesen ist«, entgegnete Robin. »Er fühlt sich für mich verantwortlich. Wo ist die Leiche?«

Jones wies mit einem Kopfnicken nach draußen auf den Flur. »Oben. Da ist Jackson jetzt. Wir sind auch schon oben gewesen, aber wir haben uns da nicht gerade heimisch gefühlt.«

»Und dann gab's im Schlafzimmer auch keinen Brandy«, fügte Mitchell hinzu.

»Ich geh' mal nachschauen«, sagte Robin.

»Gute Idee«, meinte O'Hara. »Vielleicht finden Sie da einen *wichtigen Anhaltspunkt.*«

Robin hatte nicht übel Lust, O'Hara an den Ohren zu packen. Doch dann entschied er sich dagegen, ging hinaus auf den Flur und stieg die mit dicken Läufern belegte Treppe hinauf. Ihr Geländer war aus Marmor und sah aus, als würde es Spaß machen, von oben hinunterzurutschen. Die Treppe schwang sich in einem eleganten Bogen nach oben, und vom Podest aus hatte man freien Blick auf die prachtvolle Halle. Robin mußte an seine derzeitige Behausung denken und lächelte. Er war nicht neidisch, vielmehr nahm er es philosophisch-heiter, wie die Welt ihre Menschen behandelte, den wenigen alles gab und den übrigen nur Brosamen. Und was das anging, zog er die Brosamen vor.

Er kam vor eine offene Tür, wo ein uniformierter Officer ihm den Weg verstellte. Der Polizist war ein rundgesichtiger Mann, dessen Uniformkragen offenbar seinen Hals einschnürte. Speckfalten hingen ihm über den Kragen.

Overton hatte nicht vergessen, Chief Jackson anzurufen, denn als der Officer Robins Namen hörte, lächelte er und stellte sich als Detective Craig vor.

»Der Chief ist mit dem jungen Mr. Miller da drin«, sagte Craig. »In seinem Schlafzimmer. Ich habe den Raum nach Fingerabdrücken abgesucht.«

Als Craig beiseite trat, sah Robin den Leichnam, und im selben Augenblick ging ihm auf, warum Overton Miller einen Goliath genannt hatte. Er war in der Tat gewaltig. Sein mächtiger Körper füllte den großen Clubsessel aus, in dem ihn der Tod ereilt hatte, und seine langen Beine schienen sich durch das halbe Zimmer zu erstrecken.

Millers Schlafzimmer war an der Südwestecke des Hauses gelegen und hatte an zwei Seiten Fenster. Der Sessel, der den Leichnam hielt, war vor die Fenster nach Süden gerückt, und Millers letzter Blick auf die Welt war die Aussicht auf die blaue Bucht gewesen, die von einem breiten Band weißen Sandes gesäumt war, auf die von Bäumen bedeckten Hügel, zwischen denen sich kleine Häuser versteckten, und auf das lange, schmale Tal, das sich ostwärts bis über die Stadtgrenzen hinaus erstreckte. Kein schlechtes letztes Bild, das man da mitnahm, wenn man diese Erde verließ, mußte Robin denken, bevor er sich den Mann im Sessel noch einmal anschaute.

Er war über dem linken Arm zusammengesackt. Seine rechte Schläfe war von einer schrecklichen Wunde entstellt, und das Blut war hinuntergetropft und hatte auf dem kostbaren Bezug des Sessels einen großen, häßlichen Fleck hinterlassen. Rechts neben ihm stand ein niedriger Tisch mit einem französischen Telefon.

Robin starrte in das Gesicht des Mannes. Der Ausdruck war ihm rätselhaft. In seiner Miene lag kein Schrecken, nicht die geringste Furcht war darin eingegraben. Der Tod mußte ihn völlig unvorbereitet getroffen haben, in einem ruhig-entspannten, friedvollen Augenblick. Entweder hatte er geschlafen, als er ermordet worden war, entschied Robin, oder er hatte die Aussicht ins Tal, auf den Berg und das Meer durch die bleigefaßten Fenster genossen. Er mußte geschlafen haben, es sei denn – und diese Möglichkeit bestand – es sei denn, er kannte seinen Mörder so gut, daß er diese Person ganz dicht an sich hatte herantreten lassen, ohne sich zu ihm oder ihr umzuwenden.

Robin musterte den Raum gründlich. Es war ein großes, luxuriöses Schlafzimmer, wahrscheinlich das schönste, das er je zu Gesicht bekommen hatte. In die Ecke zwischen den Fenstern nach Süden war ein Marmorkamin eingebaut, groß genug, das Wohnzimmer eines gewöhnlichen Hauses zu wärmen, und auf dem Rost schwelten noch immer einige Scheite. Über dem Kamin hing ein Bild, das nicht zu den Stilmöbeln paßte, denn es war eine Iowa-Landschaft des Malers Grant Woods. Ein weiteres Gemälde von einem Modernen, den Robin nicht kannte – ein lebhaft bewegtes Bild kahler, felsiger Berge – hing an der Wand neben der Tür zum Flur. Das Bett, eine riesige Schlafstatt mit Baldachin darüber und offenbar speziell für den toten Mann angefertigt, nahm die Mitte des Zimmers ein und war auf die Fenster nach Westen ausgerichtet, Fenster, die in Stahlrahmen gefaßt waren, längs und quer unterbrochen von Bleifassungen, damit die Wucht der Stürme vom Pazifik die Scheiben nicht zerbrechen konnten. Um sie zu öffnen, mußte man eine kleine Kurbel am Fensterbrett drehen. Zwei von ihnen standen jetzt offen, und wenn man seinen Kopf hinausstreckte, konnte man ungefähr hundert Meter tief steil nach unten auf einen schmalen Sandstreifen schauen.

An der Nordseite des Zimmers war eine Tür. Sie stand offen und bot einen Blick auf das prächtigste Badezimmer, das Robin je gesehen hatte. Es war nicht gerade ein Raum, in dem man sich behaglich fühlen konnte, doch er lohnte durchaus einen zweiten Blick. Undenkbar, daß man hier sein nasses Handtuch auf den Onyxboden warf oder seine Zähne in dem marmornen Waschbecken putzte, das groß genug war, einen sechsjährigen Jungen darin zu baden. In der Wanne hätte man ein Pferd abseifen können. Auf der anderen Seite des Badezimmers befand sich eine weitere Tür. Sie war verschlossen. Robin deutete mit einem Kopfnicken darauf.

»Mrs. Millers Zimmer«, sagte Craig erklärend. »Sie ist jetzt da drin und versucht, über einen hysterischen Anfall wegzukommen.«

Robin musterte das Badezimmer sehr genau. Über dem Marmorbecken hing, schräg nach vorn geneigt, ein Glasspiegel. Man konnte ihn, wie er feststellte, auch wegklappen, und er gab einen Blick auf ein in die Wand gesetztes Schränkchen frei. Darin standen Reihe um Reihe Flaschen, Kartons mit Seife, Zahnpulverdosen, Cremetiegel, Haarwasser und Hautmilch. Auf dem untersten Regal waren einige Medizinfläschchen und Schachteln mit rezeptpflichtigen Medikamenten. Ganz in der Ecke standen zwei kleine Flaschen. Die eine enthielt Amytal, die andere Nembutal, und beide trugen den Firmenaufkleber einer Apotheke in Reno. Darüber hinaus verrieten die Aufkleber, daß ein Dr. Cowan die Tabletten Mrs. Miller verschrieben hatte. Er schloß die Tür des Badezimmerschranks, entdeckte, in den Spiegel blickend, daß seine Nase fettig glänzte, wischte über die Stelle und ging dann zurück in das Zimmer, in dem die Leiche war.

»Wo ist der Revolver?« fragte er.

Craig klopfte auf seine Tasche. »Ich hab' ihn hier drin«, sagte er. »Schön eingewickelt. Ich will ihn auf Fingerabdrücke untersuchen.«

»Im Zimmer haben Sie das schon gemacht?«

»Jawoll. Da finden sich höllisch viel. Zu viele, als daß sie uns was verraten könnten.«

»Und seine Hand? Haben Sie schon einen Paraffintest gemacht?« Robin beugte sich über den Toten.

»Noch nicht. Das machen wir erst, sobald wir ihn nach unten zu Joe geschafft haben«, sagte Craig.

»Was meint der Chief?«

»Er dachte, es wäre Selbstmord, bis er dann mit Mr. Overton gesprochen hat«, erwiderte Craig. »Er weiß auch nicht so recht, was er sagen soll. Aber er geht jetzt schon davon aus, daß jemand Miller ermordet hat. Das einzige Problem ist, daß hier sonst keine Menschenseele gewesen ist, außer einer Frau, der Köchin. Alle anderen sind weggewesen.«

»Wann sind Sie hergekommen?«

»So gegen zehn Uhr, Viertel vor elf oder elf. O'Hara hat Phelps kurz nach halb elf angerufen. Der Chief war oben am Wasserreservoir, also haben Phelps und ich auf dem Revier und am Tor Nachricht hinterlassen, wohin wir unterwegs sind und worum es sich handelt. Und dann sind wir hier raufgekommen. Der Chief ist ungefähr zwanzig Minuten nach uns hier eingetroffen.«

»Und außer der Köchin war niemand im Haus?«

»Stimmt«, sagte Craig.

»Wo waren denn die anderen?«

»Der junge Mr. Miller ist mit dem Rennboot in der Bucht herumkariolt. Ihn haben wir zuerst erreicht, und er ist gegen halb zwölf nach Hause gekommen. Dann kamen Mrs. Miller und der Chauffeur zurück. Sie war in der Innenstadt. Miss Miller hat Golf gespielt. Wir haben den Chauffeur nach ihr geschickt, und sie ist gegen zwölf hier eingetroffen. Sie ist jetzt auf ihrem Zimmer und ziemlich mitgenommen.«

»Wie hat es der junge Miller aufgenommen?«

»Zuerst sehr schwer«, sagte Craig. »Dann hat er sich beruhigt. Wie ich eben gesagt habe, unterhält sich der Chief gerade mit ihm.«

»Hat der Chief ihm gesagt, daß es sich um Mord handeln könnte?«

Craig nickte. »Aber sicher doch. Hat ihm genau das erzählt, was Mr. Overton gesagt hat.«

»Glauben Sie, daß ich zu ihnen rein darf?«

»Ich geh' mal den Chief fragen«, sagte Craig und ging hinaus auf den Flur. Kurze Zeit später war er zurück. »Er sagt, das geht in Ordnung. Sie sind im Schlafzimmer des jungen Mr. Miller. Das ist die dritte Tür den Flur runter. Sie ist offen.« Craig zog einen Stuhl vor die Tür und setzte sich. »Ich muß hier auf Joe warten.«

Robin dankte ihm, ging den Flur hinunter, bis er die offene Tür fand, und trat über die Schwelle.

3

Zwei Männer saßen auf der Bettkante. Der eine war ein großer, hagerer Bursche in einer blauen Uniform, und die Marke links an seiner Jacke wies ihn als Polizeichef von Los Pinos aus. Er sah gar nicht wie ein Polizist aus, zumindest nicht wie einer von denen, die Robin kennengelernt hatte. Der Gesichtsausdruck des Mannes hatte etwas Feines und Sensibles. Robin versuchte sich vorzustellen, wie er Glücksspieler und Prostituierte malträtierte, doch Lee Jackson wollte nicht ins Bild passen. Für die Uniform und die Marke, die er trug, sah er zu intelligent aus, und als Robin ihn anschaute, entschied er bei sich, daß es unrecht von ihm gewesen war, bisher jeden Cop in seinem Leben zu hassen. Hier war einer, der nicht unangenehm sein konnte; einer, der nicht zu einem ans Auto kam, seinen schweren Stiefel auf das Trittbrett stellte und fragte, wohin, zum Teufel, man eigentlich fahren wolle; einer, der einen halbverhungerten Radikalen nicht mit dem Schlagstock bearbeiten würde.

Man erkannte schon auf den ersten Blick, daß der andere Mann Goliaths Sohn sein mußte. Es war, als erblicke man das Abbild des Vaters in einem Zerrspiegel in einem Vergnügungspark am Strand. George Miller war nicht ganz so groß wie sein Vater, doch er wirkte größer. Das war deswegen, weil er mehr in die Höhe als in die Breite gegangen war. Er war sehr dünn, mit schmalen, leicht gerundeten Schultern und einer ziemlich flachen Brust, und der graue Flanell, den er trug, ließ ihn noch dünner erscheinen.

Der Flanell war vom Feinsten, genau von der Art, die Robin auch gern gekauft hätte, wozu es jedoch niemals kam, weil er bei einer Zeitung arbeitete. George, so entschied Robin, mußte über ein großzügiges Taschengeld verfügen. Alles, was er anhatte, war teuer und sah auch so aus.

Wäre er dicker gewesen, hätte man den jungen Miller sogar hübsch nennen können. Er hatte die Züge seines Vaters – ein kräftiges, entschlossenes Kinn und eine überlange Nase, die ihm ein apartes, intelligentes Aussehen verlieh. Seine Haut war glatt und tief gebräunt. Um seinen Mund lag ein sinnlicher Zug, fand Robin.

Beide Männer standen auf. Chief Jackson lächelte und streckte die Hand aus. »Reed sagt, er hätte Sie geschickt. Er meint, Sie wären ein ziemlich beschlagener junger Mann auf dem Gebiet der Kriminologie. So wie es aussieht, brauchen wir Sie hier vielleicht dringend.«

Etwas verlegen schüttelte Robin den beiden Männern die Hände. Er musterte das Gesicht des jungen Miller in dem Bemühen, sich darüber schlüssig zu werden, wie dieser den Tod seines Vaters aufnahm. Er sah ziemlich ruhig und gefaßt aus, doch das mochte nur Maske sein, um seinen Schmerz zu verbergen. Zum Chief gewandt, brachte Robin vor: »Haben Sie Mr. Miller gesagt, daß sein Vater möglicherweise ermordet worden ist?«

»Er hat's mir gesagt«, sagte der junge Miller. Er hatte eine angenehme Stimme, tief und wohlklingend.

»Was halten Sie davon, Mr. Miller?« fragte Robin.

»Ich weiß nicht, was ich davon halten soll«, erwiderte der junge Miller. »Ich bin noch immer ein bißchen benommen. Als man mich angerufen und mir gesagt hat, daß er – « er würgte an dem Wort –»sich umgebracht hätte, konnte ich es nicht glauben. Dann habe ich ihn gesehen und konnte mir gar nicht vorstellen, wie und auf welche Weise etwas anderes passiert sein könnte. Aber nach dem, was mir der Chief dann erzählt hat, sieht die Sache schon recht merkwürdig aus.« Er setzte sich wieder auf das Bett und starrte durch die Fenster auf das endlose Heranrollen des Ozeans. Weit draußen pflügte ein Tanker sich nach Süden, und aus seinem kleinen Schornstein stieg eine dünne Rauchfahne auf. Am Horizont hatte sich leichte Bewölkung gebildet, und der Wind spielte damit, riß kleine Stücke heraus und verteilte sie über den Himmel.

Jackson legte dem jungen Mann die Hand auf den Arm und drückte ihn. In dem Blick, den er ihm zuwarf, lag Sympathie. »Mr. Bishop, ich würde vorschlagen, daß ich erst einmal weitergebe, was ich herausgefunden habe. Es ist zwar nicht viel, doch es erspart Ihnen, noch einmal denselben Grund zu beackern.«

»Gute Idee«, sagte Robin. Neben den Fenstern stand ein Lehnstuhl, und als er sich hinsetzte, drehte er ihn so, daß er die anderen im Auge hatte.

»Ich habe kurz mit allen gesprochen«, sagte Chief Jackson. »Sie stimmen alle darin überein, daß Mr. Miller zum Frühstück bei bester Laune gewesen ist. Sie haben um sieben Uhr dreißig gemeinsam gefrühstückt. Direkt nach dem Frühstück ist Miss Miller mit Dick Kilgallen zum Country Club gefahren. Er ist Grundstücksmakler hier am Ort, und er hat sie gegen acht Uhr von hier abgeholt. George verließ das Haus kurz nach seiner Schwester und ist hinunter zum Anlegesteg gefahren. Sein Vater, sagt er, war auf seinem Zimmer, als er fortging.«

»Er hatte einige Papiere gesichtet«, erklärte der junge Miller. »Ich bin reingegangen und hab' mir von ihm etwas Geld geben lassen.«

»Mrs. Miller ging in ihr Zimmer«, fuhr der Chief fort. »Um neun rief sie nach ihrem Wagen, und Carlyle West, der Chauffeur, hat sie in die Stadt gefahren. Er hat sie bei Jackmans Laden abgesetzt. Ihr Bridge Club trifft sich heute nachmittag bei Mrs. Oakman, und sie hat die Preise eingekauft. West hat sie gegen zehn wieder abgeholt, sie zum Schönheitssalon gefahren, sie dort rausgelassen und den Plunder, den Mrs. Miller gekauft hatte, zu den Oakmans hinausgefahren. Sie wohnen am Hauptweg, ungefähr einen Kilometer auf dieser Seite des Wachtors. Dann ist er zurückgefahren und hat gewartet, bis Mrs. Miller im Schönheitssalon fertig war. Sie sind so gegen elf Uhr fünfundvierzig wieder hier gewesen.«

»Mrs. Miller hat, bevor sie nach Hause gekommen ist, nicht gewußt, daß ihr Mann tot ist?« fragte Robin.

»Nein. Ich hab' ihr die Nachricht überbracht«, erklärte der Chief. »Sie war völlig aus den Fugen.«

Es schien so, als wollte der junge Miller etwas dazu sagen. Die Röte auf seinem Gesicht vertiefte sich, und sein Mund öffnete sich halb, doch er sagte dann schließlich doch nichts.

»George ist als erster nach Hause gekommen«, fuhr der Chief fort. »Ich habe Lansing angerufen, einen Mann, der sich im Hafen ein Rennboot hält, und er hat George gesucht und ihn nach Hause geschickt. Ich habe auch den Country Club angerufen und hinterlassen, daß man Miss Miller suchen geht. Kilgallen hat sie nach Hause gebracht, und er ist jetzt bei ihr auf dem Zimmer und versucht, sie zu beruhigen.«

»Was ist mit den Dienstboten?« fragte Robin. »Es muß doch hier etliche geben.«

»Es sind drei«, erklärte der Chief. »Die Köchin, ein Filipino-Hausbursche und ein Zimmermädchen. Nur Eileen Knapp, die Köchin, war hier.«

»Und die anderen?«

»Das ist schon komisch«, erwiderte der Chief. »Gestern hatte der Filipino Zahltag. Heute morgen ist er nicht aufgetaucht. Nach einem Zahltag ist man das bei ihm gewohnt. Das Zimmermädchen, eine Miss Jensen, ist in San Francisco. Sie ist gestern abend gefahren, und es scheint, daß ihre Mutter sehr krank ist.«

»Also sind nur Mr. Miller und Eileen Knapp hier gewesen?«

»Ganz recht. Die Köchin war in ihrem Zimmer, als Mr. Miller erschossen wurde.«

»Hat sie den Schuß gehört?«

»Sie sagt nein. Aber sie hatte die Fenster geschlossen und behauptet, sie hätte geschlafen.«

»Um halb elf Uhr morgens?«

»Daran habe ich auch schon gedacht«, sagte Jackson. »George erklärte mir, daß sie oft nach dem Frühstück noch auf ihr Zimmer geht und ein Nickerchen macht. Sie ist schon lange bei der Familie und tut so ziemlich alles, wie es ihr paßt.«

»Wer hat Mr. Miller zuletzt gesehen?«

»Die Köchin«, antwortete Jackson. »Jeden Morgen um neun Uhr dreißig läßt er sich eine Tasse Kaffee raufbringen. Sie hat sie ihm zur gewohnten Stunde heraufgetragen. Er war noch in seinem Zimmer. Ein paar Minuten später hat er wieder nach ihr geläutet, wegen des Kaffees geknurrt und ihr gesagt, daß sie ihn wieder mitnehmen soll. Wie sie sagt, hat sie das auch getan und ist dann auf ihr Zimmer gegangen.«

»Hat die Knapp sich darüber geäußert, in welcher Stimmung Mr. Miller gewesen ist, als sie ihm den Kaffee brachte?«

»Sie behauptet, als sie ihn das erstemal gesehen hätte, wäre er in freundlicher Stimmung gewesen. Als sie dann noch einmal kam, war er verstimmt, hat sich über den Kaffee beschwert, wollte wissen, wann Miss Jensen zurückkommt. Wissen Sie, Miss Jensen bringt ihm gewöhnlich seinen Kaffee hoch. Das konnte sie heute morgen nicht, weil sie unterwegs ist.«

Robin schaute nachdenklich drein. Sein Blick richtete sich forschend auf den jungen Miller. »Gibt es jemanden, der Grund gehabt hat, Ihren Vater zu töten?« fragte er.

Der junge Mann zögerte. Da war noch etwas anderes als sein Kummer, was ihm zu schaffen machte. Er saß da, als müßte er einen inneren Kampf mit sich austragen, entscheiden, ob er sprechen sollte oder nicht. Schließlich sagte er: »Ich glaube schon. Ich glaube, West hatte einen Grund.«

»Welchen Grund?« fragte Jackson zurück. Seinem Tonfall war die Erregung anzumerken.

»West und meine . . . – die Frau meines Vaters – « er sprach so, als erwähne er sie nur höchst ungern – »haben ein Verhältnis miteinander.«

»Sind Sie sich da ganz sicher?« Jackson stand jetzt, schaute auf den jungen Mann, dessen Kopf, obwohl er saß, dem Officer bis an die Schulter reichte.

»Ja.« Der junge Miller starrte auf das Teppichmuster. Seine Miene war finster. Er konnte seine Bitterkeit schwer verhehlen. »Sie hat mit ihm immer Ausfahrten gemacht – hat immer wieder Orte ausgesucht, wohin er sie dann fahren konnte.«

»Aber etwas Bestimmtes wissen Sie nicht?« bemerkte Jackson. »Wir brauchen mehr als einen bloßen Verdacht.«

Der junge Miller schaute hoch. »Ich hab' sie nie erwischt – falls Sie das meinen«, sagte er.

»Hat West Vorteile aus dem Tod Ihres Vaters? Ich meine, finanziell?« fragte Robin.

Der junge Miller schüttelte verneinend den Kopf.

»Hat Ihr Vater ein Testament hinterlassen?«

»Ja. Vergangenes Jahr, als er nach Kalifornien gezogen ist, hat er ein neues aufsetzen lassen.«

»Haben Sie es gesehen?«

»Ja. Er hat es uns vorgelesen. Er wollte wissen, ob wir damit zufrieden sind.«

»Erinnern Sie sich noch an einzelne Bestimmungen?« Auf Millers Nicken hin fragte Robin: »Wie gut hat Ihr Vater darin für Mrs. Miller gesorgt?«

Voll Bitterkeit und mit hartem Ton erwiderte der junge Miller: »Eine Million-Dollar-Erbschaft, steuerfrei. Die Steuern sollen aus dem Geschäftsvermögen bezahlt werden.«

»Haben Sie oder Ihre Schwester Einspruch dagegen erhoben – ich meine, als Ihr Vater Ihnen sein Testament vorgelesen hat?«

»Nein. Welchen Zweck hätte das auch gehabt? Vater hat uns auseinandergesetzt, daß er sie gut versorgt wissen wollte, falls ihm etwas zustieße. Er sagte, da wäre nur wenig Vermögen aus Zugewinn. Er hätte alles vor seiner Ehe erworben. Dann hat er uns mitgeteilt, daß für uns ohnehin reichlich übrigbliebe, nach Abzug dieser Million.«

»Und, ist es so?«

»O ja. Vater hinterläßt eine Menge Geld.«

»Wieviel erben Sie?«

Falls Robin erwartet hatte, daß dem jungen Miller die Frage unangenehm sein würde, hatte er sich getäuscht. »Meine Schwester und ich erben gemeinschaftlich das Geschäftsvermögen.«

»Sie meinen, Sie bekommen den ganzen Rest, nachdem die Million entnommen ist?«

»Das ist richtig. Oder fast richtig. Die Köchin bekommt ein ziemlich hohes Legat. Ich glaube, es beläuft sich auf fünfzig- oder sechzigtausend. Und dann sind da noch ein paar kleinere für entfernte Verwandte und Leute, die für Vater gearbeitet haben.«

»Wie groß ist das Gesellschaftsvermögen?«

»So genau weiß ich das nicht. Da sind einmal sechs Minen – vielleicht sieben. Zwei davon, die Red Door und die Black Crystal, sind sehr ergiebig. Dann noch etliche Ranches, die eine Menge Geld wert sind. Und dann das Haus hier und die Jacht. Vieles ist fest angelegt. Ich glaube, er ist –« er zuckte bei dem Gedanken, daß sein Vater tot war, zusammen »– er *war* so an die fünf Millionen Dollar schwer.«

»Ihnen und Ihrer Schwester fallen also dann jeweils zwei Millionen zu.«

»So ungefähr.«

Robin wühlte in seiner Jackentasche, fand eine Zigarette und zündete sie an. »Angenommen, Sie sterben, was wird dann aus Ihrem Anteil?«

»Der fällt dann zu gleichen Teilen an Marion und Mrs. Miller.«

»Und was ist, wenn Ihre Schwester vor Ihnen stirbt?«

»Ihr Vermögen wird dann zwischen Mrs. Miller und mir geteilt.«

»Angenommen, Sie sterben beide?«

»Hängt ganz davon ab. Falls Mrs. Miller –« wieder klang Bitterkeit bei ihm durch »– dann am Leben ist, fällt ihr alles zu.«

Robin schaute fragend zu Jackson. »Gibt es nur eine einzige Straße hier herauf?«

»Nur eine einzige«, erwiderte Jackson.

»Man muß also durch das Wachtor, um hierher zu gelangen?«

»Das stimmt. Früher hat Mattison das ganze Gelände diesseits des Wachhauses gehört. Er hat es einzäunen lassen, es in Einzelgrundstücke aufgeteilt und dann den Country Club gebaut. Nur Leute, die innerhalb des Zauns leben oder zum Club gehören, dürfen durch das Tor.«

Das vereinfacht die Sache, mußte Robin denken. Er fragte: »Haben Sie schon mit dem Torwächter gesprochen?«

»Am Telefon.« Jackson zog ein kleines Notizbuch aus seiner Jakkentasche und benutzte es als Gedächtnisstütze. »Zwischen neun Uhr und zehn Uhr dreißig hat er drei Wagen auf das Gelände gelassen.

Der eine war mein eigener. Ich bin gegen neun Uhr dreißig hoch zum Reservoir gefahren, um einer Beschwerde nachzugehen, daß ein paar Kinder dort angeln. Unter anderen von Mrs. Miller. West ist gegen zehn durchgekommen, wie ich Ihnen berichtet habe. Dann hat er das Zeug zu den Oakmans geschafft.«

»Wie lange hat er sich auf dem Gelände aufgehalten?«

»Der Mann am Tor konnte sich nicht erinnern. Er glaubt aber, ungefähr zehn oder fünfzehn Minuten. Ganz sicher ist er sich da nicht. Er sagt, daß zwischen zehn und elf Uhr nur ganz wenige Wagen rausgefahren sind.«

»Wer hat in dem dritten Wagen gesessen?«

»Mr. Millers Anwalt«, erwiderte Jackson. »Judge Adam Clark.«

»Ist er hier heraufgefahren?«

»Nein. Er wollte in den Club.«

»Um welche Zeit hat er das Tor passiert?«

»Kurz nach neun. Ich hab' den Club angerufen und festgestellt, daß er um neun Uhr dreißig von dort wieder weggefahren ist.«

»Miss Miller und dieser Kilgallen haben aber das Gelände nicht verlassen, nicht wahr?«

»Nein. Verstehen Sie, der Country Club liegt mitten drin. Man muß da nicht ans Tor ranfahren. Man biegt unten am Fuß des Hügels auf die Straße zum Reservoir.«

»Wie weit weg ist der Country Club?«

»Ungefähr acht Kilometer«, sagte Jackson. »Mit dem Auto ist man in fünfzehn Minuten da.«

»Und wie weit liegt dieses Haus von der Stadt entfernt?«

Jackson mußte überlegen. Er kaute auf seiner Unterlippe. »Nicht mehr als sieben Kilometer.«

»Und das nächste Haus befindet sich am Fuß des Hügels?«

»Das ist richtig«, sagte Jackson.

»Was ist dieser Clark für ein Typ?« fragte Robin beiläufig.

Jackson mußte ihm auf seine Frage nicht antworten. Genau in diesem Moment tauchte Craig in der Tür auf, in seinem Gefolge ein gewichtig auftretender Mann in mittleren Jahren mit eisengrauem Haar und kurzgestutztem grauen Schnurrbart. Er trug einen braunen Pullover, ein Sporthemd, lange graue Hosen und Nagelschuhe, die mit den Fußböden des Miller-Hauses Schreckliches anrichteten. Er trug Augengläser mit einem schwarzen Band an der Einfassung, offenbar in dem Glauben, daß er sich damit das Aussehen eines

Studenten geben könnte. Das war nicht der Fall. Er wirkte einfach nur angeberisch.

»Hallo, Judge.« Jackson schien verlegen. »Das ist Judge Adam Clark, der Anwalt von Mr. Miller«, klärte er Robin auf. »Mr. Bishop ist vom *Herald.*«

Clark musterte Robin mit schiefem Gesicht. Dann warf er dem jungen Miller einen Blick zu, der Zurechtweisung und tiefes Mitgefühl zugleich ausdrücken sollte. »Ich glaube nicht, daß Sie diese Angelegenheit mit Reportern erörtern sollten«, meinte Clark. Seine Stimme verärgerte Robin. Sie brauchte dringend ein bißchen Aufhellung.

»Wir haben nichts zu verbergen«, sagte der junge Miller. »Vielleicht können sie uns helfen.«

»Niemand kann uns helfen«, gab Clark mit hochgezogenen Brauen zurück. Die Zimmerdecke war noch zwischen ihm und dem Himmel, doch schien er das nicht zu bemerken.

»Ich hoffe, daß Sie da unrecht haben«, warf Jackson ein. »Wir werden Hilfe brauchen, um herauszufinden, wer Mr. Miller ermordet hat.«

»Ermordet?« Clark schien entsetzt. »Hat er sich denn nicht – äh – selbst erschossen?« Wieder blieb sein Blick auf dem jungen Miller ruhen, und diesmal versuchte er zu zeigen, wie schrecklich leid ihm das alles tue.

»Nein«, sagte Jackson. »Das hat er nicht.«

»Aber das ist doch lächerlich«, brachte Clark in anklagendem Ton hervor. »Sie lassen sich da von Overton zu etwas verleiten«, blaffte er. »Es ist doch ziemlich offenkundig, was hier passiert ist.«

Die Stimme des jungen Miller war wie ein Peitschenhieb, als er, zu dem Anwalt gewandt, sagte: »Das ist es allerdings. Es ist offenkundig, daß jemand ihn ermordet hat.«

»Nun, nun«, wiegelte Clark ab. »Das ist doch albern. Sie sind nur ein bißchen durcheinander, George. Morgen sehen Sie die Dinge schon ganz anders.«

In den Augen des jungen Miller blitzte ein Verdacht auf. »Sie wollen, daß es Selbstmord ist, nicht wahr?«

»*Ich?*« Clark, so schien es Robin, klang etwas eingeschüchtert. »Aber, aber, George, reden Sie doch nicht so daher. Sie sind durcheinander.«

Der Streit wäre noch weiter gegangen, wenn nicht Joe Cruze, der Leichenbestatter, ein untersetzter kleiner Mann mit einem Ausdruck grenzenlosen Erstaunens im Gesicht, in der Tür aufgetaucht wäre. Hinter ihm kamen zwei Männer, die einen langen Weidenkorb trugen.

»Wo ist er?« fragte Cruze gleichmütig. Der junge Miller wurde blaß und schien kurz davor, in Tränen auszubrechen.

»Nicht hier«, sagte Jackson und verließ das Zimmer. Dann knarrte der Korb, schwere Tritte entfernten sich über den Flur, und eine Tür schlug krachend zu.

Clark wollte etwas sagen, überlegte es sich dann aber anders, lächelte dem Sohn seines toten Mandanten zu und ging in Jacksons Gefolge hinaus. »Auf Wiedersehen«, sagte Robin. Er streckte seine Hand aus, doch der junge Mann nahm sie nicht.

»Ich gehe mit Ihnen nach unten«, sagte Miller. Als er ihm prüfend ins Gesicht schaute, fragte sich Robin, ob er Angst hatte, allein in diesem Zimmer zu bleiben. Gemeinsam gingen sie die Treppe in den großen Wohnraum hinunter, hinter dessen Fenstern sich ein bewegtes Bild der heranbrandenden Wogen bot.

4

Zwei Teelöffel Brandy waren noch in der Karaffe. Den Rest hatten sich offenbar die Herren der Presse von Los Pinos einverleibt. Mitchell war verschwunden, doch O'Hara und Jones mit dem verwegenen Blick hatten es sich auf dem riesigen Sofa bequem gemacht, räkelten sich behaglich in den üppigen Kissen und bedienten sich mit Corona-Zigarren von Miller. Ihre Fähigkeit, harte Getränke wegzustecken, schien grenzenlos, denn sie waren noch ziemlich nüchtern. Und als Miller junior eine neue Flasche köpfte, lehnten sie nicht ab, sondern ließen sich noch zwei Gläser eingießen. Millers Hand zitterte dabei. Fragend schaute er zu Robin.

»Ich nehm' später einen«, sagte Robin. »Jetzt muß ich erst mal telefonieren.«

»Da drüben.« O'Hara deutete auf eine Tür zur Linken. Robin ging durch die Tür, und jetzt stand er in der Bibliothek. Auch von diesem Raum aus blickte man auf den Pazifik, der gezackte Einkerbungen in den Küstensaum genagt hatte.

Während er darauf wartete, daß das Mädchen von der Vermittlung ihn mit dem *Herald* verband, unterzog er den Raum einer Musterung, und einen kurzen Moment beneidete er die Miller-Familie. Regale stiegen an drei Wänden zur Decke an, und sie waren vollgestellt mit wunderschönen Einbänden. Er fragte sich, ob sie sich jemand je angeschaut, jemals ein einziges Buch herausgezogen hatte, außer, wenn hier staubgewischt wurde.

Overtons Stimme kam über die Leitung, und Robin fühlte sich wohl, als er ihn hörte. »Was gibt's?« fragte der Redakteur.

Robin berichtete ihm. Und als er geendet hatte, sagte sein Freund, es sei toll, einen echten Reporter an dem Job zu haben. »Bisher«, fügte Overton hinzu, »sieht es ganz nach Clark oder Kilgallen aus. Sie könnten sich vom Golfplatz weggeschlichen haben.«

»Es sei denn, der Chief oder einer der Nachbarn ist es gewesen«, meinte Robin. »Was ist dieser Clark für einer?«

»Ein Narr«, sagte Overton.

»Hier heimisch?«

Overton verneinte, und in seinem Tonfall lag Verärgerung. »Miller hat ihn importiert. Hat ihn in Reno aufgegabelt. Clark ist schon seit Jahren Millers Anwalt. Er ist auch Direktor der Minengesellschaft.«

»Er will unbedingt eine Voruntersuchung abbiegen«, sagte Robin. »Wahrscheinlich ist er gerade oben, um Mrs. Miller zu verleiten, Jackson ordentlich einzuheizen.«

»Das regle ich schon«, sagte Overton. »Der Chief und ich sind Kumpel. Ich halte ihm die Kirche vom Hals, indem ich Stories und Kolumnen darüber bringe, was für ein feiner, aufrechter Bürger er ist. Komisch daran ist nur, daß Jackson wirklich ein Prachtkerl ist. Er ist durch und durch ehrlich, er läßt die Betrunkenen im Polizeiwagen nach Hause bringen und führt ein hübsches, sauberes Gefängnis, aus dem man leicht ausbrechen kann. Was will man noch mehr von einem Chief verlangen?«

»Soll ich zurückkommen?«

»Das mußt du selbst entscheiden. Wenn ich du wäre, würde ich dort noch ein bißchen rumschnüffeln. Sind O'Hara und Jones noch da?«

Das seien sie, bestätigte Robin. »Zerr sie von der Flasche weg und schick sie in die Stadt«, forderte Overton ihn auf. »Sag ihnen, sie sollen Cruze hinterherfahren, und dann soll sich O'Hara dem kleinen Karnickel an die Fersen heften. Ich werd' Joe anrufen und ihm die Sporen geben. Jones kann zurück in die Redaktion kommen.«

Er legte den Hörer auf die Gabel und schlenderte, die Bücher bewundernd, durch den Raum. Hier konnte ein Mann sein Leben verbringen, dachte er und beschloß, während seines Aufenthalts in Los Pinos die Beziehung zu dem schmalbrüstigen Erben des Miller-Vermögens nachhaltig zu pflegen. Am anderen Ende des Raumes, ziemlich weit unten links vom Kamin, entdeckte er einen Bruch in der Einbandgestaltung. Dort, fast versteckt hinter einem breiten Sessel, befanden sich etliche Regale mit Büchern über vermischte Themen, und er durchquerte den Raum und musterte sie. Es gab jede Menge moderner Romane – einige davon gut, andere schlecht – und eine kleine Abteilung mit moderner Dichtung. Eine Frau, entweder Mrs. Miller oder die Tochter, mußte sie dort hingestellt haben, entschied er. Noch weiter unten war ein Regalbrett mit einer sehr gemischten Sammlung. Fachbücher zum Thema Geologie, Berichte des Bergbauamtes, etliche Theaterstücke einschließlich *Extrablatt* und *Die Herren der Presse*, drei zerfledderte Wörterbücher und fünf Kreuzworträtselhefte waren hineingeklemmt worden. Dazu etliche Anthologien aufsehenerregender Zeitungsartikel. Robin ließ sich auf die Knie nieder und starrte die Reihe entlang, doch das Buch, wonach er suchte, war nicht da. *Best New Stories of 1934* hatte vielleicht einmal hier gestanden, denn zwischen den Anthologien 1933 und 1935 klaffte eine Lücke. Doch jetzt war es nicht mehr da.

Eine Stimme von der Tür zum Wohnzimmer ließ ihn zusammenfahren. Miller junior stand auf der Schwelle und rief seinen Namen.

Robin erhob sich. »Hier bin ich«, sagte er. »Ich habe Ihre Bibliothek bewundert.«

»Das meiste davon war schon da, als wir eingezogen sind«, sagte der junge Miller. Er kam durchs Zimmer, stellte sich neben den Reporter, und es schien Robin, als hätte er verstohlen ins untere Regal geblickt.

»Sind das Ihre?« Robin wies auf die Sammlung auf dem untersten Brett.

Der junge Miller nickte. »Die meisten.«

»Diese Zeitungsanthologien, sind das Ihre?«

»Ja. Warum?«

Der verwunderte Blick verschwand aus seinem Gesicht. »Oh«, sagte er. »*Diese* Geschichte –«

»Die war in der Anthologie von 1934«, klärte ihn Robin auf. »Haben Sie auch den Band von 1934 gehabt?«

»Ich denke schon.«

»Nun, dann ist er verschwunden«, sagte Robin.

Der junge Miller kniete sich hin, und seine Finger tasteten über die Buchrücken. »Er müßte aber hier sein«, sagte er.

»Erinnern Sie sich, wann sie ihn zuletzt gesehen haben?«

»Vor Jahren.« Der junge Miller sagte es nachdenklich, als versuche er sich zu erinnern, wann er den Band letztmals gesehen hatte. »Ich schätze, es ist ein paar Monate her.«

»Es könnte der Schlüssel zu allem sein«, meinte Robin. Er fragte sich, ob George Miller seinen Vater ermordet haben könnte, und gab den Gedanken schließlich auf. Drei Männer waren durch jenes Tor gefahren – Jackson, Clark und West. Der junge Miller konnte nicht die Strecke vom Anlegesteg zum Haus und wieder zurück in weniger als zwei Stunden zurückgelegt haben, und außerdem war er fast den ganzen Morgen mit dem Boot draußen gewesen. »Sie könnten sich mal umschauen«, fügte er hinzu.

»Das werde ich gleich tun«, gab sein Gegenüber zurück. Er schien begierig, dem Reporter zu helfen. Robin sagte sich, daß der Umgang mit dem jungen Mann nicht sehr schwierig werden würde. Offenbar interessierte er sich für Zeitungen und Zeitungsleute. Das mochte helfen. Er mußte an andere Fälle denken, an denen er gearbeitet hatte, dachte an die Söhne reicher Männer, die Kameras zertrümmert und Reportern die Augen blau geschlagen hatten, sie bei der kleinsten Provokation vom Bürgersteig warfen, und die Erinnerung an jene anderen Erfahrungen rückte den jungen Miller in ein sehr günstiges Licht.

»Was dagegen, wenn ich mir mal das Grundstück ansehe?« fragte Robin. Der junge Miller schüttelte den Kopf, und ins Wohnzimmer zurückkehrend, gab Robin die Anweisungen Overtons an O'Hara und Jones weiter, bevor er der schlanken Gestalt hinaus in den Garten folgte. Die Mauer schirmte fast vollständig gegen die Brise von See her ab, doch hin und wieder kam ein kühler Windstoß und nahm dann der Sonne etwas von ihrer Wärme. Blaue Hyazinthen in geordneten Reihen folgten dem Plattenweg, und überall waren Vierecke in leuchtenden Farben zu sehen, Beete mit Anemonen und Ranunculi und Iris und Tulpen. Auf dem Wasser des blaugekachelten Swimmingpools spiegelte sich die Farbe des Himmels.

Im Garten wurde man sich nicht bewußt, daß eine Mauer die übrige Welt ausschloß, denn das eingefaßte Grundstück war eine Welt für sich – ein heller, geschützter Ort von zerbrechlicher Schönheit, dem Mord und Tod ganz fern zu liegen schienen. Es war unvorstellbar, daß man oben im großen Haus den Leichnam seines Besitzers Walter K. Miller hinaustrug.

Am nördlichen Ende des Gartens durchbrach eine kleine Tür die glatte Fläche der Mauer. Robin drehte den Knauf und stellte fest, daß sie verschlossen war.

»Wir halten sie immer unverschlossen«, erklärte der junge Miller und fischte einen Schlüsselbund aus der Tasche. »Man kann sie mit demselben Schlüssel wie für die Vordertür aufschließen.«

Robin nickte zur Einfahrt hin. »Ist das das einzige andere Tor?« Miller junior bestätigte es.

»Bleibt es immer unverschlossen?« fragte Robin.

»Das Schloß hat eine elektronische Sperre«, erklärte ihm sein Begleiter. »Zwischen sechs Uhr morgens und zehn Uhr abends öffnet sich das Tor automatisch. Danach sperrt man es ab, wenn man beim Reinkommen die Laterne links nach unten zieht.«

»Raffiniert«, sagte Robin. Er ging durchs Tor voran und wartete, daß der andere ihm folgen würde.

»Gehen Sie nur«, sagte der junge Miller mit erstickter Stimme. »Ich geh' wohl besser zurück ins Haus. Vergessen Sie nicht abzuschließen, ja?« Er klemmte die Tür mit einem Stein fest.

Robin versprach es ihm. Seine Blicke folgten dem großgewachsenen jungen Mann, als er durch den Garten ging, und dann entdeckte er den Grund für dessen Weggehen. Der Leichenbeschauer und seine Gehilfen schafften gerade den Leichnam des alten Miller in den Leichenwagen und hatten dabei große Schwierigkeiten. Der Sohn hastete den Pfad entlang, vorbei an den Marmorsäulen, und dann verschlang ihn das Haus. Robin schaute aus der Ferne zu, wie die Männer sich mit dem Weidenkorb abmühten, zuckte die Achseln, drehte sich weg und folgte einem ausgetretenen Pfad, der auf einen kleinen Hügel führte. Die Kronen gegen den Wind gestemmt, standen ein paar verkrüppelte Pinien auf der Kuppe.

Zwei Dinge bemerkte Robin gleichzeitig, als er die Anhöhe erklommen hatte – zwei Dinge, die ihm bedeutsam schienen. Zu seiner Linken war ein Bruch in der Klippe, und durch den Spalt führte ein Pfad abwärts. Er folgte ihm bis zu der Stelle, wo er an einem schmalen Durchlaß steil abfiel, und dann sah er, daß es von dort hinunterging zu einer winzigen, mit Schwemmsand gefüllten Höhle. Vor Jahrhunderten hatte offenbar ein Erdbeben die Klippe zum Bersten gebracht, und die heranrollenden Wellen hatten dann diesen Küstenvorsprung ausgewaschen, der jetzt fast vollständig von der steigenden Flut gefüllt war. Der Pfad war steinig, und wenn man ihn entlangging, hinterließ man kaum eine Spur, doch Robin schien es, daß schwach sichtbare Fußspuren nach unten verliefen und eine zweite Spur in entgegengesetzter Richtung. Wie lange sie wohl schon da waren? Er wußte es nicht, und es gab keine Möglichkeit, dies festzustellen. Sie mochten heute morgen hinterlassen worden sein oder gestern oder vergangene Woche. Die Lücke in der Felswand, der Ebbe und Flut des Pazifik ausgesetzt, war zwar sehr eng, aber dennoch breit genug, einen geschickten Steuermann mit seinem Boot durchzulassen. Er blieb eine Weile dort stehen, den Blick auf die enge Öffnung gerichtet, und in Gedanken erwog er eine Möglichkeit und erkannte, daß der Bericht des Torwächters den jungen Miller nicht aus dem Kreis der Verdächtigen ausschloß.

Er folgte seinen Spuren zurück zur Kuppe des Hügels, und als er dort mit dem Rücken zum Wind stand, überblickte er das Gelände, das vor ihm lag. Keine hundert Meter entfernt sah er das neunte Grün der Golfanlage von Los Pinos. Eine Fahrrinne führte nach Norden, schmiegte sich an den Hang der Klippe und folgte seinem sanften Gefälle abwärts. Eine weitere Fahrspur schwenkte nach Südosten, dorthin, wo offenbar das achte Grün lag, das von hohen Bäumen umstanden war. Zwei Männer mit Golfschlägern auf den Schultern kamen langsam auf ihn zu. Es war noch nicht lange her, dachte er, daß sowohl Clark als auch Kilgallen diesen Hang heraufgeschritten waren.

5

Gewöhnlich erregten sich die Bürger von Los Pinos nicht über ein Verbrechen. Dafür gab es einen triftigen Grund. Bis Walter K. Miller heute morgen getötet worden war, hatte Mord als etwas gegolten, worüber man in den Zeitungen las, etwas, wovon man schwer glauben mochte, daß es überhaupt existierte. Jetzt war ein Mord Wirklichkeit geworden. Um sechzehn Uhr fünfzehn, als der *Herald* im Straßenverkauf war, riß man sich die Exemplare aus der Hand, und in Windeseile bildete diese Tragödie das einzige Gesprächsthema.

Das Blatt war erst zehn Minuten heraus, als Robin auf der Suche nach dem Bestattungsinstitut Cruze die Ocean Avenue hinauffuhr. Ein Zeitungsjunge kam angerannt, als er an einer Kreuzung warten mußte, hielt ihm eine Zeitung vor die Nase und schrie: »Großes Rätsel!«

Overton hatte kein allzu großes Rätsel daraus gemacht, wie Robin feststellen konnte, als er an den Straßenrand fuhr und die Story seines Freundes las. Los Pinos hatte ihn gründlich verändert – daran konnte kein Zweifel bestehen. Der alte Überschwang war dahin – die alte Hysterie angesichts plötzlicher Todesfälle war nicht mehr zu merken. Einfach, schlicht und mit unendlichem Taktgefühl hatte Overton die Fäden dieses Rätsels zu einem sehr sachlichen Bericht über die Tragödie von heute morgen verwoben. Als er die Titelzeile sah, mußte Robin glucksend lachen. In den alten Tagen wäre Overton damit in der Stadt hausieren gegangen, denn damals war er stolz gewesen auf die Art und Weise, wie er eine Story aufmachte. Robin erinnerte sich besonders an eine, die mit den Worten begann: »Heute hat man im Gefängnis von Cook County einen Toten gehenkt.« Die Einleitung zur Miller-Story brachte nichts dergleichen.

Es fehlte nichts, und der Artikel war frei von Hysterie. Overton kannte seine Leserschaft – wußte genau, wie weit er gehen durfte –, und er ging kein Stück weiter. Er schrieb, daß Mr. Miller sich selbst erschossen haben *könnte*. Er schrieb, Mr. Miller *könnte* auch ermordet worden sein. Er brachte die auffällige Parallele zwischen seinem Telefongespräch und dem alten Zeitungsartikel. Doch er war sorgfältig darauf bedacht, kein Mitglied der Familie und niemanden, der der Familie nahestand, einem Verdacht auszusetzen. Er machte ganz deutlich, daß jeder, der Miller nahegestanden hatte, zur Tatzeit woanders gewesen war.

Im Hauptteil des Artikels wurde nicht Bezug genommen auf Millers Vermögen. Das wurde in einem Extra-Artikel abgehandelt. Es gab reichlich Fotos – von der Familie, vom Haus auf der Landzunge, von Miller und seiner reizenden Frau in Badeanzügen, von der Jacht, von der golfspielenden Tochter, dem Sohn in seinem Rennboot. Und dann fand sich dort noch eine Story über Millers erstaunliche Karriere, in dem gewisse Einzelheiten, wie das Verlassen von Frau und Kindern, als er nach Westen kam, um ein Vermögen zu machen, weggelassen waren.

Robin faltete die Zeitung zusammen, schob sie in seine Tasche, ließ den Wagen an und machte sich auf die Suche nach dem Bestattungsunternehmen. Er fand es in einer Seitenstraße, zwei Wohnblocks vom Gebäude des *Herald* entfernt. Wäre nicht das diskrete Schild über dem Eingang gewesen, wäre er glatt daran vorbeigefahren, denn das Geschäft sah gar nicht nach einem Ort aus, wo Leichen bis zu ihrer Einbalsamierung aufbewahrt wurden. Es hatte den Anschein, als sei Cruze nichts daran gelegen, die Strategie anderer Bestattungsfirmen in größeren Städten nachzuahmen. Keinerlei marktschreierische Schilder hingen aus, die den werten Hinterbliebenen den Blick auf ein lebensgroßes Gemälde des Abendmahls boten oder den beruhigenden Gedanken eingaben, daß sie hier von allem das beste für ganz wenig Geld finden konnten.

Der Vorraum war einfach und mit Geschmack ausgestattet. An den Wänden hingen ein paar ausgefallene Gemälde, die offenbar in der Nachfolge von Gauguin und Matisse gemalt waren. Wahrscheinlich hatte Cruze die Bilder dieser Epigonen in Kommission genommen, entschied Robin. O'Hara lümmelte sich auf dem Sofa, nuckelte am Mundstück einer Corona und blätterte im Katalog des Bestattungsunternehmens.

»Die Herzchen, die sich das ausgedacht haben, sind die reinsten Dichter«, sagte O'Hara. »Sie machen aus dem Tod etwas, worauf man sich schon richtig freut. Haben Sie schon herausgefunden, wer's getan hat?«

»Nein«, sagte Robin.

O'Hara tat so, als sei er überrascht. »Sie lassen nach«, sagte er. »Also, so wie Reed über Sie geredet hat, mußte ich annehmen, daß Sie inzwischen schon alles aufgeklärt haben.«

Er will einen Kampf, sagte sich Robin. Na ja, soll er warten. Hat keinen Zweck, gleich am ersten Tag Streit anzufangen. »Ist Cruze da?« fragte er.

»Yeah. Er ist hinten, mit dem alten Doc Powers. Sie sind mit der Leiche beschäftigt.«

»Haben sie irgendwas gefunden?«

O'Hara nickte. »Sie haben den Paraffintest gemacht. Sieht ganz so aus, als hätte er sich erschossen, behaupten sie. Auf seiner Hand waren Schmauchspuren.«

»Das dachte ich mir schon«, sagte Robin.

»Ach ja?« O'Hara warf den Zigarrenstummel durchs Fenster und widmete sich wieder dem Katalog.

Soso, ich bin entlassen, dachte Robin. Er will mit dem neuen Reporter nichts zu tun haben. Vor ihm befand sich eine geschlossene Tür mit der Aufschrift »Privat«, also drückte er die Klinke, stellte fest, daß nicht abgeschlossen war, und ging durch einen dunklen Flur nach hinten, wo noch dunklere Räume abgingen. Von irgendwo hörte er Männer miteinander sprechen, und als er dem Klang der Stimmen nachging, fand er sich in einem großen, hellerleuchteten Arbeitsraum wieder. An einer Längswand waren Särge gestapelt, und auf dem Tisch in der Mitte lag Millers nackter Leichnam. Cruze und ein älterer Mann mit Schmerbauch waren noch bei der Arbeit. Ihnen zuzusehen war nicht gerade angenehm. Robin sprach die beiden an: »Haben Sie die Kugel schon gefunden?« fragte er.

Offenbar hatten die Männer nicht bemerkt, daß Robin sich mit ihnen im Raum befand, doch sie zeigten keinerlei Überraschung. Robin hatte das Gefühl, daß sie auch nicht überrascht gewesen wären, hätte der Leichnam sich plötzlich aufgesetzt und um ein Glas Wasser gebeten.

»Sie dürfen hier eigentlich gar nicht rein«, sagte Cruze.

»Verschwinden Sie«, sagte der Mann mit dem Spitzbauch. Eine lange Haarsträhne, die wie in Tabaksaft getaucht schien und offenbar erfolglos dazu dienen sollte, eine große, kahle Stelle zu verdecken, hing ihm in die Augen. Das, so dachte Robin, muß wohl Doc Powers sein.

Robin hatte nicht die Absicht zu verschwinden. Er lehnte sich an den Türrahmen, zog eine Zigarette heraus und zündete sie an. »Ich glaube, ich kann erklären, warum sich an der Hand des Ermordeten Schmauchspuren befinden«, sagte er.

»Das kann ich auch.« Doc Powers starrte Robin an. »Er hat sich erschossen.«

»Nein, das hat er nicht«, entgegnete Robin. »Jemand, den er gekannt und dem er vertraut hat, hat sich hinter ihn geschlichen und ihn mit diesem 38er ins Jenseits befördert.«

»Das erklärt es nicht«, sagte Powers.

»Lassen Sie mich ausreden. Der Mörder hat Overton beim *Herald* angerufen, eine Weile mit ihm gesprochen, ihn aufgefordert, genau hinzuhören, dann Miller den Revolver in die Hand gedrückt, durch ein offenes Fenster nach draußen gezielt und dann den Abzug betätigt.« Robin erriet den Hergang nur, doch er schien ziemlich gut geraten zu haben.

»Sie sind ja ein Genie«, meinte Powers. »Nur, wie kommt's dann, daß nur eine einzige Kammer des Revolvers leer ist?«

»Ganz einfach. Der Mörder hat eine der leeren Patronen durch eine neue ersetzt. Beim Einsetzen hat er die Kammer gereinigt.«

»Wissen Sie, ich glaube, er hat's genau getroffen«, sagte Cruze. »Bei Gott, das klingt vernünftig.« Das runde Gesicht des kleinen Mannes nahm einen sehr nachdenklichen Ausdruck an. Jetzt erinnerte er Robin an einen Mann, der auf der High School versucht hatte, ihm Geometrie beizubringen.

»Falls er sich nicht doch selbst erschossen hat.« Aber auch Powers schien sich jetzt nicht mehr ganz so sicher, daß es Selbstmord gewesen war.

Der nachdenkliche Ausdruck in Cruzes Gesicht hatte sich noch vertieft, und Robin kam es so vor, als habe etwas in den Augen des kleinen Bestattungsunternehmers erregt aufgeblitzt. Genau in dem Moment, sagte sich Robin, stellt er ein paar blitzschnelle Überlegungen an. Wenn man es Mord nennen kann, so denkt er offenbar, wird er jetzt gratis jede Menge Publicity bekommen. Solange er das Ergebnis jenes Tests nicht hat erklären können, hat er nicht gewagt, von Mord zu sprechen. Jetzt habe ich ihm eine Erklärung geliefert, und er hat sie geschluckt.

Genau das war es, was Cruze dachte. Trotz seines Interesses an bildender Kunst – an Sonntagen malte er, solange ihm sein Geschäft nicht dazwischen kam – und trotz seiner Begeisterung für das aufregende Experiment in der UdSSR hatte seine Arbeit doch Vorrang. Hier bot sich ihm nun eine günstige Gelegenheit, ein bißchen öffentliches Interesse am Geschäftsunternehmen von Cruze zu schüren. Die Leute würden, von Neugier getrieben, zu seinem Bestattungsunternehmen kommen, ihnen würde aufgehen, was für ein gefälliges, reizendes kleines Geschäft das eigentlich war, und sie würden anerkennen, was es hieß, nach Art des Hauses Cruze begraben zu werden. Das müßte ihm doch um die Hälfte mehr Umsatz einbringen – es sollte ihm damit gelingen, den beiden anderen Bestattungsunternehmern am Ort Kundschaft wegzuschnappen, obwohl der eine Katholik und der andere Anhänger von Christian Science war.

Powers hatte noch immer leichte Zweifel. Und es war der Zweifel an Robins jäher Theorie, der schließlich an den Tag brachte, was sich an jenem Dienstagmorgen in Millers Schlafzimmer wirklich zugetragen hatte.

»Wann ist die Voruntersuchung?« fragte Robin.

»Ich weiß nicht«, erwiderte Cruze. »Nachdem dieser Test positiv ausgefallen ist, hatten wir ursprünglich beschlossen, darauf zu verzichten.«

»Aber jetzt werden Sie sie abhalten?«
»Oh, ganz gewiß.«
»Morgen vormittag?«
Cruze überlegte. Ihm war anzusehen, daß seiner Meinung nach keine Zeit verloren werden dürfte. »Das ginge auch«, sagte er. »Ich werde Lee anklingeln und ihn veranlassen, daß er die Geschworenen zusammenruft.« Er ging in den Empfangsraum, wo das Telefon stand. Powers grinste Robin zu.
»Sie leisten schnelle Arbeit«, sagte Powers. »Wie heißen Sie?«
Robin nannte ihm seinen Namen.
»Für wen arbeiten Sie?«
»Für den *Herald.* Ich hab' heute angefangen.«
»Overton wird Sie gut gebrauchen können«, meinte Powers. »Sie haben nur geraten, als Sie uns Ihre Theorie vorgetragen haben, stimmt's?«
»Was glauben Sie denn?«
»Ganz sicher haben Sie das. Glauben Sie, daß er ermordet worden ist?«
»Sie denn nicht?«
Powers zuckte die Achseln. »Zum Teufel, ich weiß nie, was ich denken soll. So wie ich drüber denke, macht es eigentlich keinen Unterschied. Er ist tot, warum soll man drüber nachdenken, wie er gestorben ist? Aber jedenfalls werd' ich ihn mal aufmachen und reinschauen. Vielleicht weiß ich später mehr. Wo kann ich sie erreichen?«
Robin sagte, das wüßte er noch nicht. »Ich ziehe gerade um«, sagte er.
»Na ja, das kann warten«, meinte Powers. »Falls ich was finden sollte, ruf' ich Sie morgen früh bei der Zeitung an.«
Und er ließ sich Zeit. Erst als Robin Powers bei der Voruntersuchung am Mittwoch wiedersah, erfuhr er, warum Miller nicht gemerkt hatte, was ihm widerfahren war.

6

Weit hinten am Horizont pflügte ein Frachter langsam gen Süden, und es sah aus, als hätte sich die Sonne in seiner Takelage verfangen. Die Pinien warfen lange Schatten aufs Pflaster, und der Wind wehte kalt. Vier unterkühlte Jungen mit nackten Füßen und aufgerollten Hosenbeinen kamen vom Strand her den Hügel heraufgestapft, und ihre schrillen Stimmen verschafften sich weithin Gehör. Die Frau, die im Schaufenster des *Ye Little Corner Cupboard* den Webstuhl bediente, war noch bei der Arbeit, und ihre Finger fuhren geschwind zwischen der Unzahl von Fäden vor und zurück wie die einer Harfenistin, die *The Rosary* spielte. Doch da war ein Unterschied: Man mußte der Frau am Webstuhl nicht zuhören. Sie sah gut aus und hatte ein buntes Tuch um ihr Haar geschlungen. Als Robin auf seinem Weg zum *Herald* vorbeikam, lächelte sie ihm zu. Noch vor zwei Jahren, dachte Robin, wäre er an diesem Lächeln nicht vorübergegangen, obwohl die Frau ein paar Jahre älter sein mochte als er und handgewebte Decken und Halstücher herstellte. Er lächelte zurück und setzte seinen Weg fort, nicht im mindesten traurig darüber, daß er jetzt ein verheirateter Mann war.

Overton saß noch an seinem Schreibtisch. Ein Bündel feuchter Negative lag vor ihm ausgebreitet, und er putzte gerade den Fotografen herunter. Der Fotograf hieß Daley, und er hatte es versäumt, sich ein falsches Gebiß machen zu lassen, nachdem ihm die Vorderzähne gezogen worden waren.

»Ich sage Ihnen, was wir machen können«, ereiferte sich Daley. »Wir können eine Bilderserie daraus machen, wie die in *Life* das tun, und das Ganze dann ›Delikate Schnappschüsse‹ nennen. Die würden sich gar nicht schlecht machen. Das hätte irgendwie was Künstlerisches.«

»Wir könnten demjenigen Leser auch einen Preis aussetzen, der erraten kann, wer *das* hier ist.« Overton deutete auf eins der Fotos. »Sie haben die Aufnahme schwer verwackelt.« Er schaute hoch, erblickte Robin und grinste. Die Gegenwart seines Freundes schien ihn abzulenken von Daleys Kunstsinn. »Lassen Sie die erst mal trocknen, vielleicht sehen sie dann besser aus«, sagte er zu dem Fotografen. »Aus Erfahrung weiß ich, daß sie's nicht tun, aber man darf die Hoffnung nie aufgeben.«

»Wir benutzen sowieso selten Bilder«, nörgelte Daley, nahm die Abzüge an sich und ging.

»Ich hab' versucht, dich zu finden«, sagte Overton und deutete mit einer Handbewegung auf den Stuhl vor seinem Schreibtisch. »Unsere Herausgeberin hat uns besucht und wollte dich sehen. Sie ist eine tolle Person.«

»Ich habe für Herausgeber noch nie was übrig gehabt«, sagte Robin.

»Hast du noch was rausfinden können?«

»Ein bißchen.« Ein Papiermesser aus Messing mit verbogener Spitze lag vor ihm auf dem Schreibtisch. *Mit besten Empfehlungen von Joe E. Cruze*, war in das Messer eingraviert. Robin nahm es und fing an, damit Löcher in die Schreibunterlage zu stechen. »Nur, daß es die Situation noch verworrener macht. Das bringt gleich drei Leute, nämlich den jungen Miller, Clark und Kilgallen ins Spiel.« Er erzählte Overton von der Höhle und davon, wie der Golfkurs hügelaufwärts bis zur Landzunge verlief. »Ich würde gern mit den Jungs sprechen, die Caddies beim Spiel für Clark und Kilgallen sind. Vielleicht klärt sich dann einiges auf«, fügte er hinzu.

»Wird es nicht.« Overton drehte sich eine Zigarette. »Weil nämlich keine Caddies dabeigewesen sind. Jackson hat diesen Punkt auch bedacht und ist dem nachgegangen. Clark, so scheint es, hat seinen Golfsack selbst geschleppt. Er ist ein geiziger Mistkerl. Kilgallen hat den Caddie für sich und für Marion Miller gespielt.«

»Hat Jackson sonst noch was erfahren?« Robin nahm sich Tabak und Blättchen von seinem Freund.

»Einiges. Scheint aber nicht wichtig. Gestern, gleich nach dem Mittagessen, ist Judge Clark weggefahren, um Miller aufzusuchen, und sie haben eine Zeitlang hinter verschlossenen Türen miteinander verhandelt. Jackson hat Clark gefragt, worum es dabei gegangen ist, und der Judge hat gemeint, es wären nur Routineangelegenheiten gewesen – Überprüfung der Firmenberichte und dergleichen. Nachdem der Judge gegangen war, hat Miller seinen Sohn hereingerufen und eine Weile mit ihm gesprochen. George hat dem Chief erzählt, sein Vater hätte ihm nahelegen wollen, eine Arbeit anzufangen, den Wunsch geäußert, daß er sich überlegen sollte, ob er nicht die Leitung einer der Minen übernehmen will. Sie haben diese Sache in der Bibliothek besprochen, als Marion hereingekommen ist. George sagt, er hätte die beiden dann allein gelassen.«

»Hat Jackson rausfinden können, was Marion wollte?«

Overton nickte. »Zumindest hat er Marion danach gefragt, und sie hat behauptet, sie hätte die Erlaubnis ihres Vaters einholen wollen, nach San Francisco zu reisen und sich dort für ein Golfturnier anzumelden, das in einigen Wochen abgehalten werden soll.«

»Das ist alles nicht sehr erhellend, wie?«

»Nein. Jackson meint, daß Millers Nachbarn nicht in Frage kommen. Sie leben alle schon seit Jahren hier und haben keine geschäftlichen Beziehungen zu Miller unterhalten. Sie kannten ihn zwar auf gesellschaftlicher Ebene, aber das ist auch alles. In dieser Hinsicht wissen sie allerdings über Mrs. Miller besser Bescheid als über ihren Mann. Sie spielt Bridge mit vier oder fünf der Ehefrauen.«

»Und es besteht nicht zufällig die Chance, daß Miller vielleicht mit einer dieser Ehefrauen rumgemacht haben könnte, oder?« fragte Robin.

Overton mußte kichern. »Du solltest sie mal sehen. Einige der Töchter sind gar nicht so übel, aber die können Mrs. Miller längst nicht das Wasser reichen. Nein, der Alte war treu wie Gold. Er wäre auch ein Trottel gewesen, hätte er sich anderweitig amüsiert, meinst du nicht auch?«

»Ich bin Mrs. Miller noch nicht begegnet«, sagte Robin.

»Da hast du was versäumt. Du wirst sofort Feuer und Flamme für sie sein. Es sei denn, du hast dich von Grund auf geändert.«

»Das habe ich«, sagte Robin. »Ich bin wahrscheinlich der treueste Ehemann der Welt.«

»Die Ursache dafür, daß du das bist, hat vorhin angerufen«, sagte Overton. »Sie hat dieses Haus gemietet. Ist sie so nett, wie sie sich am Telefon anhört?«

»Noch viel netter«, sagte Robin.

»Das hab' ich mir gedacht. Also hab' ich sie gleich zum Abendessen eingeladen. Aber um auf die Millers zurückzukommen: Jackson hat diesen West überprüft. Er hat gegen zehn dieses Zeug bei den Oakmans vorbeigebracht und ist sofort wieder gegangen. Der Chief hat noch mal mit Anderson, dem Wachmann, gesprochen. Er ist sich immer noch nicht sicher, wie lange sich West auf dem Gelände aufgehalten hat. West behauptet, er wäre gleich wieder umgekehrt, und Jackson bleibt im Moment nichts anderes übrig, als Wests Aussage vorerst zu akzeptieren.«

Mit der verbogenen Spitze des Papiermessers zog Robin seine Initialen auf der Schreibunterlage nach. »Hat Jackson das mit der Bootsfahrt des jungen Miller nachgeprüft?«

»Nicht allzu gründlich. Der Junge hat ihm erzählt, er wäre den ganzen Morgen auf dem Wasser rumgekreuzt. Ich hab' Jones runter zum Hafen geschickt, damit er sich mal mit Lansing unterhält, der die Konzession für die Anlegestelle besitzt. Lansing konnte sich nicht erinnern, ob George aus dem Hafenbecken rausgefahren ist oder nicht. Er hat gesagt, George wäre mit dem Boot überall rumgeflitzt, um die Jachten gekurvt, aber Lansing hat ihm nicht viel Beachtung geschenkt.«

»Dann könnte er unbemerkt aufs offene Meer gefahren sein.«

»Das könnte er«, pflichtete Overton ihm bei. »Mir scheint, wir haben die Auswahl zwischen vier Burschen – George, Kilgallen, Clark und West.«

»Und Jackson«, ergänzte Robin.

Sein Freund schnaubte ärgerlich. »Nur weil er hochgefahren ist, um das Reservoir zu inspizieren? Daran hab' ich auch schon gedacht. Es gibt Mittel, genau festzustellen, ob er dort gewesen ist oder nicht. Aber er hat recht. Es hat Beschwerden wegen der Angelei gegeben. Die laufen bei mir schon seit Tagen ein, und ich habe ihn gestern deswegen angerufen.«

»Kennst du Jackson schon lange?«

»Seit ich hergekommen bin. Ich hab' ihm geholfen, den Job zu bekommen. Er ist Anwalt gewesen, aber zu verdammt ungeschickt, was Richtiges damit anzufangen. Er ist dauernd unterwegs, um Bilder zu malen. Dieser Job verhilft ihm zu einem monatlichen Gehalt und bewahrt ihn vorm Verhungern. Und ihm bleibt reichlich Zeit für seine Malerei.«

»Wie lange ist er schon hier?«

»Seit sechs oder sieben Jahren.«

»Weißt du, wo er herstammt?«

»Na klar. Er ist vor sechsundvierzig Jahren in Carson City geboren. Er ist an die University of Nevada gegangen und danach auf die Hastings Law School. Er darf die Juristerei sowohl in Kalifornien als auch in Nevada ausüben – das hat er auch, obwohl ich nicht glaube, daß er sich in Rechtssachen gut auskennt. Aber, zum Teufel, weswegen hätte er Miller umbringen sollen? Er kennt den Mann ja kaum.«

»Vielleicht kennt er ihn besser, als wir glauben«, sagte Robin. »Er stammt ja auch aus Nevada. Aber ich behaupte nicht, daß er es getan hat. Ich will ihn bloß aus dem Weg haben, weil er nur die Hühner scheu macht. Es gibt die schwache Möglichkeit, daß er vielleicht zu Miller rausgefahren ist anstatt zum Reservoir.«

»Eine sehr schwache allerdings«, sagte Overton.

»Sicher ist sie schwach. Und soweit ich sehen kann, hat er auch gar kein erkennbares Motiv. Aber das haben Kilgallen und Clark auch nicht. George könnte seinen Alten wegen des Geldes umgelegt haben.«

»Das ist immer ein guter Grund«, räumte Overton ein. »Weißt du, Kilgallen brennt darauf, Marion zu heiraten. Vielleicht hat er sich Millers entledigt, damit er sich eine größere Mitgift sichert, aber das ist alles Spekulation und bringt uns nur durcheinander. Komm, gehen wir.« Er nahm eine zerknitterte Jacke vom Kleiderständer in der Ecke, streifte sie über und sperrte seinen Schreibtisch ab. »Wie in alten Zeiten«, sagte er, als er die Treppe hinunterging. Er legte Robin die Hand auf die Schulter.

»Ich spendier' dir einen Drink«, sagte Robin. »Als wir das letztemal zusammen weg waren, hast du etliche für mich ausgegeben, und dann hast du beschlossen, daß du Cops nicht magst.«

»Ich bin in den letzten sechs Jahren weicher geworden.« Overton blieb draußen vor dem *Herald*-Gebäude stehen und füllte seine Lunge mit der sauberen, nach Pinien duftenden Luft. »Das muß am Klima liegen.«

Sie spazierten die Ocean Avenue hinunter und kamen zu einem kleinen Lokal mit einer roten Tür. An einem Ende der Bar tranken zwei junge Frauen im Reitkostüm schlehenfarbenen Gin Fizz, während am anderen Ende einsam ein Mann saß. Er erweckte den Eindruck, als würde er vom vielen Scotch bald sturzbetrunken sein.

Overton stieß Robin an. »Kilgallen«, flüsterte er.

Während er seinen Bourbon schlürfte, musterte Robin den Grundstücksmakler. Er war ein feingliedriger, nervös wirkender Mann, nicht über vierzig, mit einem schmalen Gesicht. Sein Kopf wurde zu den Schläfen hin breiter, was ihm ein etwas seltsames, wenngleich intelligentes Aussehen verlieh. Wenn sich seine Finger um das Glas legten, konnte man sehen, daß sie lang und sehr schmal waren. Im Ausdruck seiner Augen lag etwas, das einen nicht losließ, denn sie blickten schrecklich traurig, wie die Augen eines Spaniels. Er ist, mußte Robin denken, genau die Sorte Mann, die sich von Frauen gern bemuttern und beschützen läßt. Dabei war es nicht etwa so, daß er schwächlich wirkte – vielmehr schien es so, als könne er sich dem Leben nicht recht anpassen, als sei er nicht fähig, sich damit auseinanderzusetzen. Robin fragte sich, wie Marion Miller sein mochte – wahrscheinlich eine große, üppige Frau voller Vitalität. Genau die Person, die jemand wie Kilgallen brauchte. Und dann kam Robin plötzlich der Gedanke, daß er den Mann irgendwo früher schon gesehen haben müßte. Dieses schmale, gebräunte Gesicht war ihm merkwürdig vertraut. Er starrte hinunter auf das polierte Thekenholz und versuchte sich zu erinnern, doch sein Gedächtnis ließ ihn im Stich.

»Na, hast du ihn einordnen können?« fragte Overton, als sie aus der Bar gingen.

»Nein.«

»Du hast sein Foto schon etliche Male gesehen.«

»Ich hab' weder ihn noch sein Bild jemals irgendwo gesehen.«

»Morgen wirst du dich an ihn erinnern. Es sei denn, er hat sich gründlich geändert«, sagte Overton.

»Warum?«

»Weil er dann nämlich den Mord an Goliath gestehen wird. Falls er das nicht tut, ist er sich selbst untreu geworden. Du müßtest dich doch an ihn erinnern. Früher hat er sich Dr. Richard Mason genannt, und in den vergangenen acht Jahren hat er mindestens ein Dutzend Morde gestanden.«

»Also *der* ist das«, sagte Robin, und jetzt wußte er auch, warum ihm Kilgallens Gesicht so vertraut vorgekommen war. Vor vier Jahren in New York hatte er den Mann interviewt, hatte versucht, hinter das Geheimnis von dessen seltsamer Obsession zu kommen – dem Gefühl, das von ihm Besitz ergriff, wann immer ein Mord geschehen war, daß er es gewesen war, der getötet hatte.

»Hierher ist er vor ungefähr drei Jahren gekommen«, erklärte Overton beim Einsteigen in Robins Auto. »Er hat ein Büro eröffnet und angefangen, Grundstücke zu verkaufen. Zuerst lief es nicht allzu gut. Dann befreundete er sich mit den Nachlaßverwaltern des Mattison-Besitzes und wickelte das Miller-Geschäft für sie ab, machte sich an Miller ran und verkaufte ihm das Haus und die Jacht. Dabei ist er Marion begegnet. Seither sind die beiden unzertrennlich. Scheinen beide ganz versessen aufeinander.«

»Sieht er immer so niedergeschlagen und verängstigt aus?«

»Nein. Er ist meistens recht gesprächig. Ich glaube, er hat das Gefühl, daß seine Vergangenheit ihn heute eingeholt hat. Der Mord, von dem alle Welt jetzt redet, hat ihn am Boden zerstört. Er ist ein komischer Kauz. Eine Zeitlang konnte ich ihn gar nicht einordnen – bis ich eines schönen Morgens schwer verkatert in sein Büro gekommen bin. Und ich sag dir, es war ein Mordskater. Als ihm auffiel, daß ich den Flattermann hatte, kritzelte er etwas auf ein Stück Papier und sagte mir, ich sollte damit zum Drugstore gehen. Der Mann im Laden wollte von mir wissen, welcher Arzt mir dieses Rezept ausgeschrieben hätte. Nein, es wäre kein Arzt gewesen, sagte ich ihm. Der Mann meinte, ich sollte ihn nicht auf die Schippe nehmen. Und da dämmerte mir, wer Kilgallen in Wirklichkeit ist. Ich hab' den Mund gehalten. Ich habe Kilgallen gegenüber nicht mal durchblicken lassen, daß ich genau wußte, daß er der Kerl gewesen ist, der mir vor acht Jahren in New York einen Mordfall vermasselt hat.«

»Damals hat das mit ihm angefangen, stimmt's?«

»So ist es. Da fand man eine Blondine mit einem Messer im Rücken in der Badewanne, und aus heiterem Himmel kreuzte er auf und behauptete, daß er es gewesen wäre. Er hat die Geschichte so glaubhaft erzählt, daß sie ihn eingesperrt haben. Er wäre fast dafür gehängt worden, wenn der Vogel, der die Tat begangen hatte, sich nicht aus Reue selbst umgebracht und in einem Abschiedsbrief alles gestanden hätte.«

Robin legte den Gang ein, ließ das Auto ein Stück die Ocean Avenue hinabrollen, bis der Motor startete, bog dann nach links ab auf die Pine Road und schlug die Richtung zum Campingplatz ein. »Kennt sonst jemand hier seine wahre Identität?«

»Ich glaube nicht. Und ich bin sicher, daß er sich an mich nicht mehr erinnern kann.«

»Ich hab' ihn mal interviewt«, sagte Robin, »als ich bei U.P. gearbeitet habe. Nachdem ich mich von dir abgesetzt hatte. Ich wollte rausfinden, warum er so was macht. Er schien es selbst nicht zu wissen.«

»Ich hab' so eine Ahnung, daß der Schnaps dabei eine große Rolle spielt. Ich hab' mir immer vorgestellt, daß ihn der Drang zu gestehen immer dann überkam, wenn er ein paar Drinks intus hatte.«

Jetzt war die Straße nicht mehr gepflastert, und sie fuhren auf einem Sandweg. Ein Sprengwagen war erst vor kurzem hier vorbeigekommen, so daß kaum noch Staub in der Luft lag. »Seltsam, daß er gerade hierher gekommen ist«, bemerkte Robin.

»Gar nicht so seltsam«, meinte Overton. »Diese Stadt hat eine vorbildliche Verbrechensstatistik. Seit Menschengedenken kein einziger Mord. Jedenfalls stand das in dem Artikel, den ich durchgegeben habe, als ich gerade hier gelandet war. Der Artikel hat damals viel Aufsehen gemacht, und ich kann mir vorstellen, daß Kilgallen ihn gelesen hat und hierhergezogen ist, damit er gar nicht erst wieder in Versuchung kommt, seinem Geständniszwang nachzugeben. Und dann muß so was wie heute passieren.«

»Ist Millers Tochter je in New York gewesen?«

»Sie ist da auf eine Mädchenschule gegangen.«

»Vielleicht kannte er sie von da her. Vielleicht konnte er deswegen den Hauskauf abwickeln.«

»Daran hab' ich noch gar nicht gedacht. Aber falls du deine Frau abholen willst, solltest du jetzt besser wenden«, sagte Overton. Die Bremsen quietschten, die Reifen wühlten sich in den nassen Sand, und schleudernd fuhr der Wagen rückwärts durch das große Tor mit den Holzflügeln. Robin bemerkte jetzt zum erstenmal, daß auf dem Querbalken über dem Tor die Worte standen: *Kozy Korner Camp*.

»Ich weiß einen Witz von einem Mann, der mit Vorliebe Worte mit K am Anfang buchstabiert«, sagte Overton.

»Das ist ein sehr alter Witz«, bemerkte Robin, während er den Wagen rückwärts bis dicht an den Wohnwagen heranfuhr.

Mary hatte schon alles bereit. Das Sonnendach und die Campingstühle waren abgeräumt, und sie saß jetzt wartend auf dem Treppchen des Hängers. Sie trug einen roten Pullover und einen blauen Rock, und als sie aufstand, wirkte sie wie ein kleines Mädchen.

»Ich war schon kurz davor, einen Suchtrupp nach euch zu schikken«, sagte Mary. »Ich wollte die Boy Scouts die Bars nach euch absuchen lassen.«

»Wir haben unser Wiedersehen ein bißchen gefeiert«, sagte Overton. Marys Hand verschwand in seiner riesigen Pranke. Ihre Augen musterten ihn anerkennend, und dann mußte sie lächeln. Als sie lächelte, zeigte sich auf ihrer linken Wange ein Grübchen.

»Er hat schon immer eine Schwäche für Brünette gehabt«, sagte Overton.

Sie koppelten den Wohnwagen ans Auto und quetschten sich dann zu dritt in das kleine Coupé. Erst in diesem Miniaturauto fiel auf, wie groß Overton eigentlich war. Sein Kopf stieß fast an die Dachbespannung, und seine hochgezogenen Knie berührten das Armaturenbrett. Er warf Robin und Mary neiderfüllte Blicke zu, als er spürte, wie eng das Band zwischen diesen beiden Menschen war.

Das neue Heim der Bishops war nicht sehr groß. Es war ein Fachwerkhaus, gedeckt mit Rotholzschindeln, neben dessen Eingang eine Pinie wuchs. Ein Zaun aus Rotholz umschloß einen kleinen Garten, und zwischen den Zaunlatten wucherte Brunnenkresse. Das Wohnzimmer war klein, mit einem gemauerten Kamin an einer Seite. Das Schlafzimmer war ein kleines Kabuff, und das Badezimmer war so klein, daß man sich kaum darin umdrehen konnte. In der Küche ließen der Herd, das Spülbecken, der Eisschrank und die Schränke der Köchin oder dem Koch nur wenig Bewegungsspielraum.

Hinten in der Garage war genügend Platz für den Wohnwagen. Robin koppelte ihn ab, und sie fuhren quer durch die Stadt in eine Gegend, wo Overton inmitten eines Pinienwäldchens wohnte. Genau wie sein Besitzer war Overtons Haus groß, und obwohl er allein lebte, hielt er es makellos sauber. Vom Wohnzimmerfenster aus konnte man auf die Stadt hinunterschauen, und über die Bucht hinweg hatte man freien Blick auf die Landzunge mit dem wuchtigen Haus aus Naturstein. Die Sonne lag irgendwo tief auf dem Grunde des Meeres, und das dunkle Wasser glühte wie zur Erinnerung an sie nach. Der Sandstreifen entlang der Küste war wie ein weißes Band aus Satin, hin und wieder von den Wogen zu Rüschen gekräuselt. Die Dunkelheit über der Stadt wurde tiefer, und jetzt gingen nach und nach die Lichter an, die durch die Bäume herüberblinkten. Und oben auf der Landzunge erstrahlte plötzlich das große Haus in gleißendem Licht, als hätten seine Bewohner schreckliche Angst vor der Abenddämmerung.

Overton kniete sich vor den Kamin, riß ein Streichholz an, und Flammen kletterten an den Scheiten empor. Er forderte seine beiden Gäste auf, sich vors Feuer zu setzen, und dann hörten sie ihn längere Zeit in der Küche rumoren.

»Ich bin eine sehr gute Köchin«, sagte Mary, als er zurückkam.

»Er ist der bessere von euch«, klärte Robin sie auf. »Es sei denn, er hat sein Talent eingebüßt.« Die Jahre fielen von ihm ab, und er saß wieder in der Wohnung in Chicago, löffelte Suppe aus großen Schüsseln. In jenen Tagen hatte stets ein gußeiserner Topf voll Suppe auf dem Herd gestanden. Das Rezept dafür hatte Overton einem Küchenchef abgeschwatzt. Das war bei ihm zur Gewohnheit geworden – sich jedesmal, wenn ihm ein Essen besonders geschmeckt hatte, das Rezept vom Chefkoch zu beschaffen. »Nur das Bier, das er macht, ist lausig«, fügte Robin hinzu.

»Dafür war der Gin, den ich gemacht habe, ziemlich gut«, sagte Overton grinsend zu seinem Freund.

Während der folgenden Stunde, als sie an dem langen Eichentisch saßen und Suppe, in Weizenmehl paniertes, köstlich gebräuntes Kammuschelfleisch mit Butter, Broccoli in einer Sauce Hollandaise, kleine, braungebrannte Kartoffeln, knackigen und frostkalten Salat, von dem ein Roquefortdressing tropfte, verzehrten und Kaffee tranken, der so schwarz war, daß er den Innenrand der Tassen verfärbte, fand Robin heraus, daß Overton nichts von seinem Können eingebüßt hatte. Zwei schlanke Kerzen warfen Schatten auf das weiße Tischtuch, und auf dem Kaminrost ächzten die Eukalyptusscheite, als die Flammen die dünne Rinde aufzehrten. Marys Augen glänzten, als sie den beiden Männern zuhörte. Es machte ihr nichts aus, daß sie vorübergehend abgemeldet war, es machte ihr nichts aus, daß sie keinen Anteil an dem haben konnte, woran sich die beiden erinnerten. Sie war froh, daß Robin seinen Freund wiedergefunden hatte, froh, daß er hier bei schummrigem Licht sitzen und auf jene wilde, ungebundene Zeit zurückblicken konnte, denn sie merkte am Klang seiner Stimme, daß er keine Trauer darüber empfand, daß jene Tage Vergangenheit waren, und sie neidete ihm nicht die Erinnerung.

Overton hatte Mary zwar nicht kochen lassen, doch er wollte sie nicht daran hindern, das Geschirr abzuräumen und abzuwaschen. Sie drückte Robin ein Tuch zum Abtrocknen in die Hand, während Overton auf einem Hocker in der Küchenecke saß und sich mit ihnen unterhielt, derweil sie die Teller spülten und in die ordentlich aufgeräumten Schränke zurückstellten. Ein seltsamer Mann, dachte Mary, die hin und wieder einen Seitenblick auf sein häßliches Gesicht warf. Wie er so auf dem Hocker saß, sie anlächelte, die Menschen beschrieb, die in der Stadt lebten, an Dinge erinnerte, die er und Robin getan, und an Menschen, die sie beide gekannt hatten, gingen von ihm mehr Kraft und Charme aus als von irgendwem, dem sie jemals begegnet war. Sein großes, häßliches Gesicht wurde beinahe hübsch, und sie war geradezu froh, daß er schiefstehende Zähne, einen widerspenstigen dichten Haarschopf und einen schlaksigen, schlenkrigen Körper hatte, denn all das hob ihn von allen anderen Männern ab.

Stunden später, als sie hügelabwärts und durch Straßen fuhren, die wie dunkle Tunnel von Bäumen überdacht waren, bekannte Mary ihrem Mann, was sie von seinem alten Freund hielt.

»Er ist ein prachtvoller Bursche«, sagte Mary. »Der erste prachtvolle Bursche, dem ich jemals begegnet bin.«

»Wie steht's denn da mit mir?« fragte Robin.

»Du zählst nicht«, erwiderte Mary. »Mit dir bin ich verheiratet.«

Bis Schlag neun Uhr war der Saal für die Anhörung im Rathaus gerammelt voll. Nicht mehr seit eine Künstlergruppe vor den Stadtrat getreten war und gefordert hatte, daß das Straßenpflaster blaßgrün getüncht werden müsse, war hier eine so große Menge versammelt gewesen. Jeder Stuhl war besetzt, und sogar Jasper Craig, dessen Vater mit der Herausgabe von Bibeln eine Million Dollar verdient hatte – die dann sein Sohn für Pamphlete gegen die Religion ausgegeben hatte – war, die Baskenmütze über beide Ohren gezogen, zur Stelle. Auf einer Packliste in der Ecke hatte Atherton Bird seine Staffelei aufgestellt und brachte so schnell Farbe auf die Leinwand auf, daß man argwöhnen konnte, er benutze dafür einen Anstreicherquast. Bird, das war der Künstler, dessen Wandmalereien für das Postamt von Los Pinos der Verwaltung einiges Kopfzerbrechen bereitet hatten. Die Wandmalereien, die inzwischen längst überpinselt worden waren, hatten Birds Verachtung für die Zivilisation im allgemeinen und für Franklin D. Roosevelt im besonderen zum Ausdruck gebracht. Heute arbeitete er an einem Bild, dem er den Arbeitstitel »Abstrakte Komposition der Neugier« gegeben hatte.

Auf einem Quadratzentimeter versammelten sich hier mehr Baskenmützen, als man innerhalb einer Woche in Greenwich Village zu sehen bekam. Aber unter die Malerkittel, die Anzüge aus grobem Tweed und die Reitkleidung mischten sich auch reichlich Nerzmäntel, denn die Leute, die innerhalb des Wachzauns lebten, waren herausgekommen, um in Erfahrung zu bringen, ob ihr gigantischer Nachbar sich selbst umgebracht hatte oder von fremder Hand aus der Idylle gerissen worden war.

Schwerlich hätte man irgendwo anders eine Versammlung intelligenterer Köpfe in der Jury einer Voruntersuchung finden können als die, die welche Sitzreihen neben dem Tisch des Bürgermeisters in Beschlag nahm, den jetzt Cruze innehatte. Sogar der Leiter der Lebensmittelkette, der am äußersten Ende saß, schrieb Abhandlungen über Algen und versuchte sich in surrealistischer Malerei, wenn er nicht gerade Schinken abwog oder Käse einwickelte. Dabei war die Jury noch nicht einmal handverlesen. Cruze war nur einmal um den Block gegangen und hatte die ersten sechs Leute aufgegriffen und zwangsverpflichtet, die ihm über den Weg gelaufen waren.

Obwohl er alles mit der gewohnten Sorgfalt organisiert hatte, war

Cruze doch in einem Punkt ein Fehler unterlaufen: Er hatte der Presse nur sechs Plätze reserviert. Er hatte ja nicht wissen können, daß während der Abendstunden Reporterscharen von Zeitungen aus San Francisco in Los Pinos eingefallen waren und bereits Tausende von Wörtern über den ›Tod von Goliath‹ geschrieben hatten. Overtons Formulierung hatte durchschlagende Wirkung gehabt. Jones, der sich ein paar Extradollar verdiente, indem er gelegentlich Artikel für United Press schrieb, hatte sie aufgegriffen, und das hatte die Jungs aus der großen Stadt auf Trab gebracht. Es war ganz die Art Aufhänger, die sie beim Verfassen ihrer Tragödien über alles schätzten, und sie spielten ihn nach Gebühr aus.

Es war dies wahrscheinlich die erste Sitzung im Ratssaal, an der Miller seit seiner Ankunft in Los Pinos nicht teilnahm. Er war einer von denen gewesen, die sich bei Bürgerbegehren stark machten, besonders damals, als der Stadtrat hartnäckig versucht hatte, die Privatstraße zur Landzunge in eine öffentliche Schnellstraße umzuwandeln. Doch an dieser Versammlung konnte er nicht teilnehmen, da er zwei Straßenzüge weiter in Cruzes Bestattungsunternehmen aufgebahrt lag. Demgegenüber war seine Familie vollzählig vertreten und saß schweigend in dem kleinen Vorzimmer, nur durch eine Tür von der Menge getrennt.

Im Gefolge von O'Hara und Daley, dem Fotografen, kämpften Robin und Overton sich den Weg zur Pressebank frei. Mitchell und Jones waren in der Redaktion geblieben und hielten die Stellung im Nachrichtenraum. Die Pressebank war überfüllt mit Reportern von außerhalb, so daß die ortsansässigen Zeitungsleute gezwungen waren, sich auf die breiten Fensterbretter zu hocken. Das war übrigens ein angenehmer Platz, denn der Wind wehte frisch von draußen herein, und die Sonne war warm, und der Himmel und die Bäume und das Meer schienen über Nacht noch sauberer geworden zu sein.

Etliche Besucher kannten Overton bereits von früher. San Francisco war nur hundertsechzig Kilometer entfernt, und die großen Zeitungen hatten oft ihre Männer heruntergeschickt, um Anekdoten über Los Pinos und seine schrulligen Bewohner zu schreiben. Der Streit über Birds Wandmalereien war ebenso sorgfältig dokumentiert worden wie die Schlacht um das lindgrün getünchte Straßenpflaster. Sie begrüßten den großgewachsenen Chefredakteur mit beträchtlicher Herzlichkeit und Achtung, wie Robin bemerken konnte, und einige boten ihm sogar ihren Sitzplatz an. Overton dankte ihnen, sagte, daß er das Fensterbrett bevorzuge, und stemmte sich neben Robin hinauf.

»Wir haben anscheinend für einige Aufregung gesorgt«, sagte Overton mit einem Blick in die Menge. »Gestern abend bin ich noch ein bißchen besorgt gewesen, hab' gedacht, daß ich vielleicht eine Spur zu sensationshascherisch gewesen bin.« Umständlich drehte er sich eine Zigarette und reichte Robin das Päckchen Bull Durham. »Das sind komische Leute«, sagte er. »Man weiß nie, wofür sie sich interessieren. Darum mag ich ja meinen Job so gern. Falls du hier eine Weile rumhängen willst, wird es dir, glaube ich, auch gefallen.« Er bedachte Robin mit einem langen Seitenblick und fragte: »Willst du bald zur *News* zurück?« Dem Tonfall entnahm Robin, daß sein Freund ihn gern zum Bleiben aufgefordert hätte.

»Hat das hier denn Zukunft?« Robin lächelte.

»Da ist die Alterspension«, gab Overton zurück. »Der könntest du ja mit Freuden entgegensehen.«

»Du bringst mich in Versuchung«, sagte Robin. »Achtung, Mr. Cruze macht sich bereit anzufangen.«

Er war nicht nur bereit anzufangen, er hatte bereits begonnen. Er schlug mit dem Rotholzhämmerchen des Bürgermeisters auf den Tisch und verlangte mit sanfter Stimme die Anwesenheit von Dr. Willis Powers im Zeugenstand.

Die strähnige Locke des alten Arztes war sorgfältig über die kahle Stelle gelegt, und er sah heute halbwegs respektabel aus. Er verlor keine Zeit mit Präliminarien und versuchte auch nicht, die medizinischen Ausdrücke, die er benutzte, allgemein verständlich zu machen. Die Geschworenen verstanden sehr wohl, wovon er redete. Drei von ihnen hätten ihn auch dann noch verstanden, wenn er sich auf griechisch an sie gewandt hätte. Er gab eine Beschreibung von Millers Kopfwunde und berichtete, daß er die Kugel im Knochengewebe der anderen Schädelhälfte gefunden habe.

»Würden Sie sagen, daß es sich bei der Wunde um eine handelt, die sich jemand auch selbst beigebracht haben kann?« fragte Cruze.

»Das würde ich nicht«, entgegnete Powers.

Die Geschworenen beugten sich vor. Auch die Menge war jetzt gespannt. Robin flüsterte: »Er hat meine Theorie geschluckt.« Und Overton flüsterte zurück: »Vielleicht.«

»Warum nicht?« fragte Cruze.

»Weil Mr. Miller schlief, als er erschossen wurde«, sagte Powers.

»Er hat *was*?« fragte Cruze. Der Coroner wußte genau, was Powers sagen würde, nur war er eben doch ein Schauspieler.

»Geschlafen«, wiederholte Powers. »Eine Untersuchung des Mageninhalts hat ergeben, daß ihm eine große Menge Nembutal entweder von anderen verabfolgt worden ist oder er sie selbst eingenommen hat.« Overton schaute Robin mit hochgezogenen Augenbrauen an.

»War das Nembutal ausreichend, um den Tod herbeizuführen?« wollte Cruze jetzt wissen.

»Es war reichlich vorhanden. Doch ich würde bezweifeln, daß es genug gewesen ist, einen Mann von der Vitalität Mr. Millers zu töten. Ich würde sagen, daß er an den Folgen der Schußwunde gestorben ist.«

»Sie vermuten also, daß die Person, die Mr. Miller erschossen hat, ihm Nembutal verabreicht hat, um ihn in Schlaf zu versetzen?«

»So sieht es aus«, erwiderte Powers.

Das schien alles zu sein, was Cruze von ihm wissen wollte, und er war schon drauf und dran, den Gerichtsmediziner aus dem Zeugenstand zu entlassen, als Judge Clark beschloß, einzugreifen. Er saß ganz weit vorn, erhob sich plötzlich und ging auf Powers zu.

»Einen Moment noch, Doktor«, sagte Adam. »Ich vertrete die Miller-Familie.«

»Möchten Sie eine Frage stellen?« Cruze gab sich sehr zuvorkommend. »Dann bitte, fragen Sie!«

»Danke«, sagte Adam. Er zog sein Pincenez aus der Tasche, klemmte es sich vor die Augen und musterte den Gerichtsmediziner streng.

»Sie behaupten also, Nembutal im Magen des Toten gefunden zu haben«, sagte Adam.

»Ganz recht.«

»Das ist ein Sedativ, nicht wahr?«

Powers nickte. »In kleiner Dosierung, ja.«

»Wäre es nicht möglich, daß Mr. Miller Nembutal genommen hat, um seine Nerven zu beruhigen, bevor er sich erschossen hat, Dr. Powers?«

»Das glaube ich nicht«, entgegnete Powers. »Er hatte genug davon in seinem Bauch, um ein Pferd umzuhauen.«

»Aber er könnte es deswegen getan haben?«

»Das kann er nicht«, beharrte Powers.

»Woher wollen Sie das wissen?« Judge Clark gab sich streitlustig.

Powers sprach, als rede er zu einem Kind. Es war unverkennbar, daß er die Intelligenz des Juristen nicht sehr hoch veranschlagte. »Sehen Sie mal selbst: Angenommen, Mr. Miller hätte, wie Sie behaupten, das Mittel genommen, um seine Nerven zu beruhigen. Na schön. Er hätte sich doch nicht gleich nach der Einnahme erschossen, oder? Nein. Er hätte sich doch wohl hingesetzt und abgewartet, bis sich seine Nerven wirklich beruhigt hätten. Hätte er nun aber eine derartige Menge eingenommen, dann wäre er binnen fünf Minuten viel zu benommen gewesen, um noch denken zu können, ganz zu schweigen davon, mit Overton zu telefonieren und ihm mitzuteilen, daß er sich umbringen wollte. Das ist lächerlich. Mr. Clark, hier handelt es sich um Mord.« Und ohne dem Anwalt die Möglichkeit zu geben, noch weiter mit ihm zu streiten, verließ Powers den Zeugenstand, und da jemand inzwischen seinen Platz eingenommen hatte, setzte er sich einfach auf den Boden, fischte eine billige Zigarre aus einer seiner Taschen und nebelte sich mit einer dichten Rauchwolke ein. Eine Dame in einem Schneiderkostüm warf ihm einen giftigen Blick zu, doch er schenkte ihr keine Beachtung.

Judge Clark war der Wind etwas aus den Segeln genommen worden, doch er hielt tapfer die Stellung und wartete auf den nächsten Zeugen, den stellvertretenden Polizeichef Phelps. Phelps äußerte sich kurz und bündig. O'Hara vom *Herald* habe ihn angerufen, sagte er. Der habe ihm berichtet, daß Miller gerade mit Overton spreche und seinen Selbstmord angekündigt habe. Er und Craig hätten sich einen Polizeiwagen geschnappt, am Wachtor eine Nachricht für ihren Chef hinterlassen und seien dann zum Haus auf der Landzunge gefahren. Miller, so sagte Phelps, sei bereits tot gewesen, als sie dort ankamen.

»Der Revolver lag am Boden neben dem Leichnam«, sagte Phelps, und er hörte sich gar nicht wie ein Polizist an. Seine Worte waren etwas abgehackt, und er dehnte die As. »Das Telefon stand auf einem kleinen Beistelltisch neben dem Sessel, in dem er gestorben ist. Die Verbindung war noch da, denn ich konnte mit Mr. Overton sprechen. Ich habe ihn informiert, daß Mr. Miller sich erschossen hatte.«

Judge Clark ließ sich diese Gelegenheit nicht entgehen. »Sie sagen also selbst, er hätte sich erschossen«, warf Clark ein. »Sie haben dem Chefredakteur berichtet, Mr. Miller hätte sich erschossen.«

»Das hatte ich angenommen.« Phelps ließ sich nicht aus der Ruhe bringen.

»Was hat Sie veranlaßt, Ihre Meinung zu ändern?« Clark sprach im Ton eines Staatsanwalts, der ein halbverhungertes Mädchen ins Kreuzverhör nimmt, das sich wegen Bandenmitgliedschaft in einer Gruppe von Mundräubern verantworten muß.

»Verschiedenes«, gab Phelps zurück. »Mr. Overton –«

Clark unterbrach ihn sofort. »So ist das also! Anstatt dem zu vertrauen, was offen zutage liegt, haben Sie sich erst mal angehört, was der Chefredakteur des *Herald* zu sagen hatte! Ist Ihnen denn nicht aufgegangen, daß Mr. Overton aus ganz eigensüchtigen Interessen den Wunsch gehabt haben könnte, Mr. Millers Tod als Mord hinzustellen?«

Overton mischte sich in die Verhandlung ein. »Warum sind Sie denn so wild darauf, Adam, einen Selbstmord daraus zu machen?« fragte er.

»Ich versuche nur, die Interessen meiner Mandanten zu schützen«, sprudelte der Anwalt hervor.

»Ist das der einzige Grund?« fragte Overton. Er lächelte zwar, doch sein Ton war anklagend.

»Aber gewiß doch.« Der Hals des Anwalts wirkte sonnengebräunt.

»Sie haben gehört, was Dr. Powers gesagt hat«, beschied Phelps Clark. »Das sollte doch reichen.« Er erhob sich. Ein Verkäufer aus dem Sportartikelladen im Los Pinos Inn hatte Phelps' Platz eingenommen, doch der Angestellte räumte das Feld.

Cruze räusperte sich. Er ging zur Tür des Vorzimmers, öffnete sie und sagte mit sehr leiser Stimme: »Mrs. Miller.«

8

Es gab nur ein Wort, das auf Mrs. Miller zutraf, und das war »exotisch«. Das Foto von ihr, daß der *Herald* am Vorabend gebracht hatte, war eine beleidigende Abwertung gewesen. Jetzt aber wunderte man sich nicht mehr, daß Miller sie sich sofort gegriffen hatte, als sie ihren Ehering in den Truckee River geworfen hatte. Man wunderte sich auch nicht mehr, daß er ihr eine Million steuerfrei vermacht hatte. Sie hatte eine Figur wie die gezeichneten Frauengestalten in *Esquire* und eine Haut, die auf Make-up verzichten konnte. Einer der einheimischen Künstler hatte, als er sie malte, erklärt, daß ihr Haar von der Farbe getrockneter Piniennadeln sei, die in der Sonne lägen, und er hatte mit seinem Urteil nicht weit danebengegriffen.

Noch in einem Kleid aus billigem Kattun hätte Mrs. Miller jeden Mann vom heimischen Herd weglocken können. Doch sie trug kein Baumwollfähnchen. Sie hatte die besten Kleider angelegt, die in Los Pinos aufzutreiben waren – eine blaue Bluse, die um ihre schlanke Taille gegürtet war, einen maßgeschneiderten Rock und einen Hut mit breitem Rand – doch keins jener Dinger, die wie umgekehrte Suppenteller auf den Hinterkopf gepappt sind oder wie gefiederte Teetassen aussehen.

Es konnte kein Zweifel bestehen, daß Mrs. Miller verstört war. Ihr war anzusehen, daß sie geweint hatte, doch sie konnte weinen und trotzdem noch schön sein. Als sie durch die Tür des Zeugenzimmers kam, verhielt sie beim Anblick der sie anstarrenden Gesichter den Schritt, und sie mußte sich an Cruzes Arm festhalten. Ihm schien das nicht unangenehm.

Robin empfand großes Mitgefühl für sie, als sie unsicher mit zu Boden gewandtem Blick auf den Zeugenstuhl zuging. Berührt vom Zauber ihrer Schönheit, vermochte er sich nicht vorzustellen, daß sie mit einem Mann zusammenlebte und mit einem anderen ein Verhältnis hatte. In dieser Schönheit lag etwas, so redete er sich ein – Intelligenz, Charakter. Overton schien zu spüren, was ihn bewegte. »Ich hab' dir ja gesagt, daß du gleich Feuer fangen würdest«, flüsterte er. Die Stimme seines Freundes brach den Zauber. Immerhin, so dachte Robin, war Miller ihr zweiter Ehemann. Sie war mit ihm weniger als ein Jahr verheiratet gewesen – hatte sich ihn geangelt, kaum daß ihre Scheidung durch gewesen war. Vielleicht war der tiefe Schmerz nur Schauspielerei ...

Cruze, der im Grunde seines Herzens ein freundlicher kleiner Mann war, zeigte sich ihr gegenüber sehr sanft. Er setzte ihr auseinander, daß es einige Dinge gäbe, die die Geschworenen wissen sollten, bevor sie zu einem Spruch gelangten, und daß man es sehr schätzen würde, falls Mrs. Miller dazu beitragen wollte.

»Sie müssen nicht aussagen«, beruhigte er sie.

»Ich weiß«, sagte sie, ohne aufzuschauen.

»Ihr Name?«

»Edith Miller.«

»Können Sie den Verstorbenen identifizieren?«

»Ja. Er war mein Mann.« Ihre Fingernägel schienen sich in die Armlehnen zu graben.

»Wann haben Sie ihn zum letztenmal lebend gesehen?«

Die Frage war für sie wie ein Schlag ins Gesicht. Sie schauderte zusammen. »Gestern morgen.«

»Um welche Zeit?«

»Nach dem Frühstück. Er kam mit mir auf mein Zimmer, und wir haben uns unterhalten.« Ihre Stimme war so liebreizend wie ihre ganze Erscheinung, und man konnte spüren, daß schrecklicher Kummer darin mitschwang. »Dann ist er in sein Zimmer gegangen, und ich habe mich angezogen. Vom Gang aus habe ich zu ihm hineingerufen, daß ich jetzt gehen würde.«

»Um welche Zeit ist das gewesen?«

»Um neun.«

»Ist Mr. Miller noch in seinem Zimmer gewesen, als Sie gegangen sind?«

Ein schmerzlicher Ausdruck huschte über ihr Gesicht, sie schluckte schwer. »Ja. Er hat gesagt, ich sollte mich beeilen, nach Hause zu kommen.«

»Was haben Sie danach getan?«

»Ich bin nach unten gegangen und habe den Wagen bestellt. Dann bin ich in die Küche und habe der Köchin noch einmal eingeschärft, Mr. Millers Kaffee nicht zu vergessen. Er ließ sich um halb zehn immer eine Kanne Kaffee hochschicken. Gewöhnlich ist das Aufgabe des Hausmädchens, doch die ist fort gewesen.« Ihre Finger wirkten blaß und weiß auf der Walnußbeize der Stuhllehnen. Ihre Unterlippe, auf die sie sich gebissen hatte, war scharlachrot.

»Dann sind Sie in die Stadt gefahren?«

»Ja. Zu Jackmans. Ich habe ein paar Bridgepreise für Mrs. Oakman eingekauft.« Jetzt war ihre Stimme fester. Die Erinnerung an Dinge, die sie getan hatte, schien eine beruhigende Wirkung auf sie zu haben. »Gegen zehn setzte mich Carlyle vor dem Schönheitssalon ab, und ich trug ihm auf, die Preise zu Mrs. Oakman nach Hause zu bringen und mich um half zwölf wieder abzuholen. Das hat er getan. Dann bin ich . . . heimgekommen.« Sie stockte vor dem letzten Wort.

»Danke«, sagte Cruze weich. Er hätte sie jetzt verabschiedet, wäre nicht Jackson gewesen, der ihn daran hinderte.

Der Chief, der in der Ecke gesessen hatte, kam quer durch den Raum und baute sich vor Mrs. Miller auf. »Entschuldigen Sie«, sagte er. »Ich möchte Ihnen eine oder zwei Fragen stellen. Haben Sie was dagegen?«

Sie schüttelte den Kopf.

»Als Sie in die Küche gegangen sind, um Ihre Köchin an den Kaffee zu erinnern, war sie da allein?«

»Ja. Marion und George waren ausgegangen. Mein Mann war oben.«

Jackson entnahm seiner Tasche ein Täschchen und hielt es ihr hin. »Haben Sie das hier schon mal gesehen?«

Sie warf einen Blick darauf. »Ja, das ist meins.« Ihre Stimme war kaum vernehmbar.

»Das ist alles«, sagte Jackson. »Ich danke Ihnen, Mrs. Miller.«

Unsicher erhob sie sich und bewegte sich auf das Vorzimmer zu, als sei sie sich nicht ganz sicher, in welche Richtung sie ging. Einige der Männer unter den Zuhörern warfen dem Chief wütende Blicke zu. Sie schienen das Gefühl zu haben, daß er unnötig grausam gewesen war. Die Frauen indessen schauten drein, als würden sie Mrs. Miller nicht über den Weg trauen.

Cruze ging zur Tür des Zeugenraums, steckte seinen Kopf hinein und rief Carlyle West auf.

Der Chauffeur war ein hochgewachsener, schlanker Bursche mit markanten Zügen. Vor die Entscheidung gestellt, zwischen ihm und dem baumstarken Riesen in mittleren Jahren, der jetzt tot war, zu wählen, hätte jede beeindruckbare junge Frau sich wohl West ausgesucht. Er war mehr als nur gutaussehend, er war überaus attraktiv. Seine Schönheit hatte zudem nichts Weichliches. Er war so männlich, wie ein Mann nur sein konnte, groß und geschmeidig, mit einem Paar Schultern wie ein Diskuswerfer und mit der Andeutung eines Lächelns, das sehr anziehend wirkte. Er brauchte keine Uniform, um sich herauszuputzen, und vielleicht hatte Mrs. Miller deswegen nicht darauf bestanden, daß er eine trug.

Als er ihn zum erstenmal erblickte, wunderte Robin sich nicht mehr darüber, daß der junge Miller mißtrauisch gewesen war. Auch bei ihm meldete sich Argwohn. Vielleicht waren Männer, die sich keinen Chauffeur leisten konnten, glücklicher dran. Ein Mann mußte schon ein ausgemachter Trottel sein, ein Exemplar wie West in seinem Revier zu dulden, ihn mit einer Frau herumziehen zu lassen, die so jung und liebreizend war wie Mrs. Miller.

West war nervös, zurückhaltend und überhaupt nicht forsch. Robin fand, daß er ängstlich wirkte, und vielleicht war er das auch. »Ich habe seit einem Jahr bei Mr. Miller gearbeitet«, sagte er als Antwort auf Cruzes erste Frage. Er hatte eine spröde, tiefe Stimme und eine angenehme Art zu sprechen.

»Sie sind in Reno eingestellt worden?« Cruze hatte sich auf Overtons Anregung hin von Jackson informieren lassen, um die Vergangenheit des Chauffeurs gründlich auszuleuchten.

»Ja.«

»Haben Sie zu dieser Zeit ein Arbeitsverhältnis gehabt?«

»Nein.«

»Sie hatten Referenzen vorzuweisen?«

»Ja.« West schaute zu Boden.

»Hat Sie jemand zu Mr. Miller geschickt, um sich bei ihm zu bewerben?«

»Ein gemeinsamer Freund in New York.«

»Dann kommen Sie also ursprünglich aus New York?«

»Stimmt. Ich bin nach Reno gegangen, weil ich Luftveränderung gebraucht habe.«

»Wann haben Sie Ihren Arbeitgeber zum letztenmal gesehen?«

»Das war Montag abend. Ich habe Mr. und Mrs. Miller vom Country Club nach Hause gefahren.«

»Sie haben ihn also gestern überhaupt nicht gesehen?«

West schüttelte den Kopf. »Sie frühstücken also nicht gemeinsam mit der Familie?« fuhr Cruze fort.

»Selbstverständlich nicht. Ich bekomme meine Mahlzeiten in der Küche, nachdem alle anderen fertig sind.«

»Sie wohnen bei den Millers?«

»Ja. In den Räumen über der Garage.« Seine Nervosität hatte sich gelegt.

»Um welche Zeit haben Sie Mrs. Miller in die Stadt gefahren?«

»Um neun.« Er mußte sich seine Antworten nicht überlegen.

»Berichten Sie uns bitte über das, was Sie von dem Zeitpunkt an, als Sie das Haus verlassen haben, bis zu Ihrer Rückkehr getan haben.«

Entweder sagte West die Wahrheit oder er hatte sich eine fertige Geschichte zurechtgelegt, denn er ratterte ohne Stocken den Bericht über seine Unternehmungen herunter. Er hatte Mrs. Miller zu Jackmans gefahren, dort auf sie gewartet und sie danach im Schönheitssalon abgesetzt. Sie hatte ihm einige Päckchen übergeben, die er Mrs. Oakman bringen sollte, und er war durch das Wachtor zum Haus gefahren, hatte die Päckchen abgeliefert und war dann direkt zurückgefahren. Er hatte den Wagen vor dem Schönheitssalon geparkt, in einer

Zeitschrift lesend darin gesessen, bis Mrs. Miller herausgekommen war.

Bevor West den Zeugenstand verließ, schoß Jackson noch eine letzte Frage auf ihn ab. »Sie sind sich da ganz sicher, daß Sie nicht doch noch hoch zur Landzunge gefahren sind?«

»Absolut sicher«, sagte West. »Wie ich Ihnen bereits gestern gesagt habe, bin ich unverzüglich zurückgefahren.« Er brachte seine Antwort etwas schroff hervor.

Gegen die schöne Mrs. Miller und den attraktiven Chauffeur fiel der nächste Zeuge etwas ab. Es war eine Frau, die gar nicht mal übel ausssah, doch sie war ein bißchen massig – nein, nicht fett –, eben nur massig. Ihr Name war Eileen Knapp. Sie trug ein Schnürkorsett, und ihre Beine, obwohl üppig proportioniert, konnten sich sehen lassen. Sobald sie sprach, wogte ihr draller Busen. Vor fünfzehn Jahren, als sie anfing, für die Millers zu arbeiten, entschied Robin, mußte sie sehr ansprechend gewesen sein. Vielleicht hatte Miller in jenen Tagen ein Auge auf sie gehabt. Vielleicht hatte es seinerzeit in Reno auch noch nicht so viele gutaussehende Frauen gegeben.

Gestern morgen, so berichtete sie den Geschworenen, habe sie das Frühstück für die Familie gerichtet. Und da der Hausboy unauffindbar gewesen sei, habe sie es auch serviert. Cruze wollte wissen, wo der Hausboy denn abgeblieben sei, und Miss Knapp klärte ihn darüber auf, daß er betrunken gewesen sei. An jedem Morgen nach einem Zahltag sei das bei ihm so üblich, fügte sie hinzu.

»Ist Mr. Miller beim Frühstück ganz wie sonst gewesen?« fragte Cruze.

Miss Knapp nickte. »Er war wie eh und je.«

»War er deprimiert?«

Die Frage erschien ihr offenbar rätselhaft, so daß Cruze nachhakte: »Schien er traurig oder besorgt?«

»Nein, das nicht. Er hat gelacht und Späße gemacht.«

»Haben Sie ihn auch nach dem Frühstück gesehen?«

»Ja.« Die stattliche Miss Knapp setzte sich bequemer auf ihren Stuhl, der ihrer Körperfülle nur unzureichend Rechnung trug. »Mrs. Miller –« Sie sprach den Namen mit leichtem Widerwillen aus » – ist hereingekommen und hat mich erinnert, doch den Kaffee für Mr. Miller nicht zu vergessen. Ich hab' gesagt, das würd' ich schon nicht, und ich hab's auch nicht. Gegen halb zehn hab' ich ihn zu seinem Zimmer hochgetragen.«

»Er war da?«

»Ja. Er hat am Fenster gesessen. Er hat nicht gelesen, hat bloß so dagesessen.«

»Was haben Sie mit dem Kaffee gemacht?«

»Er hat gesagt, ich soll ihn auf den kleinen Tisch neben seinem Sessel stellen.«

»Und danach haben Sie was getan?«

»Ich bin zurück in die Küche.«

Der Coroner überdachte eine Weile die Situation im Haus der Millers. Er schien sich den Kopf über weitere Fragen zu zerbrechen, die er der Köchin stellen könnte. Robin kritzelte etwas auf ein Blatt Durchschlagpapier und drückte es Overton in die Hand. »Kannst du das Cruze zustecken?« flüsterte er. Overton sprang vom Fensterbrett, durchquerte den Raum mit drei langen Schritten und ließ das Blatt auf den Tisch des Coroners flattern. Er schaute stirnrunzelnd darauf, und Judge Clark starrte Overton mit offenem Mund an, wollte schon zu sprechen ansetzen, doch da der Redakteur ihm nur anzüglich zugrinste, überlegte er es sich anders. »Ach ja, richtig«, sagte Cruze. »Übrigens, haben Sie für Mr. Miller frischen Kaffee gemacht?«

Miss Knapp schüttelte verneinend den Kopf. »Ganz gewiß nicht«, sagte sie. »Warum sollte ich? Es bleibt immer eine Menge vom Frühstück über, also wärme ich bloß auf, was noch in der großen Kanne ist. Ich gehöre nicht zu denen, die Dinge achtlos wegwerfen, auch wenn ich für reiche Leute arbeite. Ich bin nicht so wie Elsa.« Ihrem Ton war zu entnehmen, daß sie die Arbeit ihrer Kollegin mißbilligte. »Dieses Mädchen denkt ja gar nicht dran, irgendwo zu sparen.«

Cruzes Lächeln gab ihr zu verstehen, daß er ihren Standpunkt billigte. »Haben Sie ihm nur eine Tasse gebracht?«

»Ich hab' ihm alles, was da war, gebracht und ihm dann eine Tasse eingeschenkt.«

»Haben Sie die große Kanne in seinem Zimmer stehenlassen?«

»Natürlich nicht. Ich trag' doch nicht die Warmhaltekanne zu ihm rauf. Ich hab' den Kaffee in das silberne Kaffeekännchen umgegossen. Das hab' ich in seinem Zimmer gelassen.«

»Dann sind Sie hochgegangen und haben es abgeräumt?«

Miss Knapp bestätigte es. »Wie gesagt, ich bin danach wieder in die Küche. Kaum bin ich dagewesen, als der Summer ging. Das war der Summer von Mr. Miller, also bin ich gleich wieder hoch.« Sie befeuchtete ihre Lippen und rutschte auf ihrem Stuhl herum.

»Fahren Sie fort«, sagte Cruze. »Was wollte er von Ihnen?«

»Er hat mir aufgetragen, das Tablett wegzunehmen«, erwiderte die Köchin. »Er hat gesagt, der Kaffee schmeckt schlecht. Er war ärgerlich deswegen. Er wollte wissen, wo Elsa ist. Ich hab' gesagt, sie ist weg, und er sagte, ach ja, ich hab's doch gewußt, aber wieder vergessen. Dann hat er noch gesagt, daß er keinen Kaffee mehr will.«

»Hat er die Tasse angerührt, die Sie ihm eingegossen haben?«

»Ja. Er hat sie fast ausgetrunken.«

»Und was ist dann passiert?«

»Ich hab' das Tablett zurück in die Küche getragen, hab' die Warmhaltekanne und die Tasse ausgewaschen und bin auf mein Zimmer gegangen.«

Overton sprach sie vom Fenster her an. »Aber Sie selbst haben nicht von dem Kaffee getrunken, oder?«

Beim Klang dieser fremden Stimme schaute sie sich verblüfft um. »Ich trinke keinen Kaffee. Davon krieg' ich Blähungen.«

Overtons Einmischung brachte den Coroner etwas aus dem Konzept, und er brauchte einige Zeit, sich zu fangen. »Sie sagen, Sie sind danach auf ihr Zimmer gegangen«, brachte er schließlich hervor. »Haben Sie sich hingelegt?«

»Ja, ich versuch' immer, noch vor dem Mittagessen ein kleines Nikkerchen zu halten.«

»Und Sie sind eingeschlafen?«

»Ja.«

»Sie haben dann nichts mehr gehört?«

»Ich hab' überhaupt nichts mehr gehört, bis mich der Polizist geschüttelt und mir gesagt hat, daß Mr. Miller tot ist.« Das Wort »tot« löste bei ihr Tränen aus, und sie weinte ein bißchen in ihr Taschentuch. Als sie Jacksons Stimme hörte, fuhr sie hoch.

»Wer ist gestern morgen nach dem Frühstück außer Ihnen noch in der Küche gewesen?« fragte Jackson.

Miss Knapp mußte nachdenken. »Einmal war da West«, sagte sie, und ihr Tonfall ließ erraten, daß sie West nicht sonderlich mochte. »Er hat gegen acht Uhr in der Küche gefrühstückt. Dann ist um neun Uhr Mrs. Miller in die Küche gekommen.«

»Sie bereiten den Kaffee in der Küche zu, nicht wahr?«

»Wo sonst sollte ich das denn machen?«

»Sind Sie ganz sicher, daß gestern morgen nur West und Mrs. Miller die Küche betreten haben?«

»Nein, da bin ich mir nicht sicher. Ich glaube, der junge Mr. Miller ist auch reingekommen. Ja, stimmt! Er ist reingekommen, während West gefrühstückt hat. Und er hat in einer der unteren Schubladen rumgewühlt, weil er einen Schraubenzieher gesucht hat. Und dann kam noch Mr. Kilgallen herein und hat ihn gefragt, ob er nicht vielleicht seinen Wagen wegfahren könnte, weil der nämlich die Zufahrt blockiert hat. Sie sind dann beide raus und nicht mehr zurückgekommen.«

»Haben Sie beobachtet, daß jemand die Kaffeekanne angefaßt hat?«

»West. Er hat sich Kaffee eingeschenkt.«

»Sonst niemand?«

»Sie meinen, nach dem Frühstück?«

Jackson nickte. Miss Knapp sagte, daß nach dem Frühstück nur West die Kaffeekanne angerührt habe.

Jackson sagte, das sei alles, und sie stemmte sich aus dem Stuhl und ging mit eiligen Schritten zurück in den Zeugenraum.

»Wäre vielleicht ganz gut, sie ins Kittchen zu stecken«, flüsterte Overton Robin zu. »Sieht ganz danach aus, als hätte sie das Nembutal in Millers Kaffee getan.«

9

Es bestand kein Zweifel, daß die Köchin reichlich Gelegenheit gehabt hatte, ihren Arbeitgeber zu betäuben. Je mehr Robin über diese Angelegenheit nachdachte, desto größer wurde seine Bereitschaft, Overton zuzustimmen. Sie war allein mit Miller im Haus gewesen. Sie hatte ihm seinen Kaffee gebracht, in dem, wie es schien, eine größere Menge Nembutal aufgelöst war. Hatte sie nicht auch behauptet, daß Miller sich über den Kaffee beschwert hatte? Dann hatte sie sich passenderweise schlafen gelegt und die Hausarbeit Hausarbeit sein lassen. Und dann war da noch der Umstand, daß sie bei seinem Tod ein nettes Sümmchen erben würde. Phantastische Theorien gingen Robin durch den Kopf. Vielleicht war sie einst Millers Geliebte gewesen. *Vielleicht war sie die Mutter des Chauffeurs, und die beiden machten gemeinsame Sache. Das würde auch den Anruf beim Chefredakteur erklären. Vielleicht hatten die beiden das Hausmädchen mit einem Telegramm aus der Stadt gelockt und dafür gesorgt, daß der*

Hausboy sich sinnlos betrunken hatte. Er mußte das überprüfen. Und dann schob er solche Theorien beiseite. Sie gründeten sämtlich auf Vermutungen und nicht auf Tatsachen. Cruze unterbrach seine Gedanken, als er den jungen Miller hereinrief.

Der Sohn des Toten knickte zusammen, als er sich in den Zeugenstand setzte. Das mußte er auch, denn diese Sitzgelegenheit war für eine dermaßen große, dürre Gestalt nicht gebaut. Obwohl er erst kürzlich aus dem Bestattungsunternehmen gekommen war, schien seine Einstellung dem ganzen Verfahren gegenüber merkwürdig unbeteiligt, als sei er jemand, der menschliche Gefühle erforscht und mit Forscherblick die Auswirkungen einer Tragödie auf seine Umgebung beobachtet.

Er verlor nicht viel Worte. Mit seiner tiefen, angenehmen Stimme berichtete er von seinen Unternehmungen: Wie er hinunter zum Pier gegangen war und mit seinem neuen Boot eine Ausfahrt gemacht, wie er Lansing gesehen hatte, der ihm vom Landungssteg aus Zeichen machte, und wie er zurückgekehrt war, um dann zu Hause die Polizei vorzufinden, weil sein Vater tot war.

Cruze brachte dem jungen Mann ein gehöriges Maß an Interesse entgegen – ein sehr, sehr höfliches Interesse. Immerhin bekleidete Mr. Miller eine Stellung im Geschäftsleben, und es mochte sich auszahlen, zu der Familie nett zu sein. Sie hatte bislang noch keinen Sarg ausgesucht.

»Stimmen Sie mit der Polizei überein, daß Ihr Vater ermordet worden ist?« fragte Cruze.

»Ja, das tu ich.« Sein Ton war sehr bestimmt.

»Wissen Sie, wer es getan haben könnte?«

»Diese Frage kann ich nicht beantworten.« Er erweckte den Eindruck, als sei er eher nicht gewillt als außerstande, sie zu beantworten.

»Haben Sie jemanden im Verdacht?« fragte Cruze.

»Gewisse Personen haben vom Tod meines Vaters eine Menge zu gewinnen gehabt«, sagte der junge Miller.

Das war zuviel für Judge Clark. Er trat mit schnellen Schritten nach vorn, blieb vor dem Sohn seines verstorbenen Mandanten stehen, schaute ihn an, und ihm war deutlich anzumerken, daß er außer Fassung war. »George«, sagte er in kummervollem Ton. »Das ist etwas sehr Häßliches, was Sie da sagen. Sie haben kein Recht, so zu sprechen.«

»Sie halten sich da gefälligst raus!« blaffte der junge Miller zurück.

Clark hatte durchaus nicht vor, sich herauszuhalten. »Ich halte es für meine Pflicht, Sie zur Vernunft zu bringen. Warum –«

»Hören Sie mir gut zu«, sagte der junge Miller. »Sie halten sich da raus, oder es wird Ihnen noch leid tun. Ich habe ein paar Dinge nur allzu gut durchschaut.« Die letzte Bemerkung sprach er mit Nachdruck aus.

Das brachte Judge Clark zum Schweigen. Er machte einen Rückzieher, und Robin überlegte, ob das, was in seinem Blick lag, Furcht sein mochte.

»Das ist alles, Mr. Miller«, sagte Cruze hastig. Er wollte den jungen Mann nicht verärgern.

»Nicht ganz, wenn Sie bitte entschuldigen wollen«, fiel Jackson ein. »Ich habe noch einige Fragen.«

Der junge Mann blieb sitzen. Die Unterbrechung durch Jackson schien ihn überhaupt nicht zu verärgern.

»Haben Sie Gelegenheit gehabt, gestern morgen in die Küche zu gehen?«

Der junge Miller dachte über die Frage nach. »Ja«, sagte er schließlich. »Ich bin nach dem Frühstück unten gewesen. Ich war schon in der Auffahrt, als mir einfiel, daß ich einen Schraubenzieher brauchte. Ich bin in die Küche gegangen, um ihn mir zu holen.«

»War denn keiner in der Garage oder in Ihrem Auto?«

»Wahrscheinlich, ja. Ich habe nicht nachgesehen. Ich wußte nur, daß in einer der Küchenschubladen einer lag.«

»Haben Sie ihn gefunden?«

»Ja, ich hab' ihn gefunden. Ich habe ihn mit zum Bootshaus genommen.«

Jackson lächelte und meinte, das beantworte seine Frage zufriedenstellend.

»Würden Sie Ihrer Schwester bitte Bescheid sagen, daß sie hereinkommt?« sagte Cruze. »Sagen Sie ihr bitte, daß es nur eine Minute dauern wird.«

Bei dem Auftritt von Marion Miller rutschte die Zuhörerschaft gespannt nach vorn auf die Sitzkante. Immerhin stellte sie mehr dar als nur die Tochter eines reichen Mannes. Sie war eine lokale Berühmtheit, eine junge Frau mit einem außergewöhnlichen Talent. Sie konnte mit einem einzigen Schlag einen Golfball zweihunderfünfzig Meter weit befördern. Sie konnte auf dem Grün mit unheimlichem Geschick Bälle einlochen, und wenn es die Umstände verlangten, konnte sie aus sieben Metern Entfernung einputten, ohne mit der Wimper zu zukken. Daß sie nicht schrieb oder malte oder Fotos machte von Pfefferschoten und verkrüppelten Rettichen, spielte gar keine Rolle. Malen konnte schließlich jeder. Zu viele Bürger von Los Pinos malten. Einzig Marion Miller konnte, wann immer sie einen Golfkurs betrat, die festgesetzte Zahl von Schlägen unterbieten. Vielleicht war es ihr Golftraining, das ihr die Selbstbeherrschung verlieh, die sie an den Tag legte, als sie in den Zeugenstand trat. Jedenfalls war sie ruhig und gesammelt, als sie sich setzte, die Beine in den Seidenstrümpfen übereinanderschlug und zu Cruze aufschaute.

Marion hatte den Körperbau ihres Vaters geerbt. Genau wie ihr Bruder war sie groß – nicht ganz so groß wie er, aber doch größer als einen Meter achtzig. Regelmäßiges körperliches Training oder dergleichen hatte sie fülliger gemacht, und ihre Figur war mehr als passabel. Ihre Beine waren lang, doch hübsch anzuschauen, Rücken und Schultern gerade, und der Sweater, den sie trug, bedeckte feste, straffe Brüste. Anders als die meisten Sportlerinnen wirkte sie nicht pferdeähnlich. Sie war nicht schön, doch ihr Haar glänzte, die Züge waren angenehm regelmäßig, und ihre tiefgebräunte Haut war sehr rein. Ihre Stimme hatte ein volles, klingendes Timbre, ein leichtes Zittern lag darin, das irritierte, denn Traurigkeit schwang darin mit, und man spürte, daß sich hinter der Ausgeglichenheit und Selbstsicherheit dieses Mädchens ein tiefer, nagender Kummer verbarg.

»Es tut mir leid«, sagte Cruze. »Es tut mir sehr leid. Ich muß Ihnen ein paar Fragen stellen.« In ihrer Gegenwart war er eine andere Person. Nur seine engsten Vertrauten wußten es, doch Cruze, der ein alleinlebender Mann war, hegte schon seit langem Liebesgefühle für Miss Miller. Robin spürte es sogleich, als er die beiden beobachtete.

Miss Miller blieb abwartend. Ihre schlanken Hände, kräftig, doch nicht zu groß, lagen entspannt auf beiden Stuhllehnen.

»Wann haben Sie Ihren Vater zuletzt gesehen – lebend, meine ich«, fragte Cruze.

»Gestern morgen.« Sie brachte ihre Antwort klar heraus, und ihre Stimme schwankte nicht. »Ich habe ihn beim Frühstück gesehen.«

»Um welche Zeit sind Sie fortgegangen?«

»Etwas nach acht Uhr. Mr. Kilgallen hat mit uns gefrühstückt, und danach sind wir zum Country Club gefahren.«

»Ihr Vater – wirkte er niedergeschlagen?« Cruze wählte seine

Worte sorgfältig. Man konnte spüren, daß er einen guten Eindruck machen wollte.

Sekundenlang schien es so, als würde der Aufruhr in ihrem Inneren sie überwältigen, doch sie faßte sich. Mit leiser Stimme antwortete sie: »Nein. Er schien wie gewöhnlich sehr gut gelaunt.«

»Sie waren beim Golfspiel, als man Sie benachrichtigte vom – als man Ihnen berichtet hat, daß er – daß er nicht mehr am Leben ist?«

»Wir waren am Abschlag zum letzten Grün«, sagte sie. »Wir hatten kurz vor zwölf unsere Runde beendet und sind nicht gleich danach ins Clubhaus gegangen. Der Chauffeur hat uns dann dort gefunden.«

Falls Cruze im Sinn gehabt hatte, ihr noch weitere Fragen zu stellen, so bekam er dazu keine Gelegenheit mehr. Denn hinten im Saal entstand leichte Unruhe. Kilgallen mit den traurigen Augen schritt durch den Mittelgang eilig auf das Podium zu. Vor den Geschworenen blieb er stehen. Er war, wie man unschwer erkennen konnte, leicht angetrunken, denn er schwankte unsicher auf den Beinen, und sein Gesicht war unnatürlich gerötet. Er schaute weder das Mädchen noch den Coroner an, als er sagte: »Das ist doch alles lächerlich! Ich habe Miller erschossen.«

Overtons Finger umklammerten seine langen Oberschenkel. »Ich hab's doch gesagt«, murmelte er leise. »Bei Gott, jetzt ist er zu seiner alten Form aufgelaufen.«

10

Kilgallen hatte schon andere Morde gestanden. Hin und wieder war er in Polizeireviere spaziert und hatte seelenruhig verkündet, er sei der gesuchte Schuldige, er habe das Messer geschwungen oder den Bilderdraht festgezogen oder den Abzug des Revolvers betätigt. Und oft auch waren die Leute, die seine Geschichten vernahmen, ziemlich aufgeregt. Doch nichts kam dem gleich, was heute los war. Die Reaktion war genauso, wie man sie sich nur wünschen konnte, wie er sie vielleicht erträumt hatte. Die im Rathaussaal von Los Pinos versammelten Bürger vergaßen ihre gewohnte Würde und Gelassenheit. Sie benahmen sich wie Rowdys. Sogar Atherton Bird, sonst durch nichts aufzuregen, fiel fast von seiner Packkiste. Er saß mit in die Luft gerecktem Pinsel da und vergaß seine Malerei.

Robin hörte die Menge, doch er hatte keinen Blick für sie. Seine

Augen ruhten auf Marions Gesicht. Minutenlang saß sie da und starrte Kilgallen nur an, als könne sie es nicht fassen. Dann fiel alle Zurückhaltung von ihr ab, und sie sprang auf und rief: »Nein, Dick. Nein! Hört nicht auf ihn! Er kann's nicht gewesen sein! Er ist den ganzen Morgen mit mir zusammengewesen!«

Ihre Stimme brachte den Saal zum Verstummen. Kilgallen sprach unbeirrbar weiter. »Ich habe Miller getötet«, wiederholte er. »Ich bin in sein Zimmer gegangen, hab' ihn dort schlafend gefunden und ihn erschossen.«

»Dick!« Ihre Stimme war scharf, beinahe schrill. »Hör damit auf, Dick!« Es war, als sei sie bei sich zu Hause auf der Landzunge. Kilgallen jedoch hatte nur eines im Sinn, und er ließ sich durch nichts abhalten, nicht einmal von der Stimme des Mädchens, das er, wie jedermann erwartete, heiraten wollte.

»Ich habe versucht, es wie Selbstmord aussehen zu lassen«, sagte Kilgallen. »Ich habe ihn erschossen und dann den *Herald* angerufen und versucht, es so klingen zu lassen, daß alle Welt glauben sollte, daß es Miller war, der da gesprochen hat.«

Als er ausgesprochen hatte, ertönte Marions Stimme. »Er ist verrückt! Lassen Sie nicht zu, was er da tun will!«

Jetzt war Chief Jackson auf den Beinen. Er durchquerte mit schnellen Schritten den Saal bis zu dem Platz, wo die junge Frau saß, führte sie dann unter lauten Protesten ihrerseits zurück in das kleine Zeugenzimmer und schloß hinter ihr die Tür. Sie hämmerte noch eine Weile gegen Rahmen und Füllung, doch dann wurde sie ruhig. Kilgallen schien gar nicht wahrzunehmen, was um ihn her vor sich ging. Er sagte: »Von Miss Miller habe ich erfahren, daß ihr Vater allein sein würde. Am neunten Fairway habe ich meinen Ball absichtlich in die Gegend geschlagen und ihr weisgemacht, daß ich ihn suchen gehen wollte, und daß sie auf dem Grün auf mich warten sollte. Dann habe ich mich durchs Unterholz zum Haus hinaufgeschlichen und hab' ihn umgebracht.«

»Soll ich dieser Farce ein Ende machen?« flüsterte Overton.

»Nein, warte noch«, sagte Robin.

Jackson hatte sich jetzt neben Kilgallen aufgebaut. »Wie sind Sie denn auf den Hof gekommen?« fragte er.

Ohne Zögern gab Kilgallen zurück: »Durch das kleine Hintertor.«

»Es ist abgesperrt.«

»Ich habe einen Schlüssel.« Er fischte einen Schlüssel aus seiner

Tasche und hielt ihn hoch. »Miss Miller hat ihn mir vor einiger Zeit gegeben.«

»Die Tatwaffe war Millers eigener Revolver. Wo haben Sie ihn herbekommen?«

»Ich hab' gewußt, wo er ihn aufbewahrt. In einer Schublade in der Bibliothek.«

»Woher wußten Sie, daß er schlafen würde?«

Das brachte ihn einen Augenblick aus der Fassung. Er legte eine Hand über die Augen und schüttelte den Kopf, als wolle er ihn klarbekommen. »Davon habe ich nichts gewußt«, sagte er schließlich.

»Aber Sie haben gehört, wie Doc Powers gesagt hat, daß er im Mageninhalt Nembutal gefunden hat. Wer hat ihm das Mittel verabreicht, um ihn in Schlaf zu versetzen?«

»Ich weiß nicht«, sagte Kilgallen dumpf.

»Sie haben also erwartet, ihn wach vorzufinden.«

»Ja, das stimmt. Ich hab' erwartet, daß er wach sein würde.«

»Sind Sie hingegangen in der Absicht, ihn zu töten?«

»Ja. Das habe ich Ihnen doch gesagt. Ich bin in die Bibliothek gegangen und hab' mir von dort den Revolver geholt. Ich hab' im Wohnzimmer nach ihm gesucht, und dann bin ich hochgegangen in sein Schlafzimmer. Er hat geschlafen, und da hab' ich ihn erschossen.«

»Wie sind Sie auf den Einfall gekommen, die Zeitung anzurufen?«

»Ich weiß nicht.« Er preßte die Hand vor die Augen. »Ich wollte, daß es wie Selbstmord aussieht. Ich habe gedacht, so wäre es am besten. Oder vielleicht habe ich darüber gelesen, daß jemand es so gemacht hat. Ich weiß nicht.«

Overton legte den Finger auf Robins Knie und drückte kräftig zu. »Er läßt nach«, flüsterte er. »Ich schätze, er ist aus der Übung.«

»Warum haben Sie ihn getötet?« Jackson schoß weiter Fragen auf ihn ab.

»Ich hab' ihn gehaßt.« Das hörte sich nicht sehr überzeugend an.

»War das der einzige Grund?«

»Ja, das ist der einzige Grund.«

»Haben Sie gewußt, daß Miss Miller bei seinem Tod ein Vermögen erben würde?«

»Das hat nichts damit zu tun.«

Jackson drehte sich um, schaute in eine Saalecke und rief: »Phelps.«

Der Officer mit dem Grübchen im Kinn sprang auf und kam zu seinem Chef. »Bringen Sie ihn aufs Revier«, sagte Jackson. »Behalten Sie ihn dort, bis ich komme.«

Ohne Protest ließ Kilgallen sich durch die gaffende, sprachlose Menge in den gleißenden Sonnenschein hinausführen, der über Los Pinos lag wie eine aus Gold und Schatten gewirkte Flickenstepp-decke.

Jackson hatte jetzt alles fest in der Hand. Er marschierte zur Tür des Zeugenraums, öffnete sie und rief Miss Miller auf. Sie hatte davorgestanden und versucht mitzuhören, was Kilgallen sagte, und sie fuhr zurück, warf einen schnellen Blick in die Runde, und als sie ihn durch die Saaltür gehen sah, rief sie seinen Namen, doch er wandte sich nicht um.

Overton wollte vom Fenstersims springen, doch Robin hielt ihn zurück. »Warte noch«, flüsterte er wieder.

»Setzen Sie sich«, sagte Jackson weich. »Ich möchte Ihnen noch ein paar Fragen stellen.«

Sie gehorchte. Ihre Selbstbeherrschung war gründlich erschüttert. Sie konnte die Hände nicht ruhig halten, und sich vorbeugend sagte sie immer und immer wieder: »Begreifen Sie denn nicht? Er kann es gar nicht getan haben. Er ist bei mir gewesen.«

Sie weiß also von seiner Vergangenheit, sagte Robin. Und sie liebt ihn trotzdem. Die Liebe zu ihm stand ihr auf dem verzagten Gesicht geschrieben. Bewunderung für sie stieg in Robin auf. Jetzt wünschte er sich, er hätte Overton nicht daran gehindert, dieser Verhandlung ein Ende zu machen.

Cruze, der hilflos auf seinem Stuhl gezappelt hatte, entschloß sich unvermittelt dazu, dem Mädchen ein Glas Wasser zu reichen. Sie nahm es an, offenbar ohne zu wissen, was sie da tat, trank es leer und wurde still.

Jackson stand mit gespreizten Beinen vor ihr. »Ist Mr. Kilgallen gestern morgen die ganze Zeit mit Ihnen zusammen gewesen?«

»Ja.«

»Jeden einzelnen Augenblick? Sie haben ihn keinen Moment aus den Augen verloren?«

Sie zögerte, atmete tief durch und sagte leise: »Nicht die ganze Zeit.«

»Dann war er also für einen Moment außer Sicht. Wo war das?«

»Einmal war er kurz im unebenen Gelände neben dem Fairway.«

»Am neunten Fairway?«

»Daran kann ich mich nicht erinnern.«

»Hat er Ihnen erzählt, er hätte einen Ball verloren und müßte ihn suchen gehen?«

»Ich erinnere mich nicht. Ich weiß nur, daß er kurze Zeit in das Wäldchen gegangen ist, und ich mußte am Grün auf ihn warten.«

»An welchem Grün?«

»Ich weiß es nicht.«

»War es das Neunte?«

»Nein. Oh, doch, das könnte es gewesen sein.«

»Sie sind nicht ganz sicher?«

»Ich bin mir im Moment keiner Sache mehr sicher.« Ihre Stimme hatte einen tragischen Unterton.

»Wie lange ist er weggewesen?«

»Nur ganz kurze Zeit.«

»Fünf Minuten – zehn Minuten?«

»Ich weiß es nicht.«

»Das ist alles«, sagte Jackson. »Sie können gehen.«

Sie ließ sich nicht zweimal auffordern. Und diesmal ging sie nicht zurück in den Zeugenraum. Stattdessen kämpfte sie sich den Weg zur Saaltür frei, der Gruppe hinterher, die den notorischen Bekenner Kilgallen abführte.

»Ich schätze, damit ist die Angelegenheit endgültig geklärt«, sagte Cruze, der sich das Kinn rieb und untröstlich klang. Offensichtlich hatte er jede Hoffnung aufgegeben, daß die Absichten, die er sich in bezug auf Marion Miller machte, je in Erfüllung gehen könnten.

»Nicht ganz.« Overton sprang vom Fensterbrett. Er zog ein Blatt Papier aus einer Tasche und ging zu den Geschworenen. »Bevor Sie jetzt zur Abstimmung gehen«, sagte er, »denke ich, daß Sie alles wissen sollten, was man über Mr. Kilgallen wissen muß. Nach Ihrem derzeitigen Erkenntnisstand würden Sie ihn wohl des Mordes anklagen, und ich könnte es Ihnen nicht verdenken. Aber Sie verstehen ihn nicht.«

»Da gibt's doch nicht viel zu verstehen«, warf Jackson ein. »Sie haben gehört, was er gesagt hat.«

Overton nickte. »Ich habe ihn am 14. August 1927 praktisch dasselbe in New York sagen hören. Natürlich war der Anlaß nicht derselbe – der Fall war etwas anders. Aber er war damals ähnlich überzeugend wie heute. Vielleicht noch überzeugender. An jenem Tag legte er das Geständnis ab, eine gewisse Gertie Riley mit einem Brotmesser totgestochen zu haben. Miss Riley war eine gutaussehende Blondine. Die Polizei hatte sie nackt, in ihrer Badewanne liegend, gefunden.«

Die Gentlemen der großen Zeitungen aus San Francisco hörten jetzt noch gespannter zu als vorhin Kilgallen. Ihre Stielaugen hätte man mit einem Stock abschlagen können. Und die Menge, die unruhig und ungeduldig den Spruch der Geschworenen erwartete, wurde ganz still.

»Jungs, ihr werdet darüber nichts in euren Archiven finden. Es sei denn, ihr seht unter dem Namen Richard Mason nach.« Overton wandte sich an die Presseleute. »Das ist der Name, unter dem er damals aufgetreten ist. Dr. Richard Mason. Und falls Sie nachschlagen wollen, finden Sie die folgenden interessanten Eintragungen: Am 13. Januar 1928 brachte er den Fall Tony Covelli gründlich durcheinander, indem er behauptete, er hätte Mr. Covelli erschossen. Das hatte er nicht. Der Schultz-Mob war dafür verantwortlich. Im Juli desselben Jahres gestand er, eine alte Frau namens Martha Latimer mit einem Spaten erschlagen zu haben. Der Polizei war er bald kein Unbekannter mehr, und sie beachtete ihn nicht mehr groß. Zwei Monate später blieb er hartnäckig dabei, daß er eine Dame namens Inez Smith in einen Jutesack verschnürt und den Sack im East River versenkt hätte, nachdem er die Leiche angeblich zerstückelt hatte. Auch das war wieder eine Übertreibung. Denn in Wirklichkeit hatte es ein Herr namens Abe Redding getan. Wollen Sie noch mehr hören? Ich hab' noch einen Haufen anderer Geständnisse dieser Art auf der Liste. Er hat es sich zur Gewohnheit gemacht.«

Die Geschworenen wirkten niedergeschmettert. Jackson ließ den Kopf hängen. »Das reicht dann wohl«, sagte er. »Ich werde zur Sicherheit mit New York telegrafieren. Aber ansonsten, meine ich, können wir vergessen, was Kilgallen gesagt hat.« Er ging auf die Saaltür zu, blieb stehen, drehte sich noch einmal um und schaute Overton hoffnungsvoll an. »Und Sie irren sich auch wirklich nicht?«

»Fragen Sie ihn hier.« Overton nickte zu Robin hin.

Und als Robin die Aussage seines Freundes bestätigte, ging Jackson hinaus, und die Geschworenen zogen sich zur Beratung zurück. Sie brauchten drei Minuten für ihren Spruch, daß Walter K. Miller durch eine Revolverkugel zu Tode gekommen war. Und zwar durch eine Kopfwunde, die ihm vorsätzlich, in mörderischer Absicht, von einer oder mehreren unbekannten Personen beigebracht worden war.

11

Falls noch Zweifel daran bestanden haben mochten, daß Walter K. Miller ermordet worden war, so wurden diese am Mittwoch nachmittag ausgeräumt. Kurz nach fünfzehn Uhr spazierte ein hübsch aussehendes Schwedenmädchen, dessen Blondhaar in Zöpfen um den Kopf gelegt war, in die Polizeiwache und meldete, daß es das Opfer einer arglistigen Täuschung geworden sei.

Die Polizeiwache von Los Pinos war, was Lage und Bauweise anging, zweifellos einzigartig. Sie war untergebracht in einem freistehenden niedrigen Gebäude, fünfzig Meter vom Rathaus entfernt, und zwischen ihm und dem Ort, wo die Stadtväter ihre Beratungen abhielten, befand sich ein winziger Park mit von Hyazinthen gesäumten Pfaden. In kleinen Gruppen standen dort Pinien herum wie alte Männer mit hängenden Schnauzbärten, die etwas zu bereden hatten, und der Rasen um ihre Wurzeln war satt und grün. Die Wache war ein Rauhputzgebäude, in dem zu wohnen wohl niemand Einwände gehabt hätte. Ebenso heimisch konnte man sich im Gefängnis fühlen, einem ähnlichen Rauhputzbau, der zur Rechten von Chief Jacksons Amtsgebäude stand.

Der Name des Mädchens war Rose Jensen, und es ging, einen schweren Koffer schleppend und leicht hinkend, da es am großen Zeh ein Hühnerauge hatte, vom Busbahnhof schnurstracks zum Polizeirevier. Der diensthabende Sergeant im Wachlokal, das mit einigen außergewöhnlichen Ölgemälden von Bergen, Meer und Himmel geschmückt war, schaute nicht auf, als sie hereinkam. Er spielte gerade eine abgewandelte Form von Solitaire mit drei Kartenspielen, die den gesamten Dienstschalter und von ihm offenbar beträchtliche Konzentration beanspruchten. Los Pinos war eine der wenigen Städte der Welt, wo ein Polizist reichlich Zeit hatte, sich einem solchen Spiel hinzugeben. Die meiste Zeit über hatten die Cops nichts anderes zu tun, als nach neun Uhr abends die Kinder von der Straße zu scheuchen und ein paar Betrunkene nach Hause zu geleiten. Jetzt, nachdem Miller ermordet worden war, war der Betrieb etwas lebhafter als gewöhnlich, was jedoch nicht für den Wachhabenden galt. Er mußte hier ausharren und sich Beschwerden anhören, also spielte er Solitaire und versuchte, sich von den Leuten nicht allzu sehr aus der Ruhe bringen zu lassen.

Miss Jensen stellte ihren Koffer neben der Schranke ab und nannte ihren Namen. »Einen Moment«, sagte der Sergeant. Sein Name war Patterson, und er hatte runde, tiefrosa Bäckchen.

»Jemand hat mir einen Streich gespielt«, sagte Miss Jensen.

»Tststs, ist ja schlimm«, sagte der Sergeant. »Was kann ich Ihrer Meinung nach unternehmen?« Er drehte ein paar Karten um, obwohl niemand imstande gewesen wäre anzugeben, warum er das jetzt tat.

»Sind Sie denn nicht da, um den Leuten zu helfen?«

Das gemahnte Patterson an seine Pflicht. »Sicher«, sagte er, und als er das Mädchen anschaute, stellte er fest, daß es gar nicht mal reizlos war. »Was kann ich für Sie tun?«

»Jemand hat mir einen Streich gespielt«, wiederholte sie. »Ich bin das Hausmädchen oben bei den Millers.«

Jetzt vergaß der Sergeant sein Kartenspiel. »Was für einen Streich denn?«

»Meine Mutter war gar nicht krank«, erklärte ihm das Mädchen. »Man hat mir gesagt, sie wäre krank. Und als ich hingekommen bin, war sie's gar nicht.«

»Wer hat Ihnen das gesagt?«

»Das Telegrafenamt.«

»Sie haben ein Telegramm bekommen?«

»Nein. Die haben mich angerufen und gesagt, sie hätten ein Telegramm. Die haben's mir vorgelesen. Darin stand, daß Mutter krank ist und ich sofort hinkommen soll.«

»Sie reden wohl besser mit dem Chief«, sagte der Wachhabende. »Warten Sie einen Moment.«

Der Chief war in einer Konferenz. In seinem Büro hielten sich etliche Zeitungsleute auf, darunter auch Robin. Die Reporter versuchten, dem Chief die beruhigende Erklärung zu entlocken, daß Millers Mörder binnen kurzem hinter Gittern sein werde. Als der Sergeant ihm jetzt mitteilte, wer die Besucherin war, forderte Jackson ihn auf, sie sofort hereinzuführen.

Der Anblick so vieler Männer brachte das Mädchen nicht im mindesten in Verlegenheit. Es setzte sich auf den angebotenen Stuhl und brachte seine Geschichte vor. Am Montag nachmittag, sagte es, habe das Telefon im Haus der Millers geklingelt, und es sei rangegangen. Es gehörte nämlich zu seinen Aufgaben, Anrufe entgegenzunehmen und zu notieren, wer angerufen habe.

»War es ein Mann oder eine Frau?« wollte Jackson wissen.

»Ein Mann«, sagte Miss Jensen.

»Und er hat Ihnen gesagt, daß Ihre Mutter krank ist?«

»Er sagte, er hätte ein Telegramm für mich. Er sagte, er wäre der Leiter des Telegrafenamts, und im Augenblick wäre keiner von den Jungs da, die es mir sofort rausbringen könnten. Er hat gefragt, ob er es mir vorlesen soll. Ich hab' gesagt, ja, das sollte er.«

»Also hat er es vorgelesen?«

Miss Jensen nickte. »Er hat es vorgelesen. Darin stand, daß meine Mutter krank ist und ich sofort kommen soll.«

»Was haben Sie getan?«

»Ich habe Mrs. Miller gesucht, um sie zu fragen, ob ich fahren darf, doch sie ist nicht dagewesen. Im Haus war bloß Mr. Miller, und ich hab's ihm erzählt, und er hat gesagt, ich soll fahren. Also bin ich los. Als ich hingekommen bin, war meine Mutter gar nicht krank.«

»Erinnern Sie sich noch, um welche Zeit der Anruf gekommen ist?«

»Gegen halb fünf.«

»Und außer Mr. Miller war niemand da?«

»Die Köchin war da.«

»Aber sonst niemand?«

»Ich hab' sonst niemand gesehen.«

»Kam Ihnen die Stimme bekannt vor? Haben Sie sie schon mal gehört?«

Miss Jensen meinte, das könne sie nicht sagen. »Ich war viel zu aufgeregt, um genau hinzuhören.«

Jackson seufzte. Er schien gewillt, die junge Frau gleich wieder gehen zu lassen, also stellte ihr Robin eine Frage. »Wie lange arbeiten Sie schon für die Millers?«

»Vier Jahre«, erwiderte Miss Jensen. »Ich habe 1933 angefangen.«

»Wann hat man Ihnen aufgetragen, Mr. Miller den Kaffee hinaufzubringen?«

»Schon vor langer Zeit. Gleich nachdem ich angefangen habe, dort zu arbeiten.«

»Warum haben Sie das gemacht und nicht Miss Knapp?«

»Er mochte meinen Kaffee lieber.« In ihrer Stimme schwang Stolz mit. Dann fiel ihr ein, daß er ja tot war, und sie blickte traurig drein.

Robin hatte das Gefühl, daß sie gleich anfangen würde zu weinen, und er sagte, das sei alles.

»Sie gehen jetzt nach Hause«, sagte Jackson. »Wissen Sie schon, wie Sie da hinkommen?«

»Nein, Sir. Ich komme grade vom Bus.« Ihre Stimme klang leicht zittrig.

Er drückte den Summer. Phelps steckte seinen Kopf durch die Tür. »Bringen Sie Miss Jensen nach Hause«, ordnete der Chief an. »Und lassen Sie die Finger von der Sirene.« Phelps runzelte die Stirn, doch als er das Mädchen anschaute, fand er den Auftrag gar nicht so unangenehm.

»Das beweist«, wandte sich Jackson an die Presseleute, »daß der Mord mindestens einen Tag vorher geplant worden ist. Und, wie ich meine, ziemlich raffiniert geplant.«

»Sie müssen doch eine Idee haben, wer es geplant haben könnte, Chief.« Das war O'Hara, und seinem Ton war deutlich zu entnehmen, daß er dem Chief nicht zutraute, irgendwelche Ideen zu irgend etwas zu haben. Er hatte sich in einen der Ledersessel des Chiefs gelümmelt und den Hut über die Augen geschoben. Er sah als Reporter viel echter aus als die Jungs aus San Francisco.

»O Herrgott noch mal«, stöhnte Jackson. »Hören Sie bloß auf damit, O'Hara. Ich hab' Ihnen doch gesagt, daß ich nicht die leiseste Ahnung habe, um was es hier eigentlich geht.«

»Jemand hat es aber getan«, sagte O'Hara. »Es sei denn, er selbst hat's getan, als er einen Alptraum hatte.«

»Seien Sie nicht albern«, schnauzte Jackson. »Wir wissen, daß er ermordet worden ist. Und die Geschichte des Hausmädchens verschafft uns noch mehr Sicherheit.«

O'Hara füllte seine Lunge mit Zigarettenrauch, blies ihn bedächtig durch die Nase und schaute Robin durch den blauen Dunst an. »Wir haben hier einen echten Detektiv«, sagte er. »Der löst Mordfälle so, nur einfach aus dem Handgelenk.« Er schnippte mit den Fingern. »Ich glaube, er hat seine Ausbildung von Pinkerton. Vielleicht weiß er alles.«

Die anderen warfen Robin interessierte Blicke zu. »Helfen Sie uns ein bißchen auf die Sprünge«, fuhr O'Hara fort. Er schien es darauf anzulegen, seinen Kollegen zu verärgern.

»Dann müßte ich die Geheimnisse meines Berufs preisgeben«, gab Robin zurück.

»Sie tappen wahrscheinlich genauso im dunkeln wie der Chief«, bemerkte Jack McPherson. McPherson arbeitete für den *Chronicle* und hatte ein Blumenkohlohr. Aber nicht deswegen arbeitete er für den *Chronicle*.

»Noch mehr«, gab Robin zu. »Die Dunkelheit ist geradezu *stygisch*.«

»Wer könnte es denn getan haben?« fragte McPherson.

»Eine ganze Menge Leute«, erwiderte Robin. »Ich glaube, darin stimmen der Chief und ich überein.«

»Das tun wir allerdings«, sagte Jackson. »Bei Gott, ich hätte mir gewünscht, daß Overton mir nichts von Kilgallens Marotte erzählt hätte. Dann wäre alles so einfach gewesen.«

»Haben Sie nach der Voruntersuchung noch mal mit ihm gesprochen?« wollte McPherson wissen.

»Er hat mit mir gesprochen«, sagte Jackson. »Er hat auf mich eingeredet, bis er ganz blau im Gesicht wurde, und versucht, mich davon zu überzeugen, daß er Miller umgebracht hätte. Fast hätte ich ihn rausschmeißen müssen.«

»Vielleicht hat er diesmal ja einen Grund zu gestehen«, gab O'Hara zu bedenken.

»Sicher hat er den«, meinte der Chief. »Genau wie immer. Er kommt aus der Flasche.«

»Der Grund, den ich meine, kommt in Seidenstrümpfen daher«, sagte O'Hara. »Sein Name ist Miller. Haben Sie schon die Möglichkeit bedacht, daß sie hergegangen ist und ihren Alten umgelegt hat?«

»Das ist eine interessante Überlegung«, sagte McPherson. »Machen Sie weiter.«

Das Interesse, das ihm die anderen bekundeten, ließ O'Hara noch forscher werden, bestärkte ihn darin, sich noch mehr aufzuführen wie ein toller Hecht. Hätte er noch eine Flasche in seiner Jackentasche gehabt, er hätte sie jetzt bestimmt hervorgezogen, den Hals abgewischt und einen tiefen Schluck genommen. »Ein paar Millionen Mäuse sind 'ne Menge Geld«, bemerkte er. »Die werden ihr nämlich zufallen. Dieser Kerl, dieser Kilgallen, der zieht also mit ihr rum. Der will sie heiraten. Vielleicht will sie ihn auch heiraten. Also gut, sie vergiftet den Kaffee ihres Alten und haut ab, um 'ne Partie Golf zu spielen. Sie wissen selbst, wie der Golfkurs zum Miller-Haus den Hügel ansteigt. Nun, also sie schleicht sich von Kilgallen weg, geht rein ins Haus, erschießt ihren Daddy, kommt zurück und spielt die Partie zu Ende. Kilgallen glaubt, daß sie einen Ball gesucht hat, bis er dann erfährt, daß der Alte tot ist. Jetzt weiß er, daß sie es getan hat, also stellt er sich hin und gesteht, wobei er sich überlegt, daß ihm keiner glauben wird und man ihn wieder laufen läßt, sobald seine Vorgeschichte aufgedeckt wird. Also, was halten Sie davon?«

»Ich halte das für ein Märchen von Hans Christian Andersen«, sagte Jackson.

»Die Geschichte hat außerdem einen Haken«, meinte Robin. »Es war ein Mann, der Overton angerufen hat, keine Frau.«

»Vielleicht war Kilgallen mit von der Partie«, schlug McPherson vor. »Vielleicht haben sie das gemeinsam geplant, haben versucht, es wie Selbstmord aussehen zu lassen, sich aber überlegt, daß er noch einmal seine Geständnis-Nummer abziehen kann, falls den beiden ein Patzer unterlaufen sollte.«

»Das macht die Sache sehr kompliziert«, meinte Robin.

»Ich nehme an, Sie haben dafür eine saubere, einfache Erklärung«, sagte O'Hara.

»Da irren Sie sich«, sagte Robin. Er erhob sich, setzte seinen Hut auf und schritt zur Tür. »Dafür ist es noch zu früh.«

»Aber bald haben Sie sie«, rief O'Hara ihm hinterher.

Draußen im Flur überlegte Robin, ob er noch einmal zurückgehen und O'Hara in den Hintern treten sollte, doch dann entschied er, daß es die Mühe nicht lohnte. Er blieb eine Minute vor dem Schalter des Wachhabenden, schaute ihm bei seinem Spiel zu, zog sich Pattersons Telefon heran, nahm den Hörer ab und wählte die Nummer des *Herald.*

»Sie haben vielleicht Nerven«, sagte Patterson. »Das ist ein Amtstelefon.«

»Es ist eine wichtige Angelegenheit«, sagte Robin. »Legen Sie eigentlich Rouge auf?«

Der Wachhabende warf ihm einen wütenden Blick zu. »Ihr Kerle macht mich ganz krank, führt euch auf, als würde euch die Welt gehören.« Er legte einige Karten auf.

»Sie können doch keine Karo acht auf eine Pik drei legen«, sagte Robin.

»Wer sagt das denn?« Patterson legte eine Kreuz zehn auf das Herz-As. »Ich habe dieses Spiel erfunden. Was also können Sie schon davon wissen?«

»Es tut mir nur weh. Das ist alles«, sagte Robin und widmete seine Aufmerksamkeit dann Overton, der jetzt am anderen Ende der Leitung war. Nachdem Robin ihm die Neuigkeit über Miss Jensen und das fingierte Telefongespräch mitgeteilt hatte, schlug Overton ihm vor, er solle gegen sechzehn Uhr dreißig in die Redaktion kommen. »Wir holen Mary ab und fahren dann zum Fischen raus«, sagte Overton. »Wohin bist du jetzt unterwegs?«

»Das hab' ich mir noch nicht überlegt«, beschied ihn Robin und legte auf.

Die Karten auf der Schreibplatte vor dem Sergeant brachten Robin in schwere Versuchung. Er dachte daran, was für ein großartiger Einfall es wäre, sie alle durcheinanderzubringen, doch dann entschied er sich dagegen, kniff Patterson freundlich in die Wange und ging hinaus. Er schlenderte eine Weile in der Sonne umher, beobachtete die Möwen, die über den Baumkronen segelten, erblickte einen Flecken offenen Meeres am Fuße des Hügels und Brecher, die träge heranbrandeten. In diesem Moment war der Miller-Mord für ihn ohne Bedeutung. Es kam nicht darauf an, wer den großen Mann getötet hatte; es kam überhaupt nicht darauf an, ob er tot war oder nicht. Mord und Los Pinos paßten einfach nicht zueinander.

Im Schaufenster des *Chinese Chest* war ein Schachspiel aus Elfenbein aufgebaut. Robin betrachtete es durch die Scheibe, und schon bald kam ein junger Mann in einem blauen Pullover an die Tür und lächelte ihm zu.

»Wunderhübsch, nicht wahr?« sagte der junge Mann. »Es kostet nur dreihundert Dollar.« Der junge Mann lispelte leicht.

Robin mußte zwinkern. Er gelangte zu dem Schluß, daß der junge Mann sich in seiner Freizeit als Porzellanmaler betätigte. »Sie setzen mich in Erstaunen«, sagte Robin. Der andere warf den Kopf zurück und ging wieder hinein.

Das Rolls Royce Coupé des jungen Miller war vor einem zweigeschossigen Rauhputzgebäude an der Ecke Ocean und Divisidero geparkt. Offenbar befand sich sein Besitzer drinnen. Auch Robin ging hinein, blickte auf die Firmentafeln an der Wand, stellte fest, daß Judge Clark Suite 200 belegt hatte, und stieg die Treppe hinauf.

Die Ausstattung des Empfangszimmers ließ vermuten, daß Clarks Kanzlei recht gut florierte. Das Mädchen am Empfangspult allerdings sah nicht so eindrucksvoll aus wie die Teppiche, die Möbel und die Bilder. Robin fragte sich, ob Judge Clark sie bei einem Golfspiel gewonnen haben mochte.

»Kann ich Ihnen behilflich sein?« Sie hatte eine nette Stimme.

Robin erwiderte, daß er Judge Clark zu sehen wünsche.

»Er ist in einer Besprechung«, sagte das Mädchen. »Möchten Sie warten?«

Er schaute auf die Tür mit der Aufschrift »Privat«, stellte fest, daß sie massig und schwer und das Oberlicht geschlossen war. »Ich komme wieder«, sagte er zu ihr. Draußen auf dem Gang vergegenwärtigte er sich die Anlage des Gebäudes. Ein Seitengang führte zur Feuertreppe, und als er sie hinabstieg, entdeckte er eine weitere Tür ohne Namensschild. Ihrer Lage nach zu urteilen, mußte sie in Clarks Büro führen. Als er seine Wange an die kalte Füllung legte, hörte er eine Stimme, die der des jungen Miller ähnlich war, und eine tiefe, grollende Erwiderung, die nur aus dem Mund von Judge Clark stammen konnte. Worüber sie sprachen, vermochte er nicht zu sagen, doch er war sicher, daß sie miteinander stritten. Langsam drehte er den Knauf und versuchte, die Tür nach innen zu drücken, doch sie bewegte sich nicht, da sie abgeschlossen war.

Die Feuertreppe bot eine Möglichkeit. Er stieg hinaus auf die Eisenstufen, doch er kam nicht näher als drei Meter an das Fenster zum Büro heran. Auch hier konnte er Stimmengemurmel hören, mehr aber nicht. Er könnte ja, so dachte er, auf dem schmalen Sims bis zum Fenster balancieren. Genau das würde ein waghalsiger Privatdetektiv tun. Doch als er hinunter aufs Pflaster schaute, entschied er, daß er nicht so wagemutig sein wollte. Auf der Ledercouch im Wartezimmer sitzend, würde man vielleicht nicht so viel erfahren, doch mit Sicherheit würde man länger leben.

»Noch immer beschäftigt«, sagte das Mädchen im Vorzimmer. Offenbar hatte sie seit Wochen vergessen, sich die Haare zu kämmen.

Er wollte schon nach Miller fragen, überlegte es sich dann jedoch anders, nahm eine Zeitschrift und setzte sich auf die Couch. Nach einer Weile erschien Adams Gesicht im Eingang. Robin erhob sich.

»Tut mir leid, ich bin beschäftigt.« Judge Clark starrte ihn finster an.

»Ist Mr. Miller noch drin?«

»Er ist weg«, gab Clark zurück. »Ist durch die Hintertür raus. Wenn Sie sich beeilen, erwischen Sie ihn noch.«

»Ihn will ich nicht. Ich will Sie«, sagte Robin.

»Ich sag's Ihnen doch, ich bin beschäftigt«, blaffte Adam.

»Schön, schön«, sagte Robin. »Ich brauche nur eine Sekunde.« Und bevor Judge Clark die Tür zuschlagen konnte, war er schon in der Kanzlei.

»Sie haben vielleicht Nerven«, sagte Clark.

»Dafür werde ich bezahlt«, meinte Robin.

»Na schön. Was wollen Sie?«

»Wir haben erfahren, daß Mr. Miller den Staatsanwalt auffordern will, Anklage gegen Sie zu erheben.« Das war völlig aus der Luft gegriffen.

»Das ist eine Lüge«, sagte Clark. »Weswegen sollte er ein Verfahren gegen mich einleiten wollen?«

»Unterschlagung«, erwiderte Robin. »In Verbindung mit der Geschäftsführung der Miller Mining Company, deren Direktor Sie sind.«

Judge Clark schaute etwas unbehaglich drein. »Papperlapapp«, sagte er. »Wer hat Ihnen denn diese Idee eingeblasen?«

»Overton«, sagte Robin.

»Das sollte er besser nicht drucken«, warnte Clark. Sein Kragen war ihm plötzlich eng geworden. Er schien Robin maßzunehmen, schien zu überlegen, ob er den Reporter nicht besser hinaus auf den Flur warf.

»Das würde Ihnen gar nicht gut bekommen«, versicherte Robin ihm.

»Was würde mir nicht bekommen?« Clark trat näher an ihn heran. Er war riesig und schien in guter Form zu sein. Das da auf seinen Armen, das war kein Fett, das waren Muskeln.

»Mich rauszuwerfen«, sagte Robin. »Wieviel haben Sie beiseite geschafft?«

»Jetzt hören Sie mal.« Clarks Fäuste waren geballt. »Sie können nicht einfach in ein privates Büro kommen und verleumderische Äußerungen machen.«

»Was hat dann der junge Miller bei der Anhörung heute morgen gemeint?«

»Er hat gar nichts gemeint.« Clarks Benehmen änderte sich schlagartig. »Setzen Sie sich, junger Mann. Was möchten Sie wissen?«

Robin wählte einen Stuhl mit Blick zum Fenster. Dann konnte er immer noch auf den Ozean hinausschauen, wenn ihn Clark anödete. »Wie lange kennen Sie Mr. Miller schon – ich meine den alten Mr. Miller.«

»Eine Reihe von Jahren«, sagte Judge Clark. »Unsere Verbindung begann im Jahre 1923, und ich habe ihn seither ununterbrochen vertreten. Er hat meine Dienste so sehr geschätzt, daß er mich aufgefordert hat, ihm nach Los Pinos zu folgen.«

»Sie kümmern sich um seine sämtlichen juristischen Angelegenheiten?«

»Um sämtliche«, bestätigte Clark.

»Und Sie leiten die Minengesellschaft?«

»Das wäre nicht ganz genau«, sagte Clark. »Ich bin mehr oder weniger aktiv mit ihrem Betrieb betraut gewesen, seit Mr. Miller hierher gezogen ist. Er hat nach und nach diese Last schrittweise auf meine Schultern gelegt.«

»Was wird denn jetzt geschehen, nachdem er tot ist?«

»Ich denke, ich werde in derselben Eigenschaft die Geschäfte weiterführen.«

Robins Miene verriet, daß er Zweifel hatte. »Der junge Miller ist nicht zufrieden mit der Art, wie Sie alles handhaben, nicht wahr?«

»Wie kommen Sie denn auf diese Idee?«

»Das hat er Overton erzählt«, log Robin. »Er hat erklärt, er würde Sie fertigmachen.«

»Soll er's doch versuchen«, meinte Clark geringschätzig.

»Sie meinen, er wird's nicht wagen?« Robin betrachtete aufmerksam die Miene seines Gegenübers, versuchte auszuloten, was Clark durch den Kopf gehen mochte.

»Das habe ich nicht gesagt.«

»Sie haben es angedeutet.«

»Ich habe nichts dergleichen getan. Was ich meine, ist nur, daß er es dann auf einen Kampf ankommen lassen müßte. Immerhin ist er ja nicht das einzige Mitglied der Miller-Familie. Und an der Minengesellschaft besitze ich eine Menge Beteiligungen.«

»Aber er ist unzufrieden?«

Judge Clark erhob sich, ging zu der Tür, die direkt auf den Gang führte, und schloß sie auf. »George ist noch jung«, erklärte er. »Er hat das Ungestüm der Jugend. Sie dürfen ihn nicht allzu ernst nehmen, Mr. Bishop.« Die Tür war jetzt offen, und Clark wartete darauf, daß sein Besucher sich empfahl.

»Ich danke Ihnen.« Robin ging auf die Tür zu, verhielt einen Augenblick auf der Schwelle und bedachte Judge Clark mit einem langen Blick. »Ich denke, wir werden uns wiedersehen.«

»Das denke ich auch«, sagte Clark. »Und falls Sie jetzt zurück zum *Herald* gehen, sagen Sie Ihrem Chefredakteur, daß er mich aus der

Angelegenheit raushalten soll. Sagen Sie ihm, daß ich mich mit den Gesetzen wegen Verleumdung bestens auskenne.« Er knallte die Tür zu.

Es war gut, wieder draußen zu sein. Gewiß, der Büroraum war hell und freundlich gewesen, doch Clarks Anwesenheit nahm ihm einiges von seiner Helligkeit. Er schien ein schlauer, muffiger Typ zu sein, fand Robin, schlau und gerissen, doch im Innersten strohdumm, und diese Dummheit brachte Robin auf. Er ging den kleinen Hügel zur Redaktion des *Herald* hinauf, und die Sonne schien warm auf seinen Rücken.

Das Mädchen am Informationsschalter schaute von dem Buch hoch, das es gerade las, und lächelte ihm zu. Es drückte einen Knopf, ein Summer ertönte, und die Tür zur Lokalredaktion öffnete sich auf einen leichten Druck hin. Overton saß nicht an seinem Schreibtisch.

»Er stutzt alles noch zurecht«, sagte Mitchell. Der Reporter hatte seine Füße in den Abfallkorb gesteckt und rauchte eine Zigarette, die auf eine lange Elfenbeinspitze gesteckt war. Jones arbeitete an einem komischen, vertrackten Kreuzworträtsel. »Ein Wort mit sechs Buchstaben – etwas, das ein Abendessen aufhalten kann«, fragte Jones.

»Scotch«, sagte Robin. Er setzte sich an den Redaktionstisch und las die Durchschläge von Overtons Story, erkannte während der Lektüre, warum es Overton widerstrebte, sie jemand anderem zu überlassen. Jones und Mitchell brachten nicht viel über den Mord. Sie hatten etwas zu den anderen Nachrichten geschrieben – Artikel über Meetings und kleinere Unfälle, Arbeitsessen von Politikern und Geschäftsleuten. In Los Pinos spielten sich noch andere Dinge ab; Dinge, die für die Leserschaft des *Herald* weitaus wichtiger waren als der Mord an Miller. Im übrigen erforderte die Mordgeschichte gewisse technische Kniffe – Kniffe, die nur Overton aus dem Effeff beherrschte.

Eine schwere Hand drückte seine Schulter, und als er aufschaute, sah er seinen Freund, ein breites Grinsen auf dem häßlichen Gesicht, über sich gebeugt. »Komm mit«, sagte er. Sich an Mitchell wendend, bat er ihn, ein Auge auf den Laden zu haben, bis die ersten druckfrischen Zeitungen heraufgeschickt wurden.

»Mayfield hat von allen Bars den besten Scotch«, riet ihnen Mitchell.

»Das müssen Sie ja am besten wissen«, gab Overton zurück. »Falls ein Telegramm für mich kommt, machen Sie es nicht auf. Schieben Sie es unter die Schreibunterlage. Ich komme spätabends noch mal vorbei.«

Als sie zur neuen Heimstatt der Bishops fuhren, erzählte Robin Overton von seinem Interview mit Clark und den Warnungen, die dieser ausgestoßen hatte.

Der große Mann lachte glucksend. »Du hast ihn aufgescheucht«, bemerkte er. »Das bringt vielleicht ein bißchen Schwung in die Sache. Ich erwarte mir noch vor morgen einiges.«

Robin wandte den Blick von der Straße und schaute seinen Freund neugierig an. »Hast du was ausgegraben?«

»Ich hab' da ein paar Ideen. Jetzt warte ich auf ein Telegramm. Und ich möchte heute abend ein paar Telefongespräche führen.«

»Was ist das für ein Telegramm? Und wen willst du anrufen?«

»Das sag' ich dir morgen früh«, erwiderte Overton. »Das heißt, falls was rauskommt. Ich bin abergläubisch. Wenn ich über Dinge rede, bevor sie passieren, treffen sie meistens nicht ein.« Das war alles, was Robin aus ihm herausholen konnte.

Mary war nicht im Haus. Sie fuhren die Cedar Street hinunter auf den kleinen Lebensmittelladen in der Nähe des Campingplatzes zu und entdeckten sie, als sie, die Arme voller Tüten, die Eingangstreppe herunterkam.

»Ich bleib' zu Hause und mach' das Abendessen«, schlug sie ohne große Begeisterung vor.

»Wir pfeifen auf das Dinner«, sagte Overton übermütig.

Am Anlegesteg mietete er drei Angelruten, kaufte eine Dose mit Ködern und ging ihnen zu seinem Boot voran. Es war ein alter Pott mit nur wenig Farbe, doch er war seetüchtig, und der Motor sprang sofort an. Er legte rückwärts ab, wendete dann und hielt auf die offene See zu, mitten in die Sonne hinein. Die Miller-Jacht lag auf Kurs, und als sie dicht vor ihrem Bug kreuzten, rief ihnen der junge Miller etwas zu. Er stand an der Reling, die Seglermütze auf dem Kopf weit nach hinten geschoben, und seine Lippen bewegten sich, doch der Motor übertönte seine Stimme. Overton stellte ihn ab und ging an der sauberen weißen Bordwand der Jacht längsseits.

»Ich habe vielleicht später etwas für Sie«, rief Miller zu ihnen hinunter. Er stützte sein Kinn auf die Reling, und irgendwie wirkte er so, als hätte er keinen Körper.

»Was denn?« schrie Overton zurück.

»Kann ich jetzt noch nicht sagen«, rief er zurück. »Ich muß da erst ganz sicher sein.«

Brüllend sprang der Motor wieder an, und das alte Boot tuckerte langsam davon, etwas zaghaft, so schien es, als hätte die Berührung mit der schlanken, eleganten Jacht es verlegen gemacht wegen des fehlenden Anstrichs und seines plumpen Äußeren, hielt sich in der Fahrrinne, vorbei an der Mole, schwenkte dann nach links die Küste entlang bis zu den drei großartigen Felsen, die Overton als Ankerplatz bevorzugte.

Was der junge Miller ihnen zugerufen hatte, schien von geringer Bedeutung für die drei Insassen des alten Kahns, als sie ihre Haken anköderten und mit dem Rücken zur Sonne dasaßen, ihre sanfte Wärme spürten und den scharfen Biß des Windes, der von Westen heranwehte. Sie hörten den Aufprall der Wogen an den Felsen, beobachteten die langen weißen Tatzen der Wellen, die gegen die schwarzen Gesichter der Felsen schlugen. Das Leben war viel zu angenehm, um schweren Gedanken über den Tod nachzuhängen. Ein kräftiger Ruck an der Leine war aufregender als Mord. Robin saß Schulter an Schulter mit Mary, ohne daß sie miteinander redeten, denn es bestand keine Notwendigkeit dazu. Aber schließlich schaute er hoch und sah, daß Overton sie mit leichtem Lächeln beobachtete.

»Wißt ihr«, sagte Overton plötzlich. »Ich hab's gar nicht gemerkt, aber ich bin einsam gewesen. Das bin ich jetzt nicht mehr.«

12 DONNERSTAG

Noch lange Zeit danach, wann immer er am Meer stand und die Wellen an den Fels klatschen hörte oder den scharfen salzigen Wind roch, erinnerte sich Robin an einen schlaksigen Burschen mit schiefen Zähnen, der ihm einst vom Bug eines alten Bootes zugelächelt und gesagt hatte, daß er jetzt nicht mehr einsam sei. Und stets ging diese Erinnerung mit dem Empfinden einher, daß einen Augenblick lang das Gefühl von etwas Schönem für ihn greifbar nah gewesen und ihm dann aus den Händen geglitten war. Plötzlich hatte er einen Freund gefunden, und ebenso plötzlich hatte er ihn wieder verloren. Und obwohl das ohne eigenes Verschulden geschehen war, mußte er sich dennoch ein bißchen Schuld daran geben. Hätten ihn nicht die

Schönheit und der Frieden dieses Städtchens blind gemacht gegen die dunkle, finstere Macht, die dort am Werk war, dann hätte er vielleicht Reed Overtons Leben retten können. Wäre nur er anstatt Overton zu der richtigen Schlußfolgerung gelangt, dann hätte das niemals geschehen können.

Jemand hämmerte an die Tür. Er setzte sich auf, und die kalte Nachtluft verscheuchte den Schlaf. Mondstrahlen malten blasse Muster auf den Teppich neben dem Fenster, überschütteten den Garten mit silbrigem Glanz.

»Bishop«, rief draußen eine Stimme. »Bishop! Wachen Sie auf!«

»Ich komme schon«, sagte Robin. Wie stets trug er nur seine Pyjamahosen, doch nahm er sich nicht die Zeit, seine breiten Schultern zu bedecken. Seine Hand ertastete den Riegel, und der Wind fuhr mit kalten Fingern über seine Brust. Draußen auf der Treppe stand Mitchell.

»Overton ist tot«, sagte Mitchell.

Der Mann auf der Treppe hätte Robin nicht erst sagen müssen, daß sein Freund ermordet worden war. Robin wußte es instinktiv. Unfähig, sich zu rühren, blieb er eine Weile im Eingang stehen. Sein Verstand signalisierte ihm, sich zu beeilen, ins Schlafzimmer zu rennen und seine Sachen überzuwerfen, doch sein Körper gehorchte ihm nicht.

»O nein«, hörte er Mary sagen. Sie drängte sich an ihn, und er spürte ihre Wange in seinem Rücken. Sie zitterte, doch nicht, weil der Wind so kalt war.

»Sie haben ihn bei sich zu Hause gefunden«, sagte Mitchell. Er sagte das ohne jeden Ausdruck, doch in seinem Gesicht stand Trauer. »Sie haben ihn auf dem Fußboden vor dem Kamin gefunden.« Mitchell schaute auf den Treppenabsatz, auf seinen Schatten, der darüber lag. »Jackson ist jetzt dort.«

»Ich treffe Sie dort«, sagte Robin. Seine Hand ertastete Marys weiche Schulter, und er drückte sie. Dann war Mitchell gegangen, und die Tür sperrte das Mondlicht aus.

Sich nur halb bewußt, was er tat, zog er sich an, und erst als er sich ans Steuer seines Wagens geklemmt hatte, nahm er wahr, daß auch Mary sich angekleidet hatte und neben ihm saß. Als er das Auto rückwärts aus der Garage fuhr, sah er den Wohnwagen, der sie nach Los Pinos gebracht hatte, und es kam ihm vor, als sei dieses ganze Erlebnis umgeben von etwas Unwirklichem. Ohne jenes seltsam aussehende

Vehikel wären sie jetzt nicht hier, würden sie jetzt nicht zu dem Haus eilen, in dem der Leichnam seines Freundes lag.

Sie sprachen nicht miteinander, als der Wagen unter dem Bogendach der Baumkronen über die stillen Straßen jagte, die gesprenkelt waren vom Mondlicht. Sie sprachen auch dann nicht, als sie auf ihn hinunterschauten, wie er ein paar Schritte vor dem Kamin seitlich am Boden lag. Mary weinte nicht. Sie wandte sich von der großen Gestalt ab, zog sich in eine dunkle Ecke zurück und saß dort zusammengekauert, starrte auf ihre Hände in ihrem Schoß.

Mitchell lehnte an der Wand, eine erloschene Zigarette zwischen den Fingern. Doc Powers saß auf der Tischkante, rieb sich die Augen und gähnte. Jackson und Phelps standen, die Hände in den Taschen vergraben, neben dem Kamin.

Man konnte sofort erkennen, was Reed Overton zugestoßen war. Auf seinem weißen Hemd war ein dunkler Fleck, und es war deutlich zu sehen, wo die beiden Kugeln die Knopfleiste zerrissen hatten. Die Kugeln waren dann auf das Mauerstück unterhalb des Kaminsimses geprallt und hatten zwei häßliche Löcher in die Rotholztäfelung gerissen.

Lange Zeit sprach niemand ein Wort. Im Zimmer war es sehr still. Von weit her rauschte die See, und über ihr leises Gemurmel hinweg konnte man das Ticken der Uhr hören. Die Uhr stand auf dem Kaminsims. Robin schaute hin und stellte fest, daß es jetzt ein Uhr war. Vor sechs Stunden, so dachte er, war Overton noch am Leben gewesen, war an seiner Seite den Strand hinaufgegangen.

Robins Stimme durchbrach die Stille. »Wann?«

»Gegen dreiundzwanzig Uhr«, sagte Jackson. »Ich bin mir nicht ganz sicher. Viertel vor elf war er noch am Leben, denn da hat ihn Mrs. Matheny angerufen. Er war am frühen Abend bei ihr und hat ihr erzählt, er wüßte vielleicht, wer Miller getötet hätte. Sie rief an, um zu fragen, ob er sich jetzt sicher sein könnte. Er hat ihr gesagt, das wäre er noch nicht, doch er erwartete noch einen späten Besucher.«

»Hat er nicht gesagt, wer der Besucher war?«

»Nein«, erwiderte Jackson. »Das hat er nicht.«

»Wer hat ihn gefunden?«

»Ben Ford, der ein Stück weit den Hügel hinauf wohnt. Er ist ungefähr Viertel vor eins auf seinem Heimweg vorbeigekommen, hat noch Licht gesehen und wollte nur kurz Hallo sagen. Durchs Fenster hat er dann Reeds Leichnam liegen sehen.«

»Hat niemand Schüsse gehört?«

»Das weiß ich noch nicht. Das Haus steht sehr einsam. Das nächste ist einen Kilometer weg. Ford ist sein nächster Nachbar, und der ist aus gewesen.«

Robin schaute sich eingehend in dem vertrauten Raum um. Vor noch nicht ganz sechsunddreißig Stunden hatte der große Mann ein Tuch über jenen Tisch dort gebreitet, hatte lächelnd und plaudernd mit ihnen gesessen. Offenbar hatte er mit dem Rücken zum Feuer gestanden und mit seinem Mörder gesprochen. Vor der Esse stand ein Armsessel mit nach vorn gekipptem Rückenpolster. Mit aller Wahrscheinlichkeit hatte dort der Killer gesessen, als er plötzlich eine Waffe gezogen und dem Redakteur zwei Kugeln ins Herz gejagt hatte.

»Das hier hab' ich auf dem Tisch gefunden«, sagte Jackson. Er hielt ein Telegrammformular in der Hand. »Das ist heute nachmittag gekommen.«

»In die Redaktion«, warf Mitchell ein. »Ich hab's unter seine Schreibunterlage geschoben.«

Die telegrafische Nachricht war lang. Sie war per Eilzustellung gegen Nachnahme von einem Lokalredakteur namens Sean Kelly aus New York durchgegeben worden. Und während Robin sie las, kam er der Lösung kein Stück näher als damals, als er auf den Leichnam von Walter K. Miller geschaut hatte.

Kelly war offenbar ein alter Kollege von der Zeitung, denn er hatte geschrieben:

DU SETZT MICH IN ERSTAUNEN DACHTE DU BIST TOT ODER VERHEIRATET WAS AUF DASSELBE HINAUSLÄUFT UND DA TAUCHST DU WIEDER AUF IN EINEM ORT NAMENS LOS PINOS KALIFORNIEN ALS CHEFREDAKTEUR EINER ZEITUNG WIE STEHT ES MIT EINEM JOB HABE VEREITERTE STIRNHÖHLEN HIER SIND DIE AUSKÜNFTE UND FALLS DU DEN DAVID ERWISCHST DER GOLIATH ERSCHLAGEN HAT BIST DU MIR EINE STORY SCHULDIG MOSELY SAGT WEST WAR ZWISCHEN 1934 UND 1935 SEIN CHAUFFEUR WEST KOMMT AUS NEW JERSEY UND WAR FRÜHER ADRESSENSCHREIBER BEIM NEWARK LEDGER WURDE DORT 1931 GEFEUERT IST DANN CHAUFFEUR GEWORDEN SAGT MOSELY WEST IST BEI IHM GEBLIEBEN NACHDEM MRS MOSELY NACH RENO GING WEGEN DER SCHEIDUNG HAT DANN IM

JANUAR 1936 GEKÜNDIGT MUSS IHR NACH NEVADA GEFOLGT SEIN UND NACH FOTOS ZU URTEILEN KANN MAN ES IHM NICHT VERÜBELN MARION MILLER HAT VON 1929 BIS 1930 DAS SCARSDALE COLLEGIATE BESUCHT HAT MIT ANTOINETTE MADISON ZUSAMMENGEWOHNT DIE JETZT TEAROOM AUF DER FORTY FIFTH STREET MADISON BETREIBT SAGT MARION HAT DOC MASON GUT GEKANNT UND SIE AUCH ALS DOC MIT GESTÄNDNISSEN ANFING HATTE MARION GROSSEN KRACH MIT IHM HAT MIT SCHULE AUFGEHÖRT UND IST ZURÜCK NACH NEVADA GEORGE MILLER HAT SOMMER 1934 ALS ER AUF DER COLUMBIA C E WAR ZWEI MONATE GASTSPIEL BEIM BROOKLYN EAGLE GEGEBEN SAGT ER WAR LAUSIG WAS FÄNGST DU JETZT MIT ALL DEM AN WATSON MEIN RAT IST LASS DIE COPS WEST UND MASON ODER KILGALLEN WIE DU IHN NENNST IN DEN KNAST STECKEN UND MIT LANGEN STÜKKEN GUMMISCHLAUCH BEARBEITEN VERGISS NICHT WER SICH SEINE REPORTERBEINE FÜR DICH AUSGERISSEN HAT

Robin gab das Telegramm Jackson zurück, der es sich in die Seitentasche stopfte.

»Glauben Sie, er ist deswegen umgebracht worden?« fragte Mitchell Jackson.

»Sieht ganz danach aus«, sagte Jackson. Seine Miene war grimmig.

»Warum ist es auf dem Tisch liegengelassen worden?« Mitchell öffnete das Fenster und schnippte seine Zigarette auf die Terrasse.

»Vielleicht ist es hier hingelegt worden, damit wir es gleich finden«, sagte Robin. »Vielleicht hat er gewollt, daß wir es finden. Ich meine, der Kerl, der das hier verbrochen hat.« Sein Blick ruhte auf dem Gesicht seines toten Freundes. »Was für ein prächtiger Bursche«, sagte er. »Warum, um alles in der Welt, mußte das gerade ihm zustoßen?«

Jetzt sprach wieder Mitchell: »Natürlich wäre es für uns ein leichtes gewesen, an dieses Telegramm zu kommen. Wir hätten nur ins Telegrafenamt gehen müssen. Das mag der Grund sein, weswegen es liegengelassen worden ist.«

»Das spielt keine große Rolle«, sagte Jackson. »Jedenfalls haben wir jetzt Arbeit vor uns.« Er nahm den Hörer vom Telefon und rief das Revier an. »Fahrt los und holt euch den jungen Miller, seine Mutter und West«, sagte er dem Mann am anderen Ende der Leitung.

»Und schicken Sie Craig zu Kilgallen und lassen Sie ihn abholen. Und dann treibt ihr Andy auf und sagt ihm, er soll sein ganzes Zeug hierher bringen und nach Fingerabdrücken suchen. Phelps wird auf ihn warten. Ich komme zurück aufs Revier. Und wenn ihr schon mal dabei seid, bringt auch gleich das Jensen-Mädchen und die Köchin mit. Dann haben wir sie alle auf einmal hier.« Jackson hörte eine Weile zu und sagte dann: »Sicher werden sie ein Geschrei veranstalten. Laßt sie doch. Kümmert euch nur darum, daß sie mitkommen.« Jackson legte den Hörer auf die Gabel, warf einen Seitenblick auf den Leichnam und wandte sich dann schroff an Doc Powers. »Kommen Sie, wenn Sie mit mir fahren wollen, Doc. Sie müssen hier nicht auf Cruze warten.« Der Gerichtsmediziner folgte ihm nach draußen.

»Gehen wir«, sagte Robin. Mary kam zu ihm, schlang die Arme um ihn, und dann lag ihr Kopf an seiner Brust, und sie weinte.

»Entschuldige«, sagte sie nach einer Weile, und gemeinsam gingen sie hinaus auf die Terrasse. Nie mehr, dachte Robin, als er die schattendunklen Bäume und das wogende silbrige Meer sah, würde Overton die dunkle Schönheit der Nacht erleben. Nie mehr würde er die Stimme des Windes hören und in weiter Ferne das Schäumen der Brandung. Nie mehr würde er auf dieser Veranda stehen, das Gesicht den Stürmen entgegenhalten, die Dunkelheit mit den Augen absuchen nach jenem kreisenden Lichtstrahl, den der Leuchtturm von Point Doom in die Nacht hinaussendete, dem dumpfen, monotonen Schrei der Boje vor den Felsen lauschen, wo er so gern gefischt hatte.

Robin war dem Tod auch früher schon begegnet. Viele Male schon hatte er Zimmer betreten, in denen Mordopfer gelegen hatten. Doch früher hatte er sich immer als distanzierter Beobachter gefühlt, dessen einziges Interesse am Verbrechen beruflicher Natur war. Diesmal war es anders. Der Mann, der tot in dem Raum hinter ihm lag, war Reed Overton, der ihm seinen ersten Job gegeben hatte, der ihn behütet und verhätschelt und gescholten hatte. Weil er über irgendein Geheimnis gestolpert war, hatte jemand ihn, als er mit dem Rücken zum Feuer gestanden, niedergeschossen.

Robins Arm um Marys Schulter verkrampfte sich. Und als sie in sein angespanntes Gesicht schaute, wußte sie, was er dachte – wußte, daß er nicht ruhen würde, bis er denjenigen gefunden, der seinen Freund getötet hatte.

13

An der Ecke Ocean Avenue und Vista Way war ein Schnellimbiß, der die ganze Nacht geöffnet hatte. Ein Mann in einer schmuddeligen weißen Schürze legte die Zeitschrift nieder, in der er gerade gelesen hatte, als Robin und Mary hereinkamen. Mit einer großen Hand kratzte er sich hinten am Hals und bemerkte, daß es eine angenehme Nacht sei.

»Zwei Kaffee«, sagte Robin. Er setzte sich auf einen Hocker, und Mary, die dicht neben ihm saß, ergriff seine Hand und drückte sie.

»Hab' gehört, daß sie Overton umgelegt haben«, sagte der Mann. »Einer von den Cops ist vor kurzem hier gewesen.« Er hielt zwei Becher unter die verchromte Kaffeemaschine und ließ sie vollaufen. »Wer ist es denn gewesen? Irgendein Weib?« Daß er darauf keine Antwort bekam, schien den Mann nicht im mindesten zu stören. »Tut dieser Stadt mal ganz gut«, fuhr er fort. »Hier war doch tote Hose. 'tschuldigung, Lady.« Er lehnte sich auf den Tresen und musterte seine beiden Gäste. Unter den Augen hatte er bläulich dunkle Tränensäcke, und er hätte eine Rasur gebraucht. »Ja, ja, genau das war's. Wir haben hier ein paar Morde gebraucht. Was meinst du dazu, Kumpel?«

Dazu hatte Robin nichts zu sagen. Er leerte seinen Becher und urteilte nach dem Geschmack des Gebräus, daß die Kaffeemaschine seit mindestens einem Jahr nicht mehr geleert und gereinigt worden war.

»Blöder Muffel«, sagte der Mann.

Mary setzte ihren Becher ab und stieg vom Hocker. Robin warf einen Vierteldollar auf die Theke und ging zur Tür.

»Zum Deibel mit euch«, sagte der Mann.

Robin blieb stehen und drehte sich um. »Nicht doch«, sagte Mary, und sie gingen hinaus in den Mondschein. Die Uhr am Rathausturm zeigte Viertel nach eins.

Vor dem Polizeirevier standen mehrere Autos. Die Jungs aus San Francisco, die sich im Inn einquartiert hatten, waren von den jüngsten Entwicklungen nicht unterrichtet worden und noch nicht erschienen. O'Hara und Jones hatten sich Mitchell angeschlossen, und die drei Männer vom *Herald* befanden sich bereits in Jacksons Büro.

Mary wollte nicht nach Hause gehen. Sie fand eine Zeitschrift und setzte sich an den Tisch des Wachhabenden. Robin zauste ihr Haar und ging dann den Flur hinunter zu Jacksons Büro.

Dort war bereits Kilgallen. Er hatte sich hastig etwas übergezogen, und sein Hemd war nicht ganz zugeknöpft. Seine Krawatte war schlecht gebunden und saß etwas schief. Auf seinem schmalen, dunklen Gesicht stand ein Ausdruck erschreckter Verblüffung, und er blickte den Chief stirnrunzelnd an. Jackson, so schien es, hatte ihn nicht davon unterrichtet, daß Overton tot war.

»Also weiter«, sagte Jackson. »Wo sind Sie heute abend gewesen?«

»Ich war zu Hause«, sagte Kilgallen.

»Um welche Zeit sind Sie heimgekehrt?«

»Um achtzehn Uhr. Ich bin direkt von meinem Büro gekommen. Würde es Ihnen etwas ausmachen, mir zu sagen, worum es hier eigentlich geht?«

Jackson überging die Frage. »Sie haben Ihr Haus nicht verlassen?«

Kilgallen schüttelte den Kopf.

»Können Sie das beweisen?«

Der andere runzelte die Stirn. »Nein. Ich lebe allein.«

»Haben Sie gestern abend Besuch gehabt?«

Kilgallen schien zu zögern. »Nein.« Er versuchte, seine Antwort endgültig klingen zu lassen.

»Sie sind sich da ganz sicher?«

»Ganz sicher.«

Robin hatte das unbestimmte Gefühl, daß der Mann log. Er tat ihm deswegen leid.

Die langen Finger des Chief trommelten auf den Armlehnen seines Drehstuhls, seine Füße wippten rhythmisch auf dem Teppich. Sein Blick ließ Kilgallens Gesicht einen kurzen Augenblick los und schweifte durch das Zimmer. Eins seiner Aquarelle hing an der Wand über Robins Kopf, und der Chief schien es kritisch zu begutachten. Ganz plötzlich fragte er: »Behaupten Sie immer noch, Miller getötet zu haben?«

Kilgallens Antwort fiel sehr leise aus. »Nein, ich habe ihn nicht getötet.«

»Sie haben also einen Sinneswandel durchgemacht, wie?« Jacksons Blick heftete sich auf die unordentlich gebundene Krawatte seines Gegenübers.

»Sie wissen, warum«, sagte Kilgallen. Er starrte auf die Innenflächen seiner gebräunten Hände, und als er hochschaute, empfand Robin Mitleid mit dem Mann. »Sie kennen meine Schwäche«, fuhr er fort. »Sie hat schon mal mein Leben ruiniert, und ich bin hierher gekommen, um einen Neuanfang zu machen. Es scheint so, als hätte das keinen Sinn. Es gibt für mich wohl kein Entrinnen.«

»Sie könnten aufhören zu trinken«, sagte Jackson.

Sein Gegenüber beugte sich vor. »Es ist nicht das Trinken, das mich dazu treibt«, erklärte er. »Erst habe ich diesen unwiderstehlichen Drang, und dann trinke ich in dem Versuch, mich davon zu befreien, doch ich kann es nicht. Es ist eine Art Verrücktheit, nehme ich an – eine Art geistiger Störung. Ich habe nach der Ursache dafür gesucht, aber sie nicht finden können.« Er seufzte matt. »Zweifellos gibt es da irgendeinen dunklen Grund – aber verdammt, ich kann ihn nicht ausmachen. Und ich habe bisher auch keinen Psychiater finden können, der dazu in der Lage war.« Er bedachte seine Zuhörer mit einem freudlosen Lächeln. »Ich habe sie reichlich konsultiert«, fügte er hinzu. »Sie haben mich auseinandergenommen und nichts feststellen können.« Mit einer Handbewegung brachte er die Vergeblichkeit seiner Bemühungen zum Ausdruck.

Jacksons Ton blieb sachlich. »Falls es einen weiteren Mord geben sollte, vermute ich, werden Sie behaupten, daß Sie es gewesen sind.«

»Vermutlich, ja«, räumte Kilgallen ein. Dann starrte er den Chief an, und seine Augen weiteten sich vor Angst, vor Entsetzen gegenüber dem, so entschied Robin, über das er keine Kontrolle zu haben schien. »Ein anderer? Bin ich deshalb hier? Wer?«

»Reed Overton«, sagte Jackson. Robin zuckte zusammen.

»Aber ich habe heute abend noch mit ihm gesprochen«, sagte Kilgallen.

»Wann?« Jackson schoß seine Frage blitzschnell ab. Er beugte sich weit über den Tisch und schien kurz davor, vor innerer Spannung darüber hinwegzuhechten.

»Gegen neun oder zehn Uhr. Er hat mich angerufen.« Kilgallens Hand zitterte, als er eine Zigarette aus seiner Tasche zog und sie anzündete. »Er hat mir ein Telegramm vorgelesen.«

»Das hier?« Jackson zog den gelben Vordruck aus seiner Tasche und warf ihn Kilgallen in den Schoß.

Der andere Mann warf einen Blick darauf und nickte. »Ja. Dieses Telegramm hat er mir vorgelesen.«

»Also weiter«, sagte Jackson. »Erzählen Sie mir genau, was er gesagt hat.«

»Ich habe gelesen. Das Telefon hat geläutet, und ich bin rangegangen. ›Hier ist Overton‹, sagte eine Stimme. ›Ich habe gerade ein Telegramm erhalten, das Sie interessieren könnte.‹ Ich sagte, er sollte es vorlesen, und das hat er auch gemacht. Dann sagte er: ›Ich bin zu Hause, falls Sie kommen und mit mir drüber reden wollen.‹ Ich hab' ihm gesagt, daß ich das nicht für nötig fände, hab' ihm gesagt, daß das, was drin steht, die Wahrheit ist. Dann habe ich ihn gefragt, ob er das benutzen und in seiner Zeitung bringen wollte, und er hat gemeint, das wüßte er noch nicht. Ich bin dann ziemlich aufgebracht gewesen, und ich glaube, ich habe ihn wohl angeschrien, hab' ihm gesagt, er hätte kein Recht, einen Scherbenhaufen aus meinem Leben zu machen. Er sagte mir, dazu bräuchte ich ja wohl keine Hilfe. Und ich habe mich dann langsam beruhigt. Ich habe eingesehen, daß eigentlich alles unwichtig ist. In der Stadt kennt man jetzt meine Vergangenheit, also macht ein bißchen mehr oder weniger auch nichts mehr aus.«

»Sind Sie dann zu ihm gegangen?«

»Nein, das bin ich nicht. Ich bin zu Bett gegangen. Welchen Sinn hätte es gehabt hinzugehen?«

»Erinnern Sie sich morgen gut daran«, sagte Jackson. Er schien am Ende seiner Geduld. »Bei Gott, falls Sie hier reinspazieren und behaupten, Sie hätten Overton ermordet, schmeiß' ich Sie in den Bau und behalt' Sie da.« Er stand auf, ging um den Schreibtisch herum und baute sich vor Kilgallen auf. »Ich verstehe keinen Deut von Psychiatrie. Will ich auch gar nicht. 'ne Menge heiße Luft, wenn Sie mich fragen. Aber wenn ich mit Ihnen fertig bin, werden Sie es sich zweimal überlegen, ob Sie jemals wieder behaupten wollen, Sie hätten einen Menschen ermordet.«

Die Wut des Chief blieb ohne Wirkung auf Kilgallen.

Er sagte ganz kühl: »Ich bin schon im Gefängnis gewesen. Einmal hab' ich drei Wochen drin verbracht. Es hat mich nicht geheilt. Würde ich denken, daß es das könnte, käme ich gleich morgen früh hierher und würde gestehen, daß ich ihn ermordet habe.«

»Das lassen Sie lieber bleiben«, drohte Jackson.

»Glauben Sie denn wirklich, daß ich das will?«

»Dann bleiben Sie von den Bars weg. Lassen Sie die Finger vom Whisky. Und lassen Sie sich hier nicht wieder sehen.« Jackson zeigte ihm die Tür. »Sie können nach Hause gehen. Besser, Sie schließen sich ein oder verlassen die Stadt, bis sich der Sturm gelegt hat.« Dann überlegte er es sich anders. »Nein, verlassen Sie die Stadt nicht«, fügte er hinzu. »Könnte sein, daß ich Sie brauche. Und vielleicht brauche ich Sie heute nacht noch mal. Gehen Sie in Phelps' Büro, und warten Sie dort.«

Die Tür schloß sich hinter Kilgallen. Schritte tappten über den Korridor. Jackson steckte seinen Kopf auf den Flur hinaus. »Craig«, schrie er. »Ist MacEwan zurück?« Craig bestätigte ihm, daß er wieder da sei. »Er hat alle Millers im Bereitschaftsraum versammelt«, erklärte ihm Craig. »Ich hab' gesagt, Sie wären beschäftigt, also hat er sie da hinein verfrachtet.«

Jackson überdachte die Situation. »Bringen Sie Mrs. Miller rein«, sagte er schließlich.

Unter Ethel Millers blauen Augen lagen dunkle Ringe, was ihr jedoch nicht zum Nachteil gereichte. Im Gegenteil, sie sah dadurch eher noch schöner aus. Die plötzliche Entscheidung der Polizei, sie um ein Uhr morgens aus dem Bett zu holen, hatte ihre gefaßte Haltung nicht erschüttern können. Ihre dunkle Stimme war fest, und ihre Hände zitterten nicht, als sie aus dem Etui in ihrer Handtasche eine Zigarette nahm, kurz die Flamme ihres Feuerzeuges daran hielt, inhalierte und fragte: »Warum bin ich hier?«

Jackson war schroff. »Weil ich sie hier haben wollte«, sagte er. Es schien ihm inzwischen gleichgültig, wem er auf die Füße trat. »Sind Sie heute abend außer Haus gewesen?«

»Nein, das war ich nicht.« Die Zigarette glühte auf. Rauch kräuselte um ihre zarten Nasenflügel.

»Sind Sie ganz sicher?«

»Ich habe gesagt, daß ich das Haus nicht verlassen habe.«

»Haben Sie mit jemandem am Telefon gesprochen?«

»Ja.« Sie schaute sich suchend nach einem Aschenbecher um. Robin nahm ihr die brennende Zigarette ab und ließ sie in den Kübel neben Jacksons Schreibtisch fallen. »Würde es Ihnen was ausmachen, mir zu sagen, worum es eigentlich geht?«

»Das hat Zeit«, blaffte Jackson. »Mit wem haben Sie gesprochen?«

»Mit Mr. Overton.«

Jackson schien diese Antwort erwartet zu haben. »Worüber?«

»Ich möchte das nicht näher erörtern«, sagte sie.

»Aber ich.« Das Telegramm lag auf der Schreibunterlage, und er nahm es auf. »Er hat Ihnen das hier vorgelesen, nicht wahr?«

Ihre Miene kühler Beherrschtheit bekam einen Riß. »Was ist das?«

»Ein Telegramm«, sagte Jackson. »Ein Telegramm, das Reed Overton gestern am Spätnachmittag zugestellt worden ist. Hat er es Ihnen vorgelesen?«

Ihre Hände spielten mit der blauen Handtasche. Ihre Finger nestelten den Verschluß auf und zu. »Ja.«

»Um welche Zeit war das?«

»Ich kann mich nicht erinnern?«

»Um neun Uhr?«

»Ich glaube, es ist später gewesen. Ja, doch, es war später.«

»Was hat er Ihnen gesagt?«

Ihre langen Wimpern senkten sich, bedeckten fast ganz die Schatten unter ihren Augen. »Er hat mir das Telegramm vorgelesen und mich gefragt, ob ich zu ihm kommen und mit ihm darüber reden wollte. Ich habe gesagt, ich sähe keine Veranlassung.« Die Wimpern hoben sich.

»Das war alles?«

»Das war alles. Er hat mir gedankt und aufgelegt.«

»Ist das auch wahr?« Er hielt das gelbe Papier zwischen Daumen und Zeigefinger und schlug damit auf die Schreibunterlage.

Es schien Robin, als versuche sie verzweifelt, Ruhe zu bewahren. Ihre Hände umklammerten die Tasche, und sie hatte die Unterlippe leicht eingesogen, als hätten sich ihre Zähne tief hineingegraben. »Sie werden es wohl noch mal vorlesen müssen.« Die Worte kamen stokkend. »Ich bin nicht sehr aufmerksam gewesen, als Mr. Overton es mir vorgelesen hat.«

»Machen Sie mir doch nichts vor«, sagte Jackson. Seine Ohren wurden rot. »Hat West für Sie und Ihren ersten Ehemann gearbeitet?«

»Ja«, murmelte sie undeutlich.

»Warum ist er Ihnen nach Reno gefolgt?«

Die Handtasche war jetzt zerknautscht. »Mr. Miller wünschte sich einen vertrauenswürdigen Chauffeur.« Sie sprach so, als würde sie die Worte einzeln vom Fußboden auflesen und sorgfältig auf dem Schreibtisch zusammenfügen. »Ich habe ihm von West erzählt, und er hat mich aufgefordert, ich sollte versuchen, ihn zu erreichen. Ich habe dann nach ihm geschickt.«

Jacksons Ton klang ungläubig. »Sind Sie auch sicher, daß es so gewesen ist?«

Sie machte den Versuch, gekränkt auszusehen, doch es mißlang ihr kläglich. »Gewiß ist es so gewesen.«

Jackson legte das Telegramm auf die Schreibunterlage und glättete es mit der Hand. In einer Glasschale lag ein Bleistiftstummel, den er jetzt nahm, und er fing an, damit seltsame Muster auf die grüne Schreibunterlage zu malen. Ohne hochzuschauen, fragte er sie sehr scharf: »Wissen Sie, daß Reed Overton ermordet worden ist?«

Sie fuhr zusammen, versuchte zu sprechen, doch über ihre vollen Lippen kam kein einziges Wort.

»Er ist ermordet worden«, fuhr Jackson fort, und jetzt waren seine Augen auf das schöne Gesicht der Frau gerichtet. »Ermordet von jemandem, dem er gestern abend dieses Telegramm vorgelesen hat. Dieser Jemand hat seine Einladung angenommen, ist zu ihm ins Haus gekommen und hat ihn umgebracht.«

»Ich bin es nicht gewesen«, sagte Ethel Miller, und in ihrer Stimme lag so viel Schmerz, daß man den Wunsch empfand, zu ihr zu gehen, die Arme um sie zu legen und sie vor all dem Schrecklichen zu behüten.

Die Muster auf der Schreibunterlage breiteten sich aus. »Der Name jener Person, die Overton getötet hat, steht in diesem Telegramm«, sagte Jackson. »Und diese Person ist auch dieselbe, die Ihren Mann ermordet hat. Wer hat Ihren Mann getötet, Mrs. Miller?«

Sie schüttelte den blonden Kopf, um ihm zu bedeuten, daß sie es nicht wüßte. Tränen rollten über ihre Wangen, doch kam von ihr kein Laut.

»Wer, glauben Sie, hat ihn getötet?« Jackson war unnachsichtig.

Man konnte sie kaum verstehen, denn ihre Stimme war nur ein Stöhnen. Sie schien sagen zu wollen, daß sie es nicht wüßte.

Die Strenge wich aus Jacksons Gesicht. Seine Stimme bekam einen fast zärtlichen Unterton. »Mrs. Miller«, sagte er sanft. »Es hat einen Grund dafür gegeben, daß Ihr Mann getötet worden ist. Overton ist umgebracht worden, weil er diesen Grund entdeckt hat – entdeckt hatte, wer der Mörder ist. Was könnte dieser Grund sein? Denken Sie zurück. Hat ihm irgend etwas Sorgen bereitet?«

Der Wechsel seines Tonfalls schien sie zu beruhigen, ihren offenkundigen Schmerz erträglicher zu machen. Sekundenlang schloß sie die Augen, und in diesem Moment hatte ihre Schönheit etwas Unwirkliches, fand Robin. »Es war nicht eigentlich Besorgnis«, brachte sie schließlich heraus. »Am Montag schien ihn irgend etwas zu bedrücken, doch ich habe nicht gefragt, worum es sich handelte. Wir sind Montag abend gemeinsam in den Country Club gegangen –«

sie schluckte schwer. »– und er hat den ganzen Abend kaum gesprochen.«

»Sie wissen nicht, worüber er am Montag mit Judge Clark oder George geredet hat?«

»Nein, er hat es mir nicht gesagt.«

»Mochte er eigentlich Dick Kilgallen?«

Sie schüttelte den Kopf. »Ich glaube nicht, daß er Dick mochte.«

»Hat er Ihnen gesagt, warum?«

»Nein. Ich habe es mir zum Prinzip gemacht, mich über die anderen Familienmitglieder oder das, was sie tun, nicht zu äußern.« Ihre blauen Augen waren weit aufgerissen, und sie blickte Jackson an. »Verstehen Sie, meine Lage ist sehr heikel. Marion und George mögen mich nicht. Sie wollten nicht, daß Walter mich heiratet.« Ein trauriges Lächeln huschte über ihr Gesicht. »Ich wollte nichts tun, was Unstimmigkeiten heraufbeschwören konnte.«

»Ich habe mir schon gedacht, daß Sie nicht Georges Segen gehabt haben«, meinte Jackson.

Ihre blauen Augen wurden schmal. »Hat er über mich gesprochen?« Ihre Stimme klang hart und spröde.

»Nun, etwas«, sagte Jackson.

»Das mußte er wohl.« Ihr Ton war verächtlich. »Ich könnte raten, was er Ihnen erzählt hat. Es ist nicht wahr. Ich habe Walter geheiratet, weil ich ihn geliebt habe. Ich bin nicht hinter seinem Geld hergewesen. Es gab reichlich andere Männer mit Geld, die ich hätte heiraten können.«

»Das kann ich gut verstehen«, sagte Jackson. Robin hatte das Gefühl, daß Mrs. Miller den Chief nach Belieben um den Finger wickeln konnte. Der Chief erhob sich und reichte ihr den Arm, als sie aufstand. »Warten Sie bitte kurz in Phelps' Büro. Es wird nicht lange dauern.« Sie lächelte ihm zu und drückte seine Hand.

Nachdem sie gegangen war, sprach Jackson ins Haustelefon. »Bringt West rein«, sagte er.

14

Carlyle West war nervös. Das war an seinem Gesicht und seinen zitternden Händen abzulesen. Es ließ sich schwer sagen, ob er wußte, was vorgefallen war oder nicht. Doch war ihm anzusehen, daß er vor

Furcht fast gelähmt war. Er trug alte graue Flanellhosen und eine Lederjacke mit offenem Reißverschluß. Er hatte sich die Jacke über ein blaues Pyjamaoberteil gezogen. Doch selbst in diesem Aufzug, mit ungekämmtem Kraushaar und dem blauen Schimmer von starkem Bartwuchs, sah er ausnehmend gut aus.

»Setzen Sie sich.« Jackson hörte sich an wie ein Schleifer bei der Armee.

West setzte sich. Er wühlte in seinen Taschen, konnte jedoch nicht finden, wonach er suchte. »Haben Sie was zu rauchen?« fragte er Robin. Der Reporter reichte ihm eine Zigarette. Die Streichholzflamme flackerte stark, als West sie anzündete.

Jackson tigerte in seinem Büro auf und ab. Dann blieb er vor dem Chauffeur stehen und schoß eine Frage nach der anderen auf ihn ab.

»Wo sind Sie gestern abend gewesen?«

»Zu Hause.«

»Um welche Zeit sind Sie nach Hause gekommen?«

»Gestern nach der Anhörung. Ich habe Mrs. Miller nach Hause gefahren und bin dageblieben.«

»Haben Sie den ganzen Abend dort verbracht?«

»Ja. Ich habe das Grundstück nicht verlassen.«

»Was haben Sie nach dem Abendessen gemacht?«

»Ich bin in mein Zimmer über der Garage gegangen.« West hatte sich jetzt wieder gefangen.

»Um welche Zeit sind Sie ans Telefon gerufen worden?«

»Ich bin nicht –« West schien drauf und dran, diese Tatsache zu leugnen, doch er änderte offenbar seine Meinung. »Ich bin mir nicht sicher.«

»Um welche Zeit ungefähr?«

»Etwa um halb zehn.«

»Sie haben in Ihrem Zimmer Telefon?«

»Ja, einen Nebenanschluß vom Haus. Das Hausmädchen drückt einen Summer, wenn ich verlangt werde.«

»Wer hat Sie angerufen?«

»Overton.«

»So. Was hat er gewollt?«

Diesmal zögerte West nicht. Entweder erriet er, daß Jackson Bescheid wußte, oder er hatte nichts zu verbergen. »Er wollte mir eine Stelle in einem Telegramm vorlesen. Er hat mir erklärt, er hätte es gerade aus New York bekommen.«

»Was stand drin?«

»Da stand, ich hätte früher für Mr. Mosely gearbeitet und daß ich nach Nevada gegangen wäre, um für Mrs. Miller zu arbeiten, nachdem sie sich von Mr. Mosely hatte scheiden lassen und Mr. Miller geheiratet hatte.«

»Ist das wahr?«

West nickte. »Warum haben Sie mir das nicht bei der Voruntersuchung erzählt?« fragte Jackson.

»Ich habe keinen Grund dazu gesehen.«

»Wie ist es dazu gekommen, daß Sie nach Nevada gegangen sind, um für die Millers zu arbeiten?«

»Mrs. Miller hat nach mir geschickt.«

»Ist das alles, was im Telegramm gestanden hat?«

»Entschuldigung«, sagte West. »Das hätte ich fast vergessen. Da war noch mehr. Da stand auch, daß ich für den *Newark Ledger* gearbeitet hätte.«

»Ist das wahr?«

»Ja. Als ich vom College abgegangen bin, habe ich einen Job als Adressenschreiber beim *Ledger* bekommen. Und während der Depression mußten sie dann Personal abbauen, und da haben sie mich freigestellt. Ich konnte nichts finden, also wurde ich Chauffeur.«

Jackson kam jetzt wieder auf Overton zu sprechen. »Worüber hat Overton sonst noch gesprochen? Hat er noch irgend etwas zu sagen gehabt?«

»Er hat mich gefragt, ob ich zu ihm ins Haus kommen und mit ihm über einige Dinge reden wollte.«

»Sind Sie gegangen?«

»Nein. Welchen Zweck hätte das gehabt? Ich hab' ihm bestätigt, daß alles, was im Telegramm gestanden hat, stimmt, und ich habe ihn gebeten, es nicht in der Zeitung zu verwenden. Ich habe gesagt, es würde für Mrs. Miller nicht so gut aussehen.«

»Warum haben Sie das gesagt?«

»Aber das ist doch wohl offensichtlich, nicht? Eine Menge Leute könnten auf falsche Gedanken kommen, wenn sie erfahren, daß ich schon früher für Mrs. Miller gearbeitet habe.«

»Sie hat nach Ihnen geschickt?«

»Stimmt.«

»Sie haben ihr nicht geschrieben und sie gebeten, Ihnen ein Angebot zu machen, oder?«

Es schien Robin, der den Mann gespannt beobachtete, daß diese Frage genau ins Schwarze getroffen hatte, daß West kaum wahrnehmbar zusammengezuckt war. Hatte Jackson die Wahrheit erraten?

»Nein«, sagte West, »ich habe nicht geschrieben.«

»Welchen Grund hat sie angegeben, daß sie nach Ihnen geschickt hat?«

»Sie hat gesagt, sie wollten einen verläßlichen Mann. Sie wollten wissen, ob ich bereit wäre, den Job anzunehmen.«

»Warum sind Sie der Aufforderung nachgekommen?«

»Weil ich Mrs. Miller mag.« West schaute hoch zu Jackson, und er schien ganz ohne Arg. »Sie war sehr gut zu mir. Überhaupt hatte ich New York gründlich satt. Der Gedanke, in Nevada zu arbeiten, hörte sich gut für mich an, also bin ich hin.«

Jackson wanderte wieder im Zimmer auf und ab. In einer Hosentasche trug er einen Schlüsselbund, und seine Finger tasteten danach, und er ließ ihn beim Herumlaufen klimpern. Es klang wie das Bimmeln kleiner Glöckchen. Plötzlich blieb er stehen. »Wer ist heute abend ausgegangen? Ich meine, im Miller-Haus.«

»Ich weiß es nicht«, sagte West.

»Hat sich jemand einen Wagen genommen?«

West nickte. »Ich hab' einen wegfahren hören. Aber ich hab' nicht weiter drauf geachtet. Es muß entweder der junge Mr. Miller oder Miss Miller gewesen sein.«

»Oder Mrs. Miller?«

»Ich glaube nicht, daß es Mrs. Miller gewesen ist. Falls sie ausgefahren ist, hat sie jedenfalls nicht den Packard genommen, denn als ich vor einiger Zeit dran vorbeigekommen bin, war die Kühlerhaube ziemlich kalt.«

»Haben Sie eine Vorstellung, wie spät es war, als der Wagen weggefahren ist?«

»Das war kurz nachdem ich mit Overton gesprochen hatte. Wahrscheinlich gegen zehn Uhr.«

»Haben Sie ihn zurückkommen hören?«

»Ja. Ich bin noch wach gewesen. Er kam kurz nach Mitternacht zurück.«

»Sie sind noch wach gewesen?« sagte Jackson, und die Schlüssel klimperten lauter denn je. »Weswegen sind Sie denn so spät noch wach gewesen?«

»Ich konnte nicht schlafen.«

»Sie konnten nicht schlafen. Sie haben sich zuviel Sorgen gemacht, um schlafen zu können – war es das?«

West lief rot an. »Nein. Ich konnte einfach nicht schlafen.«

»Haben Sie einen Revolver?« Jackson schaute auf das Bild, das über dem Kopf des Chauffeurs hing.

»Sie wissen selbst, daß ich einen besitze«, sagte West. »Sie haben mir den Waffenschein ausgestellt. Ich habe ihn von Craig gekauft. Es ist sein alter 38er.«

»Wo ist er jetzt?«

»Im Handschuhfach von Mrs. Millers Packard.«

»Sind Sie sicher, daß er da ist?«

»Ich glaube, daß er da ist. Ich habe lange nicht nachgesehen.« Er schaute zu Jackson hoch. »Würde es Ihnen was ausmachen, mir zu sagen, worauf Sie hinauswollen? Hat das mit Mr. Miller zu tun?«

»Reichlich«, sagte Jackson. »Es hat auch zu tun mit Overton, der vor wenigen Stunden ermordet worden ist.« Er ließ diese Information einsinken, wartete auf einen überraschten Ausruf von West, und als der Chauffeur stumm blieb, fügte Jackson hinzu: »Mit einem 38er durchs Herz geschossen.« Noch immer sagte West kein Wort. Er saß nur da, schaute hoch zu Jackson, und Robin erkannte, daß der Mann große Angst hatte. »Ich werde einen Mann losschicken, der Ihre Waffe überprüft«, kündigte Jackson an. »Falls Overton damit getötet worden sein sollte, werde ich Sie wegen Mordes anklagen.«

Wests Stimme wurde dünn. »Jemand könnte sie genommen haben. Das würde doch nicht bedeuten, daß ich ihn getötet habe.«

»Der Revolver ist also verschwunden?«

»Das habe ich nicht gesagt. Ich meine, falls er verschwunden sein sollte, könnte jemand anderer ihn genommen haben.«

»Abwarten«, sagte Jackson. »Wir werden abwarten und feststellen, ob er weg ist. Kommen Sie.« Er führte den Chauffeur hinaus auf den Flur, und dann hörten sie, wie eine Tür sich öffnete und geschlossen wurde.

O'Hara gähnte und reckte sich. Er schien Robin ansprechen zu wollen, doch dann unterließ er es. Auf Robins Gesicht lag ein grimmiger Ausdruck, der nicht zu Streitigkeiten einlud. Harte Linien um seine Augen, die ihn um einiges älter erscheinen ließen, als er in Wirklichkeit war. Seine unbekümmerte Jugendlichkeit war verschwunden. Er empfand ein dumpfes Gefühl der Leere und eine seltsame Einsamkeit. Er ging zur Tür, schaute den Flur hinunter, und als er Mary am Schalter des Wachhabenden sitzen sah, fühlte er sich nicht mehr so einsam. Dann drängte sich Jackson zwischen ihn und ihre kleine Gestalt. Dicht hinter Jackson ging Marion Miller.

Die junge, großgewachsene Frau hatte etwas Mitleiderweckendes. Es war, als wüßte sie, daß etwas geschehen war, etwas, das den ganzen Verlauf ihres Lebens ändern konnte. Oder vielleicht, dachte Robin, war es bereits geschehen. Vielleicht hatte sie fest daran geglaubt, daß Kilgallen sich geändert hätte, daß er sich von seiner seltsamen Obsession befreit hätte, um dann am Ende festzustellen, daß dies nicht der Fall war. Falls sie ihn liebte, konnte das schon ausreichen, daß ihr Blick elend und gequält war. Und gestern, bei der Voruntersuchung, hatte sie hinreichend bewiesen, daß sie ihn wirklich liebte – ihn trotz seiner Vergangenheit liebte.

Jackson war kein gefühlloser Mann. Er war, wie Robin erkannte, einer jener sehr seltenen Polizisten, die Verständnis für das Denken und Fühlen anderer aufzubringen vermochten. Er zeigte es durch die Art, wie er Marion Miller behandelte. Er strich ihr über die Schulter, bat sie freundlich, sich zu setzen, und fragte sie, ob sie etwas dagegen habe, in Anwesenheit der Reporter seine Fragen zu beantworten.

»Ich habe nichts dagegen«, sagte sie stumpf. Sie hatte geweint. Ihre Augen waren leicht verquollen, und in ihrer Wange zuckte ein Nerv.

Jackson setzte sich, zündete sich eine Zigarette an und stemmte die Ellbogen auf den Schreibtisch. »Hat Reed Overton Sie gestern abend angerufen?«

»Ja.« Sie hielt den Kopf gesenkt, so daß ihre Augen nicht zu sehen waren.

»Was hat er gewollt?«

»Er hat mir etwas vorgelesen und gesagt, es handele sich um ein Telegramm.«

»Ich habe es hier«, sagte Jackson. »Hat er Sie gebeten, zu ihm ins Haus zu kommen?« Auf ihr Nicken fuhr er fort: »Sind Sie gegangen?«

»Nein.« Sie brachte das sehr undeutlich vor, und Robin hatte die plötzliche Eingebung, daß sie log.

»Sie haben das Haus nicht verlassen?«

Sie hob den Kopf, schien das Gesicht des Chief eindringlich zu ergründen und erwiderte dann so, als könne sie seine Gedanken lesen: »Doch, ich habe das Haus verlassen.«

Jacksons Miene blieb unverändert. Mit einer Hand stützte er sein Kinn, die Finger der anderen hielten die Zigarette. Rauch stieg langsam auf. »Um welche Zeit?«

»Gegen zweiundzwanzig Uhr.« Sie schien von dem kleinen Rauchfaden ganz fasziniert.

»Wohin sind Sie gefahren?«

»Ich weiß nicht – ich war verwirrt. Ich bin wohl nur so herumgefahren.«

»Haben Sie jemanden getroffen? Ich meine, jemanden, den Sie kennen?«

»O nein. Ich bin bloß umhergefahren.« Sie schaute ihn weiter an, wollte, daß er ihr glaubte. Ihre Stimme hatte einen bittenden Klang. »Verstehen Sie, was Overton zu mir gesagt hatte, hat mich aus der Fassung gebracht. Und danach bin ich rumgefahren. Ich habe nicht gewußt, was ich tun sollte.«

»Ist es denn die Wahrheit gewesen, was Overton gesagt hat?«

»Ja. Es stimmte. Ich habe Dick gekannt, als ich noch zur Schule gegangen bin.«

»Und Sie sind seinetwegen von der Schule abgegangen – weil da die Sache mit seinem Geständniszwang angefangen hat?«

»Ich konnte dort nicht mehr bleiben«, sagte sie. »Ich konnte einfach nicht.«

»Haben Sie danach noch von ihm gehört?«

»Er hat mir geschrieben.«

»Und Sie wußten, daß er nach Los Pinos gezogen war?«

»Das habe ich gewußt, ja. Er hat mir von dort geschrieben.«

»Haben Sie ihm auch geschrieben?«

»Sehr lange Zeit nicht.«

»Was hat Sie dazu gebracht, wieder anzufangen?«

»Er behauptete, er hätte sich geändert. Er hat gesagt, er hätte sich davon geheilt.«

»Sie haben Ihren Vater dazu überredet, hierherzuziehen, nicht wahr?«

Ihre Stimme war beinahe unhörbar. »Ich schätze, ja.«

»Kilgallen ist der Makler gewesen, der Ihrem Vater das Mattison-Haus verkauft hat, nicht wahr?«

Wieder nickte sie. »Er schrieb, daß es zum Verkauf stünde, und ich habe meinen Vater überredet, herzukommen und es sich anzuschauen.«

»Haben Sie vorgehabt, Kilgallen zu heiraten – ich meine, vor dem, was gestern passiert ist?«

Jetzt kam wieder etwas Leben in die junge Frau. »Ich habe noch immer vor, ihn zu heiraten«, sagte sie.

»Darum sind Sie gestern auch losgefahren, um ihn zu besuchen?« fragte Jackson.

Sie ging ihm prompt in die Falle. »Ja.« Dann schaute sie sich gehetzt um. »Na schön«, sagte sie schließlich. »Ich habe ihn besucht.«

»Um welche Zeit?« Jacksons Stimme war noch immer freundlich.

»Zwischen zehn und elf.«

»Wie lange sind Sie geblieben?«

»Eine ganze Weile – eine halbe Stunde – vielleicht länger.«

Jackson erhob sich, trat nahe an die junge Frau heran, blieb eine Weile vor ihr stehen und blickte auf sie hinab, ohne ein Wort zu sagen. »Und dann«, sagte er plötzlich, »sind Sie beide zu Overtons Haus gefahren.«

»Das sind wir nicht.« Ihre Stimme klang beinahe schrill. »Ich bin gefahren, aber er nicht. Ich bin zu ihm, um ihn zu bitten, daß er das nicht in der Zeitung bringt – daß Dick mich schon seit langem kennt. Nur, daß ich gar keine Gelegenheit bekommen habe, ihn zu bitten. Ich bin auf der Veranda gewesen, habe durchs Fenster geblickt, und da lag er drinnen auf dem Fußboden.«

15

Marion Miller schlug die Hände vors Gesicht und weinte leise. Im Zimmer war es sehr still. Zu hören waren lediglich die kleinen Schluchzer der jungen Frau und in weiter Ferne das Tosen der Wogen, die sich auf dem Strand brachen, und der Wind, der raschelnd durch die Bäume strich. Die Tränen schienen ihr Erleichterung zu schaffen, denn als sie wieder sprach, wirkte sie ruhiger.

»Ich habe gewußt, daß er tot ist«, sagte sie. »Ich habe am Fenster gestanden und zu ihm geschaut, und dann bin ich zu meinem Auto gerannt und heimgefahren. Ich wußte nicht, was ich tun sollte.«

»Ja«, sagte Jackson. Wieder ruhte sein Blick auf dem Gemälde an der Wand. In einer Ecke war es mit seinem Namen signiert, und es war recht gut. Es war ein Bild von Point Doom, und die Wogen, die zum Leuchtturm hinaufleckten, waren von einem strahlenden Blau.

»Sind Sie direkt zu Overtons Haus gefahren, nachdem Sie von Kilgallen weggegangen sind?«

»Ich bin nicht gleich hingegangen«, erwiderte sie. »Ich bin erst zu Mayfield's und habe was getrunken. Ich glaube, es waren zwei Drinks. Es muß Viertel vor zwölf gewesen sein, als ich aus der Bar gekommen bin. Von dort bin ich dann zu Mr. Overton gefahren.«

»Sie müssen wenige Minuten vor zwölf bei seinem Haus gewesen sein.«

Sie nickte. »Es war noch nicht ganz Mitternacht. Die Fabriksirene hat geheult, kurz bevor ich auf dem Heimweg zur Toreinfahrt gekommen bin.«

»Sie haben niemanden in der Nähe des Hauses gesehen?«

»Nein. Ich habe niemanden gesehen.«

»Sind Sie auf Ihrem Weg zu Overton anderen Wagen begegnet – auf der Casanova Avenue, das ist die Straße, an der er wohnt.«

Gewohnt hat, dachte Robin bitter. Sein Tod war so unsinnig. Hätte ich ihn doch nur nach Hause begleitet, dachte Robin, dann wäre das nicht passiert.

»Ich weiß nicht – wirklich, ich weiß es nicht. Vielleicht ja, doch.«

»Sie sind ganz sicher, daß Sie nicht in Overtons Haus gegangen sind?«

»Ich bin nicht hineingegangen. Ich habe auf der Veranda gestanden und ihn gesehen. Ich konnte nicht hineingehen.«

»Um welche Zeit sind Sie nach Hause gekommen?«

»Fünfzehn oder zwanzig Minuten nach zwölf. Nein, später kann es nicht gewesen sein. Nachdem ich ihn gesehen habe –« sie schluckte schwer, » – bin ich nach Hause geeilt.«

»War noch jemand wach – hat Sie jemand kommen hören?«

»Ich weiß nicht, ob mich jemand gehört hat. Carlyle – der Chauffeur – war noch wach. Ich habe ihn herumwandern hören, als ich mein Auto in der Garage abgestellt habe.«

Jacksons Hand berührte ihre Schulter. Sie blickte zu ihm hoch. »Miss Miller, Sie haben gesagt, Sie wollten Kilgallen heiraten. Angenommen, er kommt morgen her und behauptet, Overton getötet zu haben, werden Sie ihn auch dann noch heiraten?«

»Mir ist es gleichgültig, was er tut«, sagte Marion Miller.

»Das wäre dann alles«, sagte Jackson. »Aber gehen Sie nicht nach Hause. Gehen Sie in das Büro, wo Ihre Mutter ist und wartet. Es ist das dritte auf der rechten Seite. Er ist auch drin.« Und als sie verschwunden war, zog er ein Taschentuch hervor, wischte sich das Gesicht und sagte zu niemand Bestimmtem: »O Gott verdammich!«

»Ich an Ihrer Stelle würde die beiden einsperren – sie und ihren Freund«, sagte O'Hara.

»Sie sind nicht ich«, sagte Jackson. »Und vielleicht wäre das auch für die Katz. Angenommen, sie hat ihn getötet – angenommen, Kilgallen hat's getan, wir könnten es ihnen auch in tausend Jahren nicht anhängen. Wir müssen eben warten.«

»Glauben Sie, daß Kilgallen es getan hat?« fragte Mitchell.

»Ich weiß nicht«, sagte Jackson. »Bei Gott, ich weiß es nicht. Er hat reichlich Gelegenheit dazu gehabt. Er könnte hingegangen sein und ihn umgebracht haben, während die kleine Miller bei Mayfield's gewesen ist.«

»Ich glaube, sie hat Angst, daß genau das passiert ist«, bemerkte Mitchell.

»Vielleicht.« Jackson zog den Schlüsselring hervor und begann, nervös damit herumzuwirbeln. »Aber Spekulationen führen uns zu nichts. Ich versuch's jetzt mal mit dem jungen Miller.«

Der schlaksige junge Mann bückte sich leicht, als er durch die Tür kam, schaute sich im Zimmer um und bedachte die Anwesenden mit einem unbestimmten Lächeln. Dann schaute er noch einmal von einem zum anderen, als vermisse er jemanden, runzelte die Stirn und fragte: »Wo ist Mr. Overton?«

Jackson stand mit dem Rücken zum Fenster. Sich umwendend, sagte er: »Eben deswegen sind Sie hier.«

»Also ist er auch tot.« Miller sprach so, als hätte er es erwartet.

Jacksons Augen wurden schmal. »Was führt Sie dazu anzunehmen, daß er tot ist?«

Der junge Mann zuckte die Achseln. »Warum sollten sie mit meinem Vater aufhören?«

»Sie?« Jackson beobachtete ihn wachsam.

Sein Blick war verbittert, doch er ließ die Gelegenheit verstreichen, eine Anschuldigung auszusprechen. »Als Sie uns haben herbringen lassen, wußte ich, daß etwas passiert sein muß«, sagte er. »Wie ist er getötet worden?«

»Er wurde erschossen«, klärte Jackson ihn auf. »Jemand ist gestern abend zu ihm ins Haus gegangen und hat ihn erschossen.«

»Ich frage mich, wer der Nächste ist.« Millers Ton war fatalistisch.

Die Bemerkung mißfiel Jackson in höchstem Maße. Er blaffte:

»Was läßt Sie glauben, daß es noch jemanden treffen wird? Was bringt Sie dazu anzunehmen, daß das noch nicht das Ende ist?«

»Ich überlege nur.« Sein Lachen war schroff, hart, ohne eine Spur von Belustigung.

Jackson wechselte das Thema. »Hat Overton Sie gestern abend angerufen?«

»Das hat er«, gab der junge Miller zu. »Er wollte wissen, ob ich für den *Brooklyn Eagle* gearbeitet habe. Das habe ich bestätigt. Ich fand, daß es für diese Uhrzeit eine ziemlich blöde Frage war, die er mir da stellen wollte. Doch später habe ich begriffen, worauf er hinauswollte.«

»Und worauf wollte er hinaus?« wollte Jackson wissen.

»Der Punkt ist ziemlich offensichtlich.« Der junge Miller schlug seine langen Beine übereinander und schien ganz gefangen von der glänzend polierten Kappe seines rechten Schuhs. »Wer immer meinen Vater getötet hat, verstand etwas von Zeitungen – hat entweder selbst für eine Zeitung gearbeitet oder sich für diesen Beruf interessiert. Das muß ihm in den Sinn gekommen sein. Das ist eine gute Annahme, von der man ausgehen kann, und sie bringt mich als einen Verdächtigen ins Rennen.« Er lächelte freudlos.

»Hat Overton Sie aufgefordert, zu ihm nach Hause zu kommen und darüber zu sprechen?«

»Nein. Warum?« Er schaute den Chief neugierig an.

»Nur so eine Überlegung«, meinte Jackson.

»Aber warum sollte er gewollt haben, daß ich zu ihm nach Hause komme? Ich hab' ihm erzählt, daß ich mal für den *Eagle* gearbeitet habe. Walt Whitman übrigens auch.«

»So, hat er das?« fragte Jackson trocken. »Aber lassen wir Whitman mal beiseite. Sind Sie heute abend aus dem Haus gegangen?«

»Nein. Ich war den ganzen Abend zu Hause.«

»In ihrem Zimmer?«

»Einige Zeit. Ich bin in der Bibliothek gewesen und hab' eine Weile gelesen. Das war nach dem Abendessen. Nachdem Overton angerufen hatte, habe ich noch eine Runde durch den Garten gemacht und bin dann zu Bett gegangen.«

»Haben Sie gesehen, daß Ihre Schwester ausgegangen ist?«

»Ja. Als ich im Garten gewesen bin, kam sie aus dem Haus gerannt, ist rüber zur Garage, und dann habe ich sie die Auffahrt hinunterjagen sehen.«

»Sie haben sie aber nicht gesprochen?«

Der junge Miller schüttelte den Kopf. »Und sonst hat niemand das Haus verlassen?« fragte Jackson, und wieder verneinte der junge Mann kopfschüttelnd. Der Chief winkte mit der Hand zur Tür und bedeutete ihm damit, daß er das Verhör für beendet hielt.

»Einen Augenblick noch«, sagte Robin. Wieder spürte er die Bewegung des kleinen Bootes, noch einmal war er mit Overton und Mary auf dem alten Kahn, schaute zu Miller hoch und hörte ihn sagen, daß er später etwas hätte, das er dem Redakteur mitteilen wolle. »Sie haben gesagt, daß Sie Reed Overton etwas zu berichten hätten«, sagte Robin, zu Miller gewandt. »Was war das?«

Jackson ließ den Schlüsselring fallen. Er schien kurz davor, Robin an die Kehle zu gehen. Statt dessen fragte er: »Wann hat er das zu Overton gesagt?«

»Gestern nachmittag«, erklärte Robin. »Er hat es uns von der Jacht aus zugerufen.«

Der junge Miller nickte. »Das hab' ich.« Einen nach dem anderen schaute er die Zeitungsleute an, als versuche er zu entscheiden, ob er ihnen vertrauen könne. »Ich bin mir immer noch nicht ganz sicher«, sagte er. »Und solange ich das nicht bin, wäre es nicht richtig, jetzt zu sprechen. Falls ich mich irre, würde das heillosen Schaden anrichten. Ich muß abwarten.«

Jetzt verlor Jackson die Geduld. »Verdammt, was ist es? Sprechen Sie nicht in Rätseln.« Er war aufgestanden und schien drauf und dran, mit der Faust auf den Tisch zu schlagen.

»Ich kann es Ihnen jetzt nicht sagen«, beschied ihn Miller. »Vielleicht morgen – ich meine, heute nachmittag. Dann müßte ich es ganz sicher wissen.«

Kein Bitten und Drängen und Toben von seiten Jacksons vermochte ihm mehr zu entlocken als das. Hartnäckig weigerte er sich, mehr darüber zu sagen, und als Robin ihn beobachtete, fragte er sich, ob es mit seiner Stiefmutter oder mit Judge Adam Clark zu tun hätte. Wahrscheinlich mit Clark, entschied er dann, sich an die wütenden Stimmen erinnernd, die er aus Clarks Büro gehört hatte – es hatte wohl mit Clark zu tun und mit den Geschäften der Miller Mining Company. Und dann kam ihm der Gedanke, daß es für jenes Telegramm auf Overtons Tisch vielleicht einen guten Grund geben mochte. Vielleicht hatte das Telegramm überhaupt nichts mit seinem Tod zu tun. Vielleicht war Reed Overton über etwas ganz anderes gestolpert – etwas, das mit dem aufgeblasenen und offenkundig dümmlichen Anwalt von Miller zu tun hatte. Hatte es da noch ein Telegramm oder ein Telefongespräch nach Reno gegeben? Hatte sein Freund am Telefon mit Judge Clark gesprochen?

Jackson wurde jetzt seiner Verärgerung nicht mehr Herr. Nachdem Miller sich aus dem Stuhl gehievt hatte und den Gang hinunter zu dem Raum gegangen war, in dem auch die anderen warteten, griff der Chief zum Haustelefon und befahl Phelps bellend, das Hausmädchen hereinzuführen. Sekunden später erschien Phelps mit Miss Jensen im Schlepptau und fragte von der Tür her, ob es sonst noch was gäbe, das er tun könnte.

»Sie können verschwinden«, schrie Jackson ihn an. Und da Phelps ganz verdattert aussah, fügte er hinzu: »Vergessen Sie's, Junge. Ich bin ein bißchen gereizt. Setzen Sie sich doch, Miss Jensen.« Er saß da und begutachtete eine Zeitlang die Muster, die er auf die Schreibunterlage gemalt hatte. Dann schaute er unvermittelt hoch und fragte das Hausmädchen: »Sind Sie den ganzen Abend zu Hause gewesen?«

»Ja, Sir«, sagte Miss Jensen.

»Um welche Zeit sind Sie zu Bett gegangen?«

»So gegen elf.«

»Sind Sie den ganzen Abend wie immer ans Telefon gegangen, wenn Anrufe gekommen sind?«

Sie nickte heftig. »Ich beantworte jeden Anruf.«

»Da waren mehrere?«

»Ja, Sir.« Wieder heftiges Nicken des strohblonden Kopfes. Ein Stück Baumwollspitze, offenbar zu einem Nachthemd gehörig, lugte unter ihrem Kleid hervor. Das schien O'Hara zu schaffen zu machen. Es gab einiges an Miss Jensen, was ihn unruhig zu machen schien.

»Wieviel genau?«

»Mal sehen«, sagte das Mädchen. »Jemand hat Mrs. Miller angerufen. Ein paar Minuten später hat jemand den jungen Mr. Miller angerufen. Ich schätze, es sind nicht mehr als fünf Minuten vergangen, bevor es wieder geklingelt hat. Diesmal wollte man Miss Miller sprechen. Dann hat es noch einmal geläutet, und eine Männerstimme hat West verlangt.«

»Ist jemand ausgegangen?«

»Ja. Das war Miss Miller. Kurz nachdem das Telefon nicht mehr geklingelt hat, ist sie ausgegangen.«

»Sonst noch jemand?«

»Das weiß ich nicht. Ich habe Mrs. Miller über das Haustelefon angerufen und sie gefragt, ob es ihr recht wäre, wenn ich zu Bett ginge, und sie meinte, ja, das könnte ich. Also bin ich dann hoch. Das war so gegen zehn Uhr.«

»Wo befindet sich Ihr Zimmer?«

»Die Treppe hoch, an der Nordseite des Flurs. Es geht hinaus auf den Garten.«

»Von Ihrem Fenster aus können Sie die Zufahrt einsehen?«

»Ein Stück davon. Der größte Teil wird von der Hecke verdeckt. Ich kann nur das Tor sehen.«

»Könnte jemand nach draußen gelangen, ohne daß Sie ihn sehen?«

Das bestätigte sie. »Nämlich deswegen, weil ich nicht aus dem Fenster gesehen habe«, erklärte sie.

»An diesem Abend ist also nichts Ungewöhnliches passiert?« fragte Jackson. »Ich meine, abgesehen von diesen Telefongesprächen?« Als sie seine Frage verneinte, meinte er, sie könne jetzt gehen. Wieder hatte Robin noch Fragen.

»Können Sie sich erinnern, wieviel Zeit zwischen den einzelnen Telefongesprächen vergangen ist, Miss Jensen?«

»Nicht so genau.«

»Wo sind Sie gewesen, als das Telefon zum erstenmal geklingelt hat?«

»Im Wohnzimmer, vor dem Kamin. Ich habe gelesen.«

»Ist außer Ihnen noch jemand unten gewesen?«

»Ja, der junge Mr. Miller. Er war in der Bibliothek.«

»Der erste Anruf war für Mrs. Miller. Jetzt denken Sie mal genau nach. Wie lange hat es gedauert, bis der zweite Anruf kam?«

»Nicht sehr lange. Ich war grade wieder zu meinem Sessel gegangen und hatte das Buch genommen, als das Telefon wieder geklingelt hat.«

»Und dieser Anruf war für den jungen Mr. Miller?«

»Das stimmt. Ich habe die Tür zur Bibliothek geöffnet – die, die vom Flur abgeht – und hab' ihm gesagt, daß der Anruf für ihn wäre. Er hat ihn auf dem Apparat in der Bibliothek entgegengenommen.«

»Dann sind Sie wieder zurück ins Wohnzimmer gegangen?«

»Ja. Ich habe eine Weile gelesen, und dann ging wieder das Telefon.«

»Wie lange haben Sie gelesen?«

»Eine ganze Weile. Vielleicht fünf Minuten. Also, das Telefon ging wieder, und ich bin rangegangen, und es war für Miss Miller. Das war vielleicht fünf Minuten, bevor dann der Anruf für West gekommen ist.«

Miss Jensen wartete eifrig auf weitere Fragen und schien ein bißchen enttäuscht, als Robin sagte, das sei alles. O'Hara sah ihr nach, als sie hinausging, und verdrehte die Augen.

Miss Knapp, die Köchin, war weniger glücklich als ihre Vorgängerin, daß sie sich in einem Raum mit lauter Männern aufhalten mußte. Sie schien ungehalten darüber, daß sie von einem Cop aus dem Bett gezerrt und gezwungen worden war, sich anzukleiden und um diese nachtschlafende Zeit aufs Revier schleppen zu lassen. Ihre Erwiderungen kamen so knapp zurück wie Federbälle, die sie hitzig über ein Netz zurückspielte.

»Aber sicher bin ich den ganzen Abend zu Hause gewesen«, sagte sie in Beantwortung von Jacksons Eröffnungsfrage.

»Was haben Sie gemacht?«

»Abendessen gekocht und dann die Küche saubergemacht.«

»Und danach?«

»Ein Bad genommen und ins Bett gegangen.«

»Um welche Uhrzeit sind Sie zu Bett gegangen?«

»Gegen neun.«

»Sind Sie sofort eingeschlafen?«

»Nein. Ich konnte lange nicht einschlafen.« Ihr Gesicht lief rot an. »Ich war gerade eingeschlafen, als die da gekommen sind und mich hierhergebracht haben.«

Jackson schenkte ihr ein nettes Lächeln. Er hatte ein angenehmes Lächeln, doch machte er nicht oft Gebrauch davon. »Ja, das ist bedauerlich«, sagte er. »Wir hätten Sie nicht hergebracht, wenn es sich nicht um etwas sehr Wichtiges gehandelt hätte. Sehen Sie, Reed Overton ist gestern abend ermordet worden.«

Miss Knapps Wut war verflogen. »O nein«, sagte sie, und in ihrer Stimme lag etwas Weiches, Mütterliches. Doch als sie die Erkenntnis traf, daß ein weiterer Mord begangen worden war, wurde ihr Blick furchtsam. »Das gefällt mir nicht.« Ihre Stimme klang belegt.

»Haben Sie keine Angst«, sagte Jackson. »Von jetzt an wird einer unserer Männer bei Ihnen im Haus sein. Jedenfalls sind Sie nicht in Gefahr.«

Sie führte eine Hand an die Lippen und begann, an ihrem Zeigefinger zu nagen. Als Robin sie beobachtete, fiel ihm wieder auf, daß sie eine gutaussehende Frau war – vielleicht etwas groß und eckig, aber für viele Männer bestimmt begehrenswert.

»Wir überprüfen, was jeder einzelne im Miller-Haus gestern abend gemacht hat«, erklärte ihr Jackson. »O nein, nicht Sie. Aber Sie können uns vielleicht helfen. Können Sie von Ihrem Zimmer aus die Garage sehen?«

»Ich kann die Garage sehen und das kleine Gärtchen davor und das Haus«, sagte sie. »Mein Zimmer ist unten. Ein Eckzimmer.«

»Und von Ihrem Fenster aus blickt man auf die Garage?«

»Das eine Fenster, ja. Das andere geht zum Meer hin.«

»Und ihr Bett? In welcher Richtung steht das?«

Sie runzelte die Stirn. »Sie meinen wohl, wo ich hinschaue, wenn ich drinliege?« Auf Jacksons Nicken hin erklärte sie, daß es in Richtung des Fensters zur Garage stehe.

»Können Sie die Fenster von Wests Zimmer sehen?«

»Aber sicher. Ja.«

»Haben Sie bemerkt, ob er gestern abend zu Hause gewesen ist oder nicht?«

»Die Lichter waren an. Die Rollos waren runter, also konnte ich nicht reinschauen.«

»Haben Sie gesehen, daß ein Wagen weggefahren ist?«

»Von meinem Fenster aus kann man nicht sehen, ob Wagen wegfahren.«

»Haben Sie Autos gehört – oder sonst irgendwelche Motoren?«

Miss Knapp zögerte. Sie zog die Augenbrauen zusammen, bis sich auf ihrer Stirn eine steile Falte bildete, und rieb sich den Nacken. »Ich kann nicht sehr gut hören, denn seit Mr. Miller –« sie hielt stockend vor dem nächsten Wort inne » – getötet worden ist, halte ich das Fenster verschlossen, von dem aus man die Garage sehen kann.«

»Dann haben Sie also nichts gehört?«

»Das habe ich nicht behauptet. Ich habe das Geräusch von zwei Motoren gehört, aber ich weiß nicht, von wo sie gekommen sind. Ich habe einen Motor gehört, und dann etwas später einen zweiten.«

»Wie haben sie sich angehört? Waren sie ganz nahe?«

»Nein. Weit weg. Aber das Fenster war ja zu. Man kann dann nicht sehr gut hören. Wissen Sie, nur das Fenster zum Meer hin stand offen.«

Jetzt begriff Jackson. »Natürlich haben Sie zwei gehört«, sagte er.

»Miss Miller ist weggefahren, und nach Mitternacht ist sie zurückgekommen.«

Sie schüttelte heftig den Kopf. »Nein. Das war, bevor sie zurückgekommen ist. Ich habe ihr Auto zwar nicht gehört, als sie angekommen ist, aber ich hab' sie in ihrem Zimmer rumlaufen hören. Das war noch davor – einige Zeit, bevor ich sie hab' rumgehen hören –, vielleicht eine halbe oder dreiviertel Stunde früher. Ganz sicher bin ich mir nicht.«

»Vielleicht kam das Geräusch des zweiten Motors weiter unten vom Hügel?« warf Mitchell ein. »Oder vielleicht war es ein Rennboot unten in der Bucht. Man kann solche Boote über weite Entfernungen hören.«

»Entweder das, oder jemand hat gelogen«, meinte Jackson. »Und das würde mich allerdings gar nicht überraschen.« Wieder lief er im Zimmer auf und ab. Er sah müde, ausgelaugt und reichlich besorgt aus. Als er wieder sprach, schien er mit sich selbst zu reden. »Dieser erste Motor, das muß Miss Miller gewesen sein, die weggefahren ist. Das wäre dann so gegen zweiundzwanzig Uhr gewesen. Miss Miller ist um null Uhr fünfzehn zurückgekehrt. Die Zeit, zu der sie dann das Geräusch des zweiten Motors gehört hat, muß dann etwa um dreiundzwanzig Uhr dreißig gewesen sein.«

»Das ist mir schleierhaft«, sagte Mitchell. »Sie hat Miss Millers Auto wegfahren, aber nicht zurückkommen hören.«

»Das läßt sich ziemlich leicht erklären«, sagte Robin. »Wenn Frauen ein Auto anlassen, bringen sie den Motor immer erst mal auf volle Touren. Als sie zurückgekommen ist, hat sie den Wagen wahrscheinlich bis zur Garage ausrollen lassen.«

Miss Knapps Stimme unterbrach ihre Überlegungen. Sie fragte: »Darf ich jetzt gehen?«

Jackson schaute sie an, als habe er ihre Anwesenheit ganz vergessen. »Gewiß doch«, sagte er. »Machen Sie nur.« Dann rief er nach Phelps.

»Bringen Sie alle nach Hause«, ordnete Jackson an. »Lassen Sie MacEwan im Haus und postieren Sie Walsh bei Kilgallen. Aber lassen Sie Kilgallen nicht wissen, daß Walsh zur Überwachung dableibt. Überprüfen Sie Mayfield und erkundigen Sie sich, ob Miss Miller auf einen Drink eingekehrt ist und um welche Zeit das war. Aber das muß wohl bis zum Morgen Zeit haben, weil die Bar jetzt geschlossen ist. Und dann reden Sie mit Kilgallens Nachbarn. Finden Sie raus, ob die was wissen. Und gehen Sie morgen früh gleich zu Lansing und fragen ihn, ob er gestern abend am Landungssteg gewesen ist. Stellen Sie fest, ob er an seinem Boot rumgebastelt hat.«

Phelps nickte und wandte sich zur Tür. »Nur noch eins«, sagte Jackson. »Wenn Sie bei den Millers sind, werfen Sie mal einen Blick in die Garage. Überprüfen Sie, ob auch alle Wagen da sind, und fühlen Sie, bei welchem der Motor noch warm ist. Und holen Sie den Revolver aus Mrs. Millers Packard. Bringen Sie ihn her.«

Jackson lief in seinem Büro auf und ab, ohne die vier Reporter zu beachten. Jones war in einer Ecke eingenickt. Mitchell säuberte sich die Fingernägel mit einem Streichholzende. O'Hara schien gedankenverloren auf seine Pfeife hinunterzustarren, deren Kopf er in seinem Handteller rieb. Robin starrte durchs Fenster in die fahle Nacht, hinaus auf die Geister der Bäume auf dem Platz. Und er fragte sich, ob sie sich aneinanderdrängten, weil sie sich einsam fühlten.

Jetzt, da es im Zimmer still geworden war, kehrte das Gefühl von Verlorenheit zurück. Begierig auf das, was Jackson und die anderen zu sagen hatten, hatte er den Gedanken an seinen Freund verbannt. Jetzt sah er wieder die reglose Gestalt auf dem Boden vor sich, und eine wilde Wut überkam ihn. Den Mord an Miller konnte man verstehen. Dafür hatte es einen Grund gegeben – Habgier oder Leidenschaft, was immer es auch sein mochte. Doch welchen Grund gab es für den Mord an Overton? Angst wahrscheinlich, daß er auf der richtigen Spur war. Weil er begriff, daß er den Blick frei haben mußte, verzichtete Robin auf den Versuch zu verstehen und ging im Geist noch einmal jede der Geschichten durch, die er gehört hatte. Und jeder entnahm er die Stücke, die ihm wichtig erschienen. Jackson unterbrach seine Gedanken.

»Zum Teufel, ich frage mich, was dieser Miller zu wissen glaubt«, sagte der Chief. Er stand neben dem Schreibtisch, nahm Heftklammern aus einer Schale und fügte sie zu einer Kette zusammen.

»Ich hab' da eine Idee«, sagte Robin. »Eigentlich zwei. Ich rate zwar nur, aber beide erscheinen mir logisch.«

»Raus damit«, sagte Jackson.

»Er haßt seine Stiefmutter«, sagte Robin. »Zumindest nehme ich das aufgrund seiner Einstellung zu ihr an. Er hat Andeutungen gemacht, daß zwischen West und Mrs. Miller moralisch nicht alles ganz einwandfrei ist. Vielleicht hat er was entdeckt, das seinen Verdacht endgültig bestätigt hat.«

»Das war auch meine Vermutung«, sagte Jackson.

»Ich glaube aber nicht, daß sie richtig ist«, fuhr Robin fort. »Diese hier scheint mir einleuchtender. Sie erinnern sich an den Ausfall gegen Judge Clark bei der Voruntersuchung. Ich hab' so eine Ahnung, daß er vermutet, Clark hätte die Bergbaugesellschaft ausgeplündert. Er ist gestern nachmittag bei ihm gewesen und hat Hölle und Teufel beschworen. Miller wartet vielleicht auf eine Nachricht aus Reno – oder auf irgendeinen Beweis, bevor er richtig Ärger macht.«

Jackson starrte eine Weile auf die grüne Schreibunterlage. Die Kette aus Heftklammern war um seine Hand geschlungen, und er spielte träge damit. Plötzlich langte er nach seinem Hut und verkündete: »Ich glaube, ich muß mit Judge Clark reden.«

16

Die Arme auf der Schreibtischplatte, war Mary eingeschlafen, und ihr Kopf ruhte auf dem linken Unterarm. Robin blieb bei ihr stehen, schaute einen Augenblick auf sie hinunter, und der Gedanke, daß sie seine Frau war, bereitete ihm ein warmes Gefühl. Seine starke, gebräunte Hand verwuschelte ihr Haar und verlor sich in seiner Wärme und Weichheit. Sie öffnete die Augen und lächelte ihm zu.

»Du gehst jetzt nach Hause«, sagte Robin. »Das ist ein lausiger Ort, die Nacht zu verbringen.«

»Mir gefällt's«, sagte Mary. »Ich hab' noch nie auf einem Polizeirevier geschlafen.«

»Aber er«, warf Mitchell ein. »Er hat schon in Hunderten gepennt.« Der Reporter knöpfte seinen Kragen zu und zog seine Krawatte gerade. »Jetzt kommt schon, oder wir müssen alle hierbleiben. Der Chief will grade aufbrechen.«

»Ich komme mit meinem Wagen nach«, sagte Robin. »Wo wohnt er?«

»Im Inn«, erwiderte Mitchell. »Er wird ein bißchen verärgert sein. Das möchte ich auf keinen Fall versäumen.« Dann war er weg.

»Wie spät ist es?« wollte Mary wissen.

»Drei Uhr«, sagte Robin.

»Ich schlaf im Hotel weiter«, sagte Mary. »Hotelfoyers sind wunderbare Schlafstellen.« Dann erinnerte sie sich, warum sie hier war, und sprach nicht weiter.

Der Mond stand jetzt niedrig, war fast im Meer versunken und verhangen von einem schwachen Dunst, doch sein Licht war noch hell genug, die Sterne ganz fern und weit erscheinen zu lassen. Die Lichter in der Konditorei an der Ecke Ocean Avenue und Hillside brannten, und man konnte das Geklirr von Flaschen und das Rumpeln von Kannen hören, als die Fahrer ihre Lieferwagen entluden. Irgendwo weit unten im Tal heulte ein Hund, und nach einer Weile fielen andere Hunde in sein Geheul ein.

The Inn, ein zweigeschoßiger Rauhputzbau, schien verlassen, bis man auf den Vorhof kam, von wo aus man Licht im Foyer sehen konnte. Jackson und die drei Reporter standen vor dem Empfangspult und sprachen auf den verschlafenen Portier ein, als Mary und Robin hereinkamen. Mary ging zum Kamin, stocherte mit einem Schürhaken in der Glut, nahm ein paar Pinienscheite aus dem Korb und warf sie in die Feuerstelle. Dann rollte sie sich in dem Ledersessel nahe dem Kamin zusammen, und die neuentfachten Flammen, die um die Scheite züngelten, warfen flackernde Lichtmuster auf ihr junges Gesicht.

»Eure Hausordnung ist mir verdammt wurscht«, sagte Jackson gerade. »Ich will ihn jetzt besuchen. Welche Zimmernummer hat er?«

»Ich habe Ihnen doch gesagt, daß wir unsere Gäste nicht zu dieser frühen Stunde stören dürfen«, gab der Empfangsangestellte zurück. Er war ein klobiger junger Mann mit Specknacken und breiten Schultern. Sein Name war Chuck Harrison, und als er noch für Stanford Football gespielt hatte, hatte man ihm den Spitznamen »Ice Wagon« gegeben. Ob er mit diesem Gefährt Eis ausgefahren hatte oder seine Statur Ähnlichkeit mit einem solchen aufwies, wußte niemand in Los Pinos. »Mr. Clark wäre sehr aufgebracht.«

»Das wäre aber schlimm«, gab Jackson zurück. »Wie ist die Zimmernummer?«

Ice Wagon blieb hart. Es täte ihm ja sehr leid, aber man dürfe die Gäste nicht um drei Uhr in der Früh verschrecken.

»Dann holt man am besten den Manager aus dem Bett«, sagte Jackson. »Und man klärt ihn dann am besten darüber auf, wenn seine verdammten Angestellten sich weigern, mit der Polizei zusammenzuarbeiten, daß dann bald ein paar Burschen vom Gesundheitsamt hier sein werden, um sich mal in der versifften Küche ein bißchen umzusehen.«

Der Nachtportier schaute besorgt drein. Er zog das Telefon zu sich und versuchte zu entscheiden, ob er jetzt den Manager oder Judge Clark anrufen solle. Clark verlor, und nach einer Weile tönte seine müde, schleppende Stimme über die Hausleitung, als er sich meldete, um zu erfahren, was denn eigentlich los sei.

»Hier sind einige –« Ice Wagon warf einen Blick auf die Männer vor dem Tresen, zögerte und fuhr dann fort: »– Gentlemen, die Sie besuchen möchten. Es scheint ziemlich wichtig zu sein.«

Aus dem Hörer drangen merkwürdige Geräusche. Ice Wagon legte auf. »Ich hab's ja kommen sehen«, sagte er traurig. »Aber er ist jetzt wach, also können Sie hochgehen. Sie finden ihn in Zimmer 203. Verhalten Sie sich bitte so leise wie möglich. In diesem Stockwerk wohnen ein paar Zeitungsleute, die grade eben erst zu Bett gegangen sind.«

Judge Clark trug ein Nachthemd aus Flanell, das knapp unterhalb der Knie endete. Er wirkte darin sehr eindrucksvoll. Er spuckte und stotterte wie die ersten Funken einer Zündschnur, doch ein einziger Blick auf Jackson brachte ihn zum Verstummen.

Es war kalt im Zimmer. Clark schloß das Fenster, stieg wieder ins Bett, wickelte die Decke um sich und legte sich in die Kissen zurück. »So«, war alles, was er herausbrachte.

»Hallo, Judge«, sagte Jackson. »Wie schön, Sie zu sehen.« Er ließ sich auf einen Lehnstuhl neben dem Heizkörper fallen, seine Finger tasteten nach dem Drehknopf, und er schaltete die Heizung ein.

»Ich habe Sie nicht erwartet«, sagte Judge Clark.

»Nein, vermutlich nicht«, entgegnete Jackson. »Was wissen Sie von Reed Overton?«

Clarks Blick irrte durchs Zimmer. Er musterte die Gesichter seiner Gäste, bevor er zu einer Antwort ansetzte, und man fragte sich, ob er nur Zeit schinden wollte. »Nun, also – nicht gerade viel. Ist ihm was zugestoßen?«

»Ja, ihm ist was zugestoßen«, sagte Jackson trocken. »Jemand ist zu ihm gekommen und hat ihn erschossen.«

Judge Clark wand sich unbehaglich. »Das ist ja schrecklich.«

Jackson zog eine Schachtel Zigaretten aus seiner Tasche. Das Markenzeichen schien ihn zu interessieren, denn er betrachtete es eingehend. Er nahm keine Zigarette aus der Packung. »Haben Sie ihn gestern abend gesehen?«

»Wen?«

»Sie wissen schon, wen. Overton.«

»Selbstverständlich nicht«, sagte Clark.

»Hat er Sie angerufen?«

»Also, nein. Weswegen hätte er mich anrufen sollen?«

»Haben Sie gestern abend irgendwelche Anrufe bekommen?« Jackson bedachte Judge Clark mit starrem Blick. »Denken Sie dran, Sie wohnen in einem Hotel, und ich kann das überprüfen lassen.«

»Ja, ich habe einen Anruf bekommen«, sagte Clark. »Das war geschäftlich.«

»Von wem?«

»Von einem Mandanten.«

»Und es war nicht Overton? Sie sind sich da ganz sicher?«

»Ich habe Ihnen doch gesagt, daß Overton mich nicht angerufen hat«, sagte Clark.

»Aber der junge Miller, oder nicht?«

»Es war eine Mandant«, beharrte Clark. »Es steht mir nicht zu, seine Identität preiszugeben.«

Jackson schaute Judge Clark unverwandt ins Gesicht. »Ich habe den jungen Miller heute nacht befragt«, sagte er. »Er scheint anzunehmen, daß mit den Bilanzen der Miller Mining Company etwas nicht stimmt.«

»Das ist lächerlich.« Clark richtete sich steil auf. »Bei Gott, das ist Verleumdung.« Jetzt erst schien er Robin wahrzunehmen. »*Sie* sind die Ursache dafür«, sagte er. Mit tiefgekränkter Miene wandte er sich an Jackson. »Der da war gestern nachmittag in meinem Büro – gestern nachmittag hat er ähnliche Anschuldigungen erhoben.«

»Hören Sie auf damit«, sagte Jackson. »Sie stehen nicht vor einem Geschworenengericht. Der junge Miller hat versprochen, uns noch vor heute abend schlüssige Beweise zu liefern. Dann werden wir wissen, was los ist. Aber wir sind hier, um rauszukriegen, wo Sie gestern abend gewesen sind. Sie müssen es mir nicht sagen, es sei denn, Sie tun es freiwillig. Das wissen Sie ja selbst. Aber falls Sie das nicht wollen, zerre ich Sie aufs Revier und behalte Sie so lange da, bis Sie vergessen haben, daß es so was wie verfassungsmäßige Rechte gibt. Also, wo sind Sie gewesen?«

Judge Clark überlegte. Er schaute erst Jackson an und stierte dann auf die Steppdecke. »Wollen Sie, daß ich über jede freie Minute Auskunft gebe?«

»Nun – tun Sie Ihr Bestes«, erwiderte Jackson.

»Mal sehen.« Clark legte die Handflächen wie zum Gebet aneinander. »Ich habe zu Abend gegessen. Dann bin ich ins Billardzimmer gegangen und habe zwei Spiele gemacht. Gegen neunzehn Uhr bin ich ins Kino gegangen und gegen einundzwanzig Uhr dreißig hierher zurückgekehrt. Danach bin ich die ganze Zeit auf meinem Zimmer gewesen.«

»Was niemand beweisen oder widerlegen kann«, sagte Jackson. »Es gibt eine Hintertür, durch die Sie sich jederzeit rein- und rausschleichen können.«

Clark setzte eine schmerzliche Miene auf. »Ich hab's nicht nötig, mich rauszuschleichen.«

»Na schön. Das haben Sie also nicht«, meinte Jackson. »Um welche Zeit ist dieser Anruf gekommen?«

»Kurz nachdem ich zurückgekehrt war«, erklärte Clark. »Ich würde sagen, kurz vor zweiundzwanzig Uhr.«

Jackson stand auf und gähnte. »Das könnte Overton gewesen sein«, sagte er. »Falls er es gewesen ist, finde ich das irgendwie raus. Und, Judge, falls Sie keine weiße Weste haben, werde ich das bis heute abend wissen. Sehen Sie besser zu, daß Sie blütenweiß dastehen.«

Clark geiferte. »Ich verwahre mich dagegen«, sagte er.

»Gute Nacht«, verabschiedete sich Jackson.

»Soll ich Sie richtig zudecken?« fragte O'Hara. Clark bedachte ihn nur mit einem giftigen Blick.

17

An diesem Donnerstagmorgen um elf Uhr berief Mrs. Gertrude Matheny, Herausgeberin des *Los Pinos Herald*, eine Belegschaftsversammlung ein. Mrs. Matheny war fünfundsechzig Jahre alt, doch sie sah aus wie fünfundvierzig. Diese dynamische, lebhafte kleine Frau hatte ihrem Mann geholfen, aus kleinen Zeitungen ein beträchtliches Vermögen zu erwirtschaften, und seit seinem Tod hatte sie die ganze Last der Geschäftsleitung auf ihren schmalen Schultern getragen. Sie verwaltete die geschäftliche Seite des Unternehmens. Die redaktionellen Angelegenheiten hatte sie Overton übertragen und ihm völlig freie Hand gelassen.

Um zehn Uhr fünfzig rollte ihr 1924er Cadillac die Ocean Avenue hinauf, hielt vor einem Hydranten vor dem *Herald*-Gebäude, und

Mrs. Matheny stieg aus. Sie hätte sich einen neuen Wagen leisten können, doch sie wollte sich kein anderes Modell kaufen. Sie hätte sich einen Chauffeur leisten können, doch sie zog es vor, selber zu fahren, obwohl die alte Limousine so schwer zu handhaben war wie ein Lastwagen.

Die Belegschaft des *Herald* wartete auf sie im Büro der Lokalredaktion. Es war ein außergewöhnliches Büro. Glänzende Chintzvorhänge rahmten die Fenster ein, und auf dem Fußboden lagen handgewebte Flickenteppiche. Die Möbel waren aus altem amerikanischen Ahornholz, und jeder Verbindungszapfen stammte garantiert aus dem achtzehnten Jahrhundert – das jedenfalls hatte der Innenarchitekt, der den Raum entworfen hatte, Mrs. Matheny versichert. Wenn man die Herausgeberin des *Herald* und das Büro, das sie anläßlich ihrer seltenen Besuche im Verlagsgebäude benutzte, sah, begriff man, warum die Lokalredaktion stets peinlich sauber gehalten wurde. Das war eine von Mrs. Mathenys eisernen Regeln – kein Papier auf den Fußböden, keine ausgetretenen Zigarettenstummel, kein Stäubchen auf den Schreibtischen.

Briggs und Morrison, die beiden alten Korrektoren, trugen ihre Arbeitskittel, ebenso Al Vaughn, der Nachrichtenredakteur. Jess Julian, der für den Sport zuständig war, hatte seine Pfeife in der Tasche verstaut und trug eine Krawatte. Die Fingernägel des Redaktionsgehilfen waren überraschend sauber, und er hatte ein sauberes Hemd angezogen. Morton Dale, Redakteur für Kirchenfragen, war passenderweise in feines schwarzes Tuch gekleidet, und mit Stehbündchenkragen hätte er einem Baptistenprediger verblüffend ähnlich gesehen. Er saß neben einer sehr elegant gekleideten jungen Dame mit schwarzem Haar, der Robin noch nirgendwo begegnet war. Ihr Name war Margaret Newton, und sie betreute die Gesellschaftsspalten, machte die Theaterseite und war eine Autorität auf dem Gebiet neuerer Entwicklungen auf kleineren Bühnen des Landes. Sie hatte das Bezirkstheater von Los Pinos gegründet, dessen Produktionen geleitet und die Aufführungen wohlwollend rezensiert. Selten nur besprach sie einen neuen Film günstig, und sie haßte Shirley Temple aus tiefstem Herzen. Mitchell hatte zwei Jahre lang erfolglos versucht, sie herumzukriegen, doch sie schätzte Reporter nicht sonderlich und bevorzugte grundsolide, gestandene Burschen wie den Präsidenten der First National Bank und den Manager von Jackman, die allerdings beide verheiratet waren und vier Kinder hatten.

Die vier Reporter – O'Hara, Mitchell, Jones und Robin – sahen übernächtigt aus und waren es auch. Sie waren gar nicht erst ins Bett gegangen, doch sie hatten sich rasiert und wirkten recht präsentabel. Als Mitchell schließlich gegen neun Uhr dreißig Robin aufgestöbert hatte, um ihm von der Betriebsversammlung zu berichten, hatte er Betonung auf den Umstand gelegt, daß man präsentabel aussehen müsse.

»Sind wir vollzählig?« fragte Mrs. Matheny. Sie saß mit dem Rükken zum Fenster an ihrem Schreibtisch und rauchte eine Zigarette. Nachdem sie ihre Frage gestellt hatte, fiel ihr ein, daß Reed Overton nicht unter ihnen weilte, und ihre Augen wurden weich, und sie schluckte ein paarmal schwer. Sie hatte Overton gemocht, hatte ihn mit Unterbrechungen seit fünfundzwanzig Jahren gekannt, und in jungen Jahren ohne Erfolg versucht, ihn umzumodeln und zu bessern. Sie stand auf, ging zum Kamin, warf ihre Zigarette auf den kalten Rost und blieb sekundenlang mit dem Rücken zur Belegschaft stehen. Dann drehte sie sich um und schaute Robin an.

»Sie sind Mr. Bishop, nehme ich an.«

Robin nickte. Er sah müde aus, um Jahre älter, und es war nicht mehr viel Schwung in ihm.

»Mr. Overton hat mir von Ihnen erzählt«, sagte sie. »Er hat mir gesagt, Sie hätten früher zusammengearbeitet.«

»Das haben wir«, sagte Robin und versuchte, seine Stimme gleichmütig klingen zu lassen. »Fünf Jahre lang. Zuerst ist er mein Lokalredakteur gewesen. Und dann haben wir in der Nachrichtenredaktion gemeinsam Artikel verfaßt.«

»Er hat viel von Ihnen gehalten«, sagte Mrs. Matheny.

Robin konnte darauf nichts erwidern. Ich habe viel von ihm gehalten, sagte sein Verstand. Ich habe bis heute gar nicht gewußt, wieviel ich von ihm gehalten habe.

»Er hat gesagt, Sie wären ein guter Mann«, fuhr Mrs. Matheny fort. »Das müssen Sie wohl sein. Reed hat gewußt, wovon er sprach.« Sie legte die Hände auf den Rücken und trat etwas näher an den Kamin. Ihr Blick war fest auf Robins Gesicht gerichtet, und sie schien ihn wohlwollend abzuschätzen, schien zu versuchen, herauszufinden, ob er Overtons Wertschätzung verdient hatte. »Haben Sie jemals eine Zeitung geleitet, Mr. Bishop?«

Robin verneinte ihre Frage. Er sagte, er hätte nie irgend etwas geleitet.

»Sie werden die Leitung des *Herald* übernehmen«, sagte Mrs. Matheny. »Ihr Gehalt beträgt hundert Dollar die Woche. Ich möchte, daß Sie zwei Dinge tun. Ich will einmal, daß Sie ein Blatt von derselben Machart wie Reed herausbringen. Und dann will ich, daß Sie herausfinden, wer ihn getötet hat.«

Unter den kalten Blicken seiner Kollegen fühlte Robin sich unbehaglich. Sie schienen seiner Beförderung ablehnend gegenüberzustehen. »Das ist ein großer Auftrag«, sagte Robin.

»Können Sie das leisten?«

»Ich weiß nicht. Die Zeitung zu leiten wird nicht so schwer sein. Ich habe Akten und Archive, die mir da helfen. Herauszufinden, wer ihn ermordet hat, ist was anderes.«

»Reed hat erklärt, Sie hätten schon andere Mordfälle gelöst.«

»Die sind ganz anders gewesen«, sagte Robin. »Verglichen mit diesem, waren sie einfach.«

»Gibt's da nicht jemanden, der es getan haben könnte?« fragte Mrs. Matheny.

»Das ist ja das Problem«, sagte Robin. »Es gibt zu viele, die es getan haben könnten. Zu viele, die in der Lage gewesen sind, es zu tun.«

»Werden Sie die Aufgabe übernehmen?«

»Ja«, sagte Robin. »Ich nehme sie an. Falls ich scheitern sollte, können Sie mich feuern. Es wäre nicht das erste Mal.«

»Das wäre also geregelt.« Sie ging zurück zu ihrem Schreibtisch, zündete sich die nächste Zigarette an, umgab sich mit einer Wolke von blassem Rauch und starrte auf die Mitglieder ihrer Belegschaft. »Sie alle werden wahrscheinlich denken, daß ich verrückt bin, diesen Job dem neuesten Mitglied dieser Belegschaft zu geben. Aber das bin ich nicht. Reed hat gesagt, daß er einer der besten Zeitungsleute im Lande ist, und ich habe Reeds Urteil hoch geschätzt.« Nachdenklich sprach sie weiter. »Er hat mich so ziemlich jeden Tag aufgesucht und mir erzählt, was vor sich geht. Er hat abends bei mir vorbeigeschaut und meinen Whisky getrunken. Er ist auch gestern abend gekommen, Mr. Bishop. Er hat gesagt, Sie wären gemeinsam angeln gewesen. Ich möchte, daß auch Sie mich besuchen kommen, genau wie er das früher getan hat.«

»Das werde ich«, sagte Robin. Als er zu ihr schaute, wußte er, sie erwartete nicht, daß er Overtons Platz einnähme, sondern daß sie genau wußte, daß niemand das konnte. Und er wußte auch, daß es ihr gleichgültig war, was mit der Zeitung geschah, solange er nur herausfand, wer Reed Overton getötet hatte. Er erinnerte sich wieder, daß sie die letzte gewesen war, die mit Overton gesprochen hatte, und er fragte sie: »Was hat Reed gestern abend über den Mord gesagt?«

»Er hat gesagt, er glaube zu wissen, wer Miller getötet hat. Er erwarte abends noch einen Besucher. So war es, als ich das erstemal mit ihm gesprochen hatte. Als ich ihn dann später noch einmal angerufen habe, sagte er, die Situation sei unverändert.«

»Hat er Ihnen erzählt, daß er einen Mann in Reno angerufen hat?« fragte Robin. Sie schüttelte den Kopf. »Ich bin heute zur Telefongesellschaft gegangen«, fuhr Robin fort. »Er hat dort einen Anwalt namens Freeman angerufen. Ich habe heute morgen mit ihm telefoniert.«

Mrs. Mathenys Augen glänzten. Sie nahm ihre Brille ab und putzte sie mit einem blauen Seidentaschentuch. »Was hat er gesagt?«

»Er hat mir etwas erzählt, worauf ich mir keinen Reim machen kann«, erklärte Robin. »Am vergangenen Montag hat Miller – der alte Miller – mit Freeman am Telefon gesprochen. Er hat für Freitag morgen um elf Uhr einen Termin mit ihm vereinbart. Er hat Freeman nicht gesagt, warum er ihn aufsuchen wollte. Er hat nur erklärt, er wäre auf eine Sache gestoßen, die es ihm dringend geboten erscheinen lasse, einen Anwalt zu Rate zu ziehen.«

»Er hat doch hier seinen Anwalt gehabt«, sagte Mrs. Matheny. »Sein Anwalt ist Judge Clark.«

»Das weiß ich«, sagte Robin. »Offenbar hat er Clark in dieser Angelegenheit nicht vertraut.«

»Vielleicht betraf die Sache auch Clark selbst«, warf Mitchell ein.

»Daran habe ich auch schon gedacht«, meinte Robin. »Das ist eine Annahme, die auf der Hand liegt. Vielleicht zu offensichtlich. Es gibt noch andere Möglichkeiten.«

»Sprechen Sie weiter.« Mrs. Matheny sah ihren neuen Chefredakteur auffordernd an. »Nennen Sie uns die anderen.«

»Vielleicht wollte er sein Testament ändern, ohne daß jemand in der Familie davon erfahren sollte«, spekulierte Robin. »Vielleicht wollte er ein neues Testament, in dem sein Sohn oder seine Tochter nicht mehr bedacht werden. Oder vielleicht hat er Scheidungsklage gegen seine Frau einreichen wollen. Es muß etwas Wichtiges gewesen sein – warum sonst ist er wohl am Dienstag ermordet worden? Sehen Sie, es muß irgendeinen Grund geben, warum er am Dienstag ermordet worden ist, anstatt in der nächsten Woche oder im nächsten Monat. Ich bin sicher, daß dieser Termin bei Freeman der Grund war.«

»Ich finde, Sie übersehen dabei Clark«, warf Mitchell ein.

»Ich übersehe ihn durchaus nicht«, gab Robin zurück. »Da ist zweifellos was faul. Andernfalls wäre Miller zu ihm statt zu Freeman gegangen. Vielleicht bereichert er sich an Firmengeldern. Kann sein, daß er im Besitz eines Geheimnisses über die Familie ist, das er wie einen Knüppel über den Köpfen ihrer Mitglieder schwenkt. Ich traue ihm nicht. Sie sehen ja selbst, daß Miller es auch nicht getan hat. Aber warum nicht? Wenn wir das wüßten, wären wir der Lösung ein großes Stück näher, als wir es jetzt sind. Reed Overton hat die Antwort erraten. Vielleicht hat das, was in dem Telegramm gestanden hat, diese Antwort gestützt und ihm die Identität des Mörders enthüllt. Ich jedenfalls blicke da noch nicht durch.«

»Das Telegramm bringt mich auf was«, sagte Mitchell. »Vielleicht hat der Alte was über Kilgallens Vergangenheit rausgefunden – rausgefunden, daß Marion den Mann schon gekannt hat, als sie noch zur Schule gegangen ist.«

»Das kann von keiner großen Tragweite gewesen sein«, wandte Robin ein. »Es sei denn –« Er hielt inne und starrte vorbei an Mrs. Matheny auf die sonnenhellen Berge. »Es sei denn«, fuhr er nach einer Weile fort, »Kilgallen und Marion waren bereits verheiratet.« Er stand auf, und seine Augen blitzten vor Unternehmungsgeist. »Das wäre eine Möglichkeit. So könnte es gewesen sein. Und ich denke, ich weiß auch, wo man suchen muß.« Er ging in den Redaktionsraum, nahm den Hörer vom Telefon und wählte die Nummer der Western Union. »Schicken Sie bitte folgendes an Sean Kelly«, sagte er und gab dem Mädchen eine Adresse in New York. »Überprüfe bitte Heiratsurkunden von White Plains 1929 oder 1930. Namen: Richard Mason und Marion Miller. Schicke Exklusivartikel über Mord an Overton.«

18

Robin hatte Mrs. Matheny erzählt, der schwerste Teil seiner Aufgabe werde darin bestehen, herauszufinden, wer für den Tod von Reed Overton verantwortlich sei. Um vier Uhr nachmittags hatte er seine Meinung gründlich geändert. Eine Tageszeitung mit knapp bemessener Belegschaft herauszubringen war alles andere als leicht. Und überdies eine Mordgeschichte als Leitartikel zu schreiben machte es noch schwieriger. Er erinnerte sich, wie mühelos Overton damit zurechtgekommen war, und mußte sich fragen, ob er je in der Lage sein würde, die anfallende Arbeit im Eiltempo durchzuziehen. Als er aus der Setzerei kam, schmerzten ihn Kopf und Rücken, und am liebsten hätte er seinen Kopf auf die Schreibtischplatte gelegt und wäre eingeschlafen. Dazu bekam er allerdings keine Gelegenheit, denn jetzt fing die eigentliche Arbeit erst an.

Er blieb eine Weile am Schreibtisch sitzen und versuchte, sich zu entspannen. Im Redaktionssaal war es inzwischen ziemlich still geworden. Nur die beiden Korrektoren, der Nachrichtenredakteur und O'Hara standen noch auf Abruf bereit. Mitchell und Jones waren auf dem Polizeirevier und verfolgten die Entwicklungen. Der Redakteur für Kirchenfragen nahm an irgendeiner religiösen Teegesellschaft teil, und nur Gott mochte wissen, wo sich die Redakteurin der Gesellschaftsseiten gerade aufhielt.

O'Hara stand von seinem Schreibtisch auf und warf ein paar unbrauchbare Spätmeldungen in den Papierkorb. Dann legte er ein Blatt Papier vor Robin auf den Schreibtisch.

»Was ist das?« fragte Robin.

»Lesen Sie.« O'Haras Ton war schroff.

Robin las. Es war O'Haras Kündigung. »Setzen Sie sich«, sagte Robin. »Was, zum Teufel, soll das?«

»Ich höre auf«, sagte O'Hara.

»Werden Sie erwachsen«, sagte Robin. »Ich habe mich um diesen Job nicht gerissen.«

»Wer hat das denn behauptet?«

»Wie alt sind Sie?«

»Vierundzwanzig.« O'Hara starrte auf den Rest, der in seinem Glas geblieben war. Sein Gesicht war rot angelaufen.

»Ist das Ihr erster Job bei einer Zeitung?«

»Ja. Reed hat mir den Job gegeben, als ich vom College gekommen bin.«

»Ich bin jetzt zweiunddreißig«, sagte Robin. »Ich habe vor elf Jahren bei einer Zeitung angefangen. Meinen ersten Job bekam ich von Reed. Sie haben ihn gemocht, oder?«

»Ja, sicher«, sagte O'Hara.

»Ich auch«, sagte Robin. »Warum wollen Sie aufhören?« O'Hara zuckte die Achseln. »Weil Sie glauben, daß ich hart mit Ihnen umspringen werde – weil Sie mir andauernd auf die Füße getreten sind und jetzt glauben, ich würde Ihnen die Ohren langziehen. Nun, das werde ich nicht. Ich habe schon für beinharte Burschen gearbeitet, und ich mag sie nicht. Ich hab' mal für einen Chefredakteur gearbeitet, der nicht mal mit mir reden wollte. Er ließ mir seine Anweisungen durch den Lokalredakteur zukommen. Ich hab' ihn so sehr gehaßt, daß ich niemals gekündigt hätte, bin bloß geblieben, um ihn zu ärgern. Das hab' ich geschafft. Am Ende hat er mich rausgeekelt.«

»Sie meinen also, ich sollte bleiben, nur um Sie zu ärgern?« O'Haras Grinsen war dämlich.

Robin zerriß die Kündigung und warf sie in den Papierkorb. »Spielen Sie Golf?« Ja, sagte O'Hara, er spiele Golf. »Wieviel Schläge brauchen Sie?«

»Ungefähr achtzig. Im Normalfall zweiundachtzig.«

»Das reicht«, sagte Robin. Er schaute auf die Uhr und stellte fest, daß es inzwischen sechzehn Uhr zehn war. »Sie haben reichlich Zeit zur Verfügung. Fahren Sie zum Country Club. Suchen Sie sich einen der Profis oder einen Caddy, der mit Ihnen spielt, und nehmen Sie die Zeit vom ersten Abschlag bis zum neuten Grün. Schicken Sie dann Ihren Partner zurück zum Clubhaus, und wir treffen uns bei den Millers.«

O'Hara erhob sich und stülpte seinen Hut auf. Es war ein alter grüner Hut mit einem Loch. Er zündete sich eine Zigarette an, steckte sie sich zwischen die Lippen, grinste Robin zu und ging hinaus. Ein Botenjunge von der Western Union drängte sich im Eingang an O'Hara vorbei und schob Sekunden später ein Telegramm auf Robins Tisch. Es war von Kelly, und darin stand:

MASON UND MILLER TRAUUNG ZWEITER DEZEMBER 1929 WHITE PLAINS DURCH JUSTICE CLEM ESTES BEHANDELN INFORMATION VERTRAULICH DANKE FÜR GESCHICHTE ÜBER REED WÜNSCHTE MIR SIE HÄTTE NIE GESCHRIEBEN WERDEN MÜSSEN VERGISS NICHT DICH ZU MELDEN

Robin steckte das Telegramm in seine Tasche, setzte seinen Hut auf und ging hinaus. Auf dem Polizeirevier hatte sich nichts ereignet. Drei der Jungs aus San Francisco spielten im Bereitschaftsraum Poker mit einer Gruppe Cops. Die anderen seien bei Mayfield's, sagte Jones. Jones mußte es wissen, denn er war gerade selbst von Mayfield's gekommen und roch wie ein Schnapslager. Jackson war in seinem Büro, und er schien ganz und gar nicht zufrieden damit, wie alles zum Stillstand gekommen war.

Seine Männer, so erzählte er, seien nicht imstande gewesen, in Overtons Haus irgendwelche Anhaltspunkte zu finden. Dort seien zwar eine Menge Fingerabdrücke sichergestellt worden – doch zu viele, um von irgendwelchem Nutzen zu sein. Überhaupt, so meinte er, sei er auch überzeugt, daß derjenige, der den Redakteur getötet habe, genug Grips besitze, keine Spuren zu hinterlassen. Wests Revolver sei in Mrs. Millers Packard gefunden worden, und es habe sich herausgestellt, daß es sich nicht um die Tatwaffe handelte. Die Polizei in Reno überprüfe, ob er dort als Besitzer einer Waffe gemeldet sei, doch bisher habe sich nichts ergeben. Craig habe in Erfahrung bringen können, daß Marion Miller am Vorabend gegen dreiundzwanzig Uhr dreißig bei Mayfield's gewesen sei.

»Ich bin hingefahren und hab' mit der ganzen Meute alles noch mal durchgekaut«, sagte Jackson. »Am liebsten würde ich alle wegen dringenden Tatverdachts einsperren. Aber was sollte das nützen, zum Teufel?«

»Der junge Miller ist noch nicht mit seiner Geschichte rausgerückt?« fragte Robin.

Jackson grunzte angewidert. »Er sagt, er ist noch nicht bereit zu sprechen. Er ist vor einer Weile in der Innenstadt gewesen. Da hat er Clark aufgesucht. Ich lass' das Büro von meinen Jungs beobachten.«

»Hat jemand mit Kilgallens Nachbarn gesprochen?«

»Sicher.« Jackson seufzte. »So wie ich die Stadt kenne, hab' ich mir davon nicht viel erwartet. Die Leute hier achten nicht darauf, was ihre Nachbarn tun. Und die von Kilgallen machen da keine Ausnahme. Übrigens steht sein Haus hundert Meter vom nächsten entfernt.«

»Kilgallen hat nicht wieder gestanden?«

Jackson schaute von der Schreibunterlage hoch. »Nein, hat er nicht. Ich werd's ihm wohl ein für allemal ausgetrieben haben.«

»Entweder das, oder hat er seinen Zweck erreicht«, sagte Robin.

Der Chief machte ein verblüfftes Gesicht. »Welchen Zweck?«

»Ich habe bloß Vermutungen angestellt«, sagte Robin. »Was ist mit Lansing? Ist er gestern abend in der Nähe des Anlegestegs gewesen?«

»Er ist gestern nachmittag um fünf vom Hafen gekommen und

nicht noch mal hingegangen. Wir haben niemanden auftreiben können, der ein Motorboot benutzt hat.«

»Hat Phelps heute morgen die Autos in der Miller-Garage überprüft – wie Sie es ihm aufgetragen hatten?«

Jackson nickte. »Der Motor des Wagens von Marion war warm. Alle anderen waren kalt.«

Robin stand auf. »Ich spendier' Ihnen einen Drink, Chief.«

»Das wäre schön«, sagte Jackson. »Das wäre wirklich prima. Die Bürger hier sind nicht so großherzig.«

Die Sonne senkte sich langsam dem Meer zu, und Dunst war aufgestiegen, der sie nun einhüllte. Der Wind hatte sich gedreht. Er wehte jetzt ins Tal und roch nach trockenem Gras, Staub und Kräutern. Die Schatten der Berge fielen auf die gescheckten grünen Felder längs dem Bach, und das flache Land sah aus, als sei es von einem der Künstler von Los Pinos gemalt worden.

Eine Seitenstraße von seinem Haus entfernt, entdeckte er ein Stück voraus Marys schlanke Gestalt. Sie war schwimmen gewesen und trug seinen alten Bademantel über ihrem blauen Badeanzug. Ihr dunkles Wuschelhaar war nun eine Masse feuchter dicker Locken. Als er ihr von Mrs. Matheny und seinem neuen Job erzählte, leuchteten ihre Augen. Doch dann wich die Freude einem schmerzlichen Blick, und es war ihr deutlich anzumerken, daß sie an den Mord denken mußte, durch den das alles erst möglich geworden war.

»Zieh dich an«, sagte Robin, als sie im Haus waren. »Wir machen eine Bootsfahrt. Dann statten wir den Millers einen Besuch ab.«

Art Lansing, ein kleiner Bursche mit roten Augen, der Kurzgeschichten für Schundmagazine schrieb und einen Haarschnitt dringend nötig hatte, weigerte sich, Robin sein Rennboot für eine Ausfahrt zu überlassen, ohne daß er selbst am Steuer saß.

»Wohin soll's denn gehen?« wollte Lansing wissen, als seine Passagiere sich einen Platz suchten.

Robin sagte es ihm, der Motor sprang röhrend an, und sie legten vom Pier ab, jagten vorbei am Bootshaus der Millers, das seinen eigenen privaten Landungssteg hatte. Sie konnten den jungen Miller sehen, der drinnen im Gebäude an seinem Boot herumbastelte. Robin nahm seine Uhr heraus, und er merkte sich die Zeit, steckte sie dann zurück in seine Tasche. In der Bucht war das Wasser relativ glatt, doch weiter draußen war die See kabbelig, und das leichte Fahrzeug krachte in die Brecher. Feiner Gischt sprühte hoch und prickelte auf Robins Gesicht. Ein Stück über die Landzunge hinaus schwamm das Boot nach Norden, und als sie hochschauten, konnten sie die sandfarbenen Mauern des Miller-Hauses sehen. Die Fenster flammten im Schein der tiefstehenden Abendsonne auf.

Lansing kannte den Weg. Das mußte er auch, denn nur ein Experte hätte das Boot durch die enge Einfahrt steuern und unbeschadet auf dem schmalen Sandstreifen aufsetzen können. »Warten Sie hier«, sagte Robin und klomm den steilen Pfad hinauf. Zehn Minuten später kam er rutschend und stolpernd wieder herunter, warf einen Blick auf seine Uhr, zog einen Geldschein aus seiner Tasche und reichte ihn Lansing. »Wir bleiben hier«, beschied er den Bootsmann. Sie sahen zu, wie das wendige Boot langsam aus der Grotte glitt und dann um die Felswand verschwand.

»Und was jetzt?« fragte Mary.

Robin zeigte auf den Pfad. »Wir machen einen kleinen Besuch«, sagte er.

Oben angekommen, setzten sie sich auf einen Felsbrocken, sogen genüßlich die warme Luft ein, beobachteten, wie die Sonne am Himmel tiefer sank und der weiche Dunstschleier sich über das Meer legte. Robin hatte den Arm um Mary geschlungen. Sie hatte hübsche Schultern, und er fragte sich, wie lange man mit seiner Frau zusammenleben müsse, bevor sie aufhörte, begehrenswert zu sein. Als er sie küßte, entschied er, daß sie noch etliche Jahre zusammenleben würden, bevor sich dieser Augenblick einstellen mochte.

Das kleine Tor war verschlossen. Robin klopfte eine Weile, doch niemand zeigte sich, um ihnen aufzumachen. Daher folgten sie der Mauer, bis sie zur Einfahrt kamen, und Robin löste die elektrische Sperre mit dem Fuß, und der Torflügel schwang auf. Nach seiner Uhr war es jetzt siebzehn Uhr fünfzehn.

Die Garagentüren standen offen, und Robin stellte fest, daß der Roadster des jungen Miller nicht an seinem Platz stand. Der Pakkard und Marion Millers LaSalle Coupé waren in der Garage. Er bemerkte im Vorbeigehen, daß die Motorhauben beider Wagen warm waren. Sie gingen zur hinteren Tür, und er klopfte. Oben hörten sie Schritte, die über eine Treppe näherkamen, und dann wurde die Tür geöffnet. West stand da, schaute sie an, und Robin vermochte nicht zu sagen, ob seine Miene verängstigt oder verärgert war. Der Chauffeur entdeckte Mary, die hinter Robin stand, und jetzt schien er nichts mehr gegen den unerwarteten Besuch einzuwenden zu haben.

»Ich möchte Ihnen ein paar Fragen stellen«, sagte Robin.

»Nur zu, fragen Sie«, erwiderte West. Wieder schaute er Mary an. »Möchten Sie reinkommen?«

»Nein, danke«, sagte Robin. »Sind Sie gestern nachmittag hiergewesen?«

»Ich habe Mrs. Miller in die Stadt gefahren«, sagte West. »Wir sind gegen fünf zurückgekommen.«

»Können Sie sich noch erinnern, ob der Wagen des jungen Miller um diese Zeit hier gestanden hat?«

»Das hat er nicht. Er ist gegen sechs zurückgekommen, kurz bevor ich zum Abendessen rübergegangen bin.« In seine Augen trat ein seltsamer Ausdruck. »Manchmal geht er auch zu Fuß in die Stadt«, sagte West. »Ja, er geht sogar ziemlich oft zu Fuß.«

Robin führte Mary durch eine andere Tür in den kleinen Garten zwischen Garage und Haus. Das Fenster von Miss Knapps Zimmer stand offen, und sie konnten einen Blick in den großen, hellen Raum werfen.

»Ich hätte nichts dagegen, hier Köchin zu sein«, sagte Mary.

»Du hast schon einen festen Job«, gab Robin zurück.

Miss Jensen kam auf ihr Läuten hin zur Tür. Sie trug eine blaue Uniform und darüber eine schmucke weiße Schürze, und auf dem aschblonden Haar saß keck ein weißes Häubchen. Die Uniform war aus Seide, und sie schien nicht viel darunter zu tragen. Als sie ihr in die Bibliothek folgten, sagte Robin: »Ich hätte auch nichts dagegen, hier zu arbeiten.« Mary kniff ihn in den Arm.

»Ich werde Mrs. Miller rufen«, sagte Miss Jensen zu ihnen.

»Nicht nötig«, erwiderte Robin. »Ich warte auf den jungen Mr. Miller.«

»Er müßte bald zu Hause sein.« Miss Jensen betrachtete den großen jungen Mann und schien sich nur höchst ungern von seinem Anblick zu lösen. »Kann ich irgend etwas für Sie tun?«

»Absolut nichts«, gab Mary ihr Bescheid. Miss Jensen warf noch einen Blick auf Robin und ging mit wackelnden Hüften aus dem Zimmer. »Flittchen«, sagte Mary. Sie machte es sich auf dem Sofa in der Ecke bequem, und von dort, wo sie saß, konnte sie den roten Dunst sehen, der über dem Wasser lag, und den kupfernen Ball der Sonne.

Robin stand, die Hände in den Taschen, mitten im Raum, und

seine Augen waren auf die hohen Fenster gerichtet, doch er hatte weder für den Himmel noch die Sonne oder das Meer einen Blick. Er sah einen riesigen Mann vor sich, der in einem Sessel saß. Er sah einen zweiten Mann, der ausgestreckt vor dem Kamin lag. Methodisch sortierte sein Verstand Bruchstücke von Informationen, Wichtiges und Unwichtiges, wog alles sorgfältig gegeneinander ab. Doch noch immer, so schien ihm, wenn er den Fall genau betrachtete, fehlte etwas Entscheidendes - der Schlüssel zu diesem Rätsel. Reed mußte den Schlüssel gefunden haben - entweder durch bloßes Glück oder durch Intuition oder scharfsinniges Nachdenken. Der Mörder, so schien es Robin, war ein Stümper, der ausgeklügelte Pläne machte, um einen Mord zu vertuschen. Und dann ließ er Löcher, groß genug, daß eine Herde Elefanten hätte hindurchtrampeln können. Die Art und Weise, wie er am Montag nachmittag das Dienstmädchen weggelockt hatte, war allerdings sehr ungeschickt. Und ein gerissener Mann hätte wohl auch nie die Abschiedsworte eines angeblichen Selbstmörders aus einem Buch mit Zeitungsstories zitiert. Vielleicht hatte diese Plumpheit, diese offenkundige Dummheit eine versteckte Bedeutung, überlegte Robin. Vielleicht hatte der Mörder gewollt, daß die Polizei die Entdeckung machte, daß Miller sich nicht selbst getötet hatte. Doch welchen Grund konnte es für einen derartigen Winkelzug geben? Wollte er unübersehbar mit dem Finger auf jemanden zeigen, die Polizei in diese Richtung lenken und sich währenddessen bereit machen zum nächsten Schlag - aber diesmal ohne stümperhafte Patzer? Das mußte die Antwort sein.

Unvermittelt ging er in der Bibliothek auf die Ecke zu, wo er die Jahrgänge mit spektakulären Zeitungsartikeln gefunden hatte. Wie er feststellen konnte, fehlte das Buch, das er suchte, noch immer. Er starrte eine Weile auf das Regal, stieß einen leisen Pfiff aus und ging dann durch eine Seitentür hinaus auf den Flur. Als er eine Klingelschnur neben der Treppe zog, tauchte Miss Jensen auf.

»Ist Miss Miller auf ihrem Zimmer?« fragte er.

Miss Jensen nickte. »Ich hole sie gleich her«, sagte sie eifrig. Mit flinken Schritten trippelte sie nach oben. Wenige Augenblicke später hörte man andere, langsamere Schritte die Treppe herunterkommen. Gleich darauf stand Marion Millers hochgewachsene Gestalt im Türrahmen. Als sie Robin entdeckte, trat ein erstaunt fragender Ausdruck in ihre Augen.

»Bitte, setzen Sie sich doch«, sagte Robin, und als er sie anschaute, spürte er ein starkes Mitleid in sich aufsteigen. In ihrem Gesicht spiegelte sich eine Mischung aus Traurigkeit und Angst und Bestürzung, die ihr einen Anflug echter Schönheit verlieh. Wortlos kam sie seiner Aufforderung nach. Er setzte sich auf die Couch neben sie und zog Sean Kellys Telegramm aus seiner Tasche. Weiches Licht fiel durch die Fenster und legte sich auf den Raum wie goldfarbener Satin. Aus der Ferne war schwach das Gemurmel der See zu hören, die jetzt bei einsetzender Ebbe von der felsigen Küste zurückwich.

Sie schien zu wissen, was in dem Telegramm stand, denn ihre Augen blickten noch ängstlicher, und sie legte eine Hand über den Mund. Sie las die gedruckten Worte, zerknüllte das gelbe Papier zu einer Kugel und wartete darauf, daß er zu sprechen anfing.

»Sind Sie noch immer verheiratet?«

»Ja.« Ihre Antwort war kaum hörbar.

»Warum haben Sie nicht die Scheidung beantragt – oder die Ehe annullieren lassen?«

»Er war mein Ehemann«, sagte sie schlicht. »Ich habe ihn geliebt. Das tu ich noch immer – ganz gleich, was geschieht.«

»Aber Sie sind ihm davongelaufen.«

»Ich habe damals geglaubt, daß es die richtige Lösung wäre. Doch das war sie nicht.«

»Weiß hier jemand davon?«

»Ich weiß es nicht. Ich glaube nicht.«

Robin tat so, als schaue er aus dem Fenster. »Ihr Vater hat mit einem Anwalt in Reno namens Freeman einen Termin vereinbart«, sagte er ruhig. »Freitag vormittag wollte er in Freemans Kanzlei erscheinen. Warum, Miss Miller?«

Sie schluckte und antwortete dann: »Ich weiß es nicht – ich weiß wirklich nichts davon.«

»Falls er von Ihrer Heirat erfahren hat, hätte er dann wohl sein Testament geändert – Sie enterbt?«

»Vielleicht – er mochte Dick nicht.«

»Hat er von Dicks Vergangenheit gewußt – hat er gewußt, wer er war?«

»Ja, das wußte er«, bestätigte sie. »Und zwar von Anfang an. Sehen Sie, Dick ist in Reno geboren. Die Väter kannten einander.«

»Dann kennen Sie ihn also schon seit Reno?«

»Nein. Er ist weggezogen, bevor Mutter und George und ich aus St. Louis dort hingekommen sind. Nach dem Tod seines Vaters sind er und seine Mutter weggezogen. Er hat in Scarsdale gewohnt, und er hat damals meinen Namen in einer Zeitung aus White Plains entdeckt. Er hat mich besucht und mir gesagt, wer er ist.«

»Hat Ihr Vater sich zu Ihrer – Freundschaft mit Dick geäußert?«

»Er hat gesagt, er wäre damit nicht einverstanden. Ihm wäre es lieber, wenn ich mich nicht mit ihm zeigte. Aber falls ich das trotzdem wollte, wäre es meine Angelegenheit.«

Robin erhob sich und ging zum Fenster. Die Sonne schien über dem Rand der Welt zu schweben. Ohne sich umzuwenden, sagte er: »Dick steckt in argen Schwierigkeiten – das begreifen Sie wohl, nicht wahr?«

Ihre Antwort war ein Flüstern. »Ja.«

»Sie glauben, daß er Ihren Vater getötet hat, nicht wahr?« Er kam zurück zur Couch und blieb vor ihr stehen. »Sie glauben, er hätte auch Overton getötet. Deswegen haben Sie so große Angst.«

Sie schlug die Hände vors Gesicht. Mit erstickter Stimme sagte sie: »Hören Sie auf – bitte, hören Sie auf.«

»Ich will Ihnen helfen«, sagte Robin, und er meinte es aufrichtig. Instinktiv wußte er, daß sie mit den beiden Morden nichts zu tun hatte. An ihren Händen klebte kein Blut, und er machte ihr keinen Vorwurf daraus, daß sie versuchte, den Mann zu schützen, den sie liebte, den Mann, der ihr bisher nur Kummer beschert hatte. Wie und womit er ihr helfen konnte, wußte er noch nicht. Gewiß würde er Kilgallen nicht decken, falls er ein Mörder war, würde vielmehr alles in seiner Macht Stehende tun, ihm eine Falle zu stellen. Um ihretwillen hoffte er, daß Kilgallen unschuldig war. Er fuhr fort: »Sie halten mit etwas zurück – warum glauben Sie, daß er ihren Vater getötet hat? Welchen Grund könnte er dafür gehabt haben?«

Sie schaute hoch, und ihre Stimme klang verzweifelt. »Es gab keinen Grund.«

Er wußte, daß sie log, erkannte am Klang ihrer Stimme und am Ausdruck ihrer Augen, daß sie log. Warum sollte sie auch nicht, dachte er. Sie liebte diesen Mann. Sie hatte alles Recht, ihn zu beschützen. Er versuchte es auf einem Umweg. »Welchen Grund haben Sie Ihrem Vater genannt, als Sie so plötzlich von der Schule abgegangen sind?«

»Er ist fortgewesen, als ich nach Hause gekommen bin«, sagte sie. »Er hat geschäftlich in Carson City zu tun gehabt. Ich habe unseren Hausarzt überredet zu behaupten, ich hätte einen Nervenzusammenbruch gehabt, und ich bin dann den Sommer über nach Lake Tahoe gefahren. Vater hat mich dort besucht und mir keine Fragen gestellt.«

»Hat er gewußt, daß Sie Dick im Osten begegnet sind?«

Sie schüttelte den Kopf. »Nein, das hat er nicht. George wußte es. Er hat einen Brief gesehen, den Dick an mich geschrieben hatte.«

»Sind Sie sicher, daß Ihr Bruder nicht gewußt hat, daß Sie verheiratet sind?«

»Das glaube ich nicht.«

»Sie haben gesagt, Ihr Vater hätte sich in Carson City aufgehalten – ist er da oft hingefahren?«

»Ziemlich oft. Er besitzt ganz in der Nähe eine Mine.«

»Chief Jackson stammt aus Carson City«, sagte Robin. »Hat Ihr Vater ihn gekannt, bevor er hierher gekommen ist?«

Das Mädchen wurde etwas lebhafter. Die Erwähnung anderer Namen schien ihre Angst etwas abzubauen. »Ich weiß nicht. Vielleicht war es so. Es ist kein sehr großer Ort. Glauben Sie denn –«

»Ich glaube überhaupt nichts«, sagte Robin. »Ich versuche herauszufinden, wer Reed Overton getötet hat. Derselbe Mann, der ihn getötet hat, hat auch Ihren Vater umgebracht. Und einer von fünf Männern könnte es getan haben – Dick, Ihr Bruder, Clark, West und Jackson. Ich versuche, die Liste kleiner zu machen. Jackson ist nur insofern einer der Verdächtigen, weil er Dienstag morgen durch das Wachtor gefahren ist. Es gibt keinen Mord ohne Motiv, und soweit ich feststellen konnte, hatte er kein Motiv.«

»Vater war ein harter Mann«, sagte das Mädchen. »Er war rücksichtslos – manchmal sogar grausam.« Sie brachte die Worte nur mit Mühe heraus, und Robin wußte, daß sie das nicht gesagt hätte, wäre sie nicht so verzweifelt gewesen. »Vielleicht hat er Mr. Jackson etwas angetan – vielleicht hat er ihn auf irgendeine Weise tief verletzt. Es wäre nicht das erstemal.«

»Alles Spekulation«, sagte Robin. Er nahm ihre Hand und tätschelte sie. »Danke.«

Sie stand auf, entfernte sich von ihm, blieb dann aber in der Tür stehen. »Sie werden der Polizei nichts darüber erzählen – daß ich verheiratet bin?« Ihr Blick war flehentlich.

Als Robin den Kopf schüttelte, deutete sie ihre Dankbarkeit mit einem Lächeln an und schloß die Tür hinter sich. Er seufzte, durchquerte den Raum und ging ins Wohnzimmer. Dort saß ein junger Mann auf dem Sofa. Der junge Mann war O'Hara, und er betrachtete

Mary mit Interesse und Wohlgefallen. Als er Robin erblickte, schaute er etwas verlegen drein.

»Ich habe genau eine Stunde und zehn Minuten gebraucht«, sagte O'Hara. »Und für den Weg durch das Wäldchen bis zum Tor hier herauf waren es drei Minuten.«

Robin zog einen Umschlag aus seiner Tasche und trug die Zeiten auf dem weißen Papier ein. Es standen noch andere Zeitangaben darauf. Das Telefon klingelte, und er hörte, wie das Dienstmädchen sich meldete, hörte, wie es mit entsetzter Stimme etwas vorbrachte. Er eilte hinaus auf den Flur. Das Mädchen hielt den Hörer mit zitternden Händen, und sein Gesicht war schneeweiß. Es streckte Robin den Hörer hin. Am anderen Ende der Leitung war Jackson.

»Was gibt's?« fragte Robin. »Hier ist Bishop.«

»Verdammt, eine Menge«, sagte Jackson. »Das Boot des jungen Miller ist gerade in die Luft geflogen. Er hat drin gesessen.«

19

Die beiden gutgebauten jungen Frauen in den knapp sitzenden Badeanzügen hatten gesehen, wie es passiert war. Es waren Kellnerinnen, die bei Mayfield's in der Nachtschicht arbeiteten, und sie wollten sich gerade auf den Heimweg machen, als das Boot explodierte. Sie hatten das Röhren des Motors gehört, als das schlanke Boot über das glatte Wasser der Bucht schoß, doch sie hatten nicht weiter hingeschaut, bis es plötzlich einen großen Knall gab, und dann sahen sie eine große Wasserfontäne und eine Menge herumfliegender Holzstücke.

Sie hatten angefangen, aus Leibeskräften zu schreien, und waren auf und ab gehüpft in dem Versuch, jemanden auf sich aufmerksam zu machen, der etwas unternehmen konnte. Lansing, der sich in seinem Bootshaus befand und ein Ruderboot kalfaterte, sprang in sein Rennboot und riß am Anlasser. In weniger als drei Minuten war er an der Stelle, wo sich das andere Boot zum Zeitpunkt der Explosion befunden hatte, und kreuzte auf der Suche nach George Miller am Unglücksort hin und her. Miller erklärte später, er verdanke sein Leben nur Lansings Geistesgegenwart. Er war, an eine Planke geklammert, im Wasser getrieben, hatte versucht, den Kopf oben zu halten, als Lansing ihn schließlich entdeckte und in sein Boot zog.

Gleich nachdem er ins Boot gezogen worden war, verlor Miller das Bewußtsein. Er lag mit geschlossenen Augen auf der lederbezogenen Sitzbank, und Lansing dachte schon, er sei tot. Doch das war er nicht. Als das Boot am Ufer anlegte, konnte er sich aufsetzen. Benommen schüttelte er den Kopf, und die beiden Blondinen packten ihn und halfen ihm an Land, blieben dann mit weit offenen Augen stehen, beobachteten, wie er sich schwer auf das Geländer stützte, sich das Wasser aus den Augen wischte und aus den Haaren schüttelte.

»Jesses«, sagte eins der blonden Mädchen. »Das war knapp. Wir haben geglaubt, daß Sie hin sind.«

»Was ist passiert?« fragte Lansing.

»Ich weiß nicht«, erwiderte Miller. »Ich habe einen Blitz gesehen, und dann war ich mit einemmal im Wasser und hatte eine Planke unter dem Arm.«

Oben in der Stadt hatte jemand die Explosion gehört. Eine Sirene tönte schrill von der Ocean Avenue her, und ein Rettungswagen und ein Streifenwagen mit zwei Mann Besatzung jagten den Hügel herab. Auf der kleinen, felsigen Anhöhe waren Menschen aus ihren Häusern gerannt und hasteten jetzt über die Planken des Holzstegs. Sie drängten sich auf dem Steg, und wäre nicht das Geländer gewesen, wären bestimmt einige ins Wasser gestoßen worden.

Dem Polizeiwagen entstiegen Craig und MacEwan. Sie ließen sich berichten, was geschehen war, und dann ging Craig in Lansings Bootshaus und rief Jackson an. Als er wieder herauskam, sah er Dick Kilgallen und den Arzt des Rettungswagens, die den jungen Miller untersuchten.

»Er ist heil geblieben«, sagte der Unfallarzt. »Hat ein bißchen Wasser geschluckt, und am Kopf hat er 'ne Beule. Aber es ist nichts Ernstes.«

Die Finger des jungen Miller ertasteten die Schwellung und fuhren vorsichtig darüber. Das Grinsen, mit dem er Kilgallen bedachte, war spöttisch. »Bist du vom Himmel gefallen, Dick?«

Der Angesprochene wies mit einem Kopfnicken zu einer geschützten Stelle der Bucht hin. »Ich hab' im Sand gelegen und war schon fast eingeschlafen«, sagte er. »Ich konnte nicht sehen, wie es passiert ist, aber ich hab' es gehört. Jetzt komm, wir müssen dir trokkene Sachen besorgen. Meine passen dir zwar nicht ganz, aber fürs erste werden sie reichen.«

»Der Chief hat gesagt, Sie sollen aufs Revier kommen«, unterbrach ihn Craig. »Er sagt, daß er mit Ihnen reden möchte, Mr. Miller.«

»Der kann warten«, sagte Kilgallen.

»Nein, das kann er nicht.« Craig schob streitlustig den Unterkiefer vor. »Er hat verlangt, daß Mr. Miller aufs Revier kommt. Holen Sie ihm jetzt ein paar Sachen, und bringen Sie sie ihm dorthin.«

Kilgallen wollte schon protestieren, erkannte dann, daß es zwecklos sein würde und stieg mit dem tropfnassen jungen Mann in den Polizeiwagen. »Setzen Sie mich vor meinem Haus ab«, bat Kilgallen Craig. »Ich hole dann die Kleidungsstücke und fahre in meinem Wagen hinterher.«

Auf dem Weg bergauf begegnete ihnen aus der Gegenrichtung ein zweites Polizeiauto. Darin saß Phelps mit drei Polizisten, doch sie hielten nicht an. »Vermutlich wollen die das sicherstellen, was von Ihrem Boot übrig ist«, meinte Craig. »Sollte nicht allzu schwer sein. Das Wasser ist nicht sehr tief da, wo es in die Luft geflogen ist.«

»Tief genug«, entgegnete Miller. »Jedenfalls tief genug, um zu ertrinken, wenn Lansing nicht gekommen wäre.«

Der Wagen hielt vor Kilgallens Haus. Er sprang hinaus, rannte die Vortreppe hinauf, und Craig legte den Gang des schwarzweißen Ford ein und jagte röhrend mit eingeschalteter Sirene zum Revier hinauf. Craig mochte das Geheul der Sirene. Es verlieh ihm ein Gefühl von Bedeutung.

Jackson wartete auf sie neben dem Tisch des Wachhabenden. Er wollte Miller schon in sein Büro führen, sah dann den Zustand, in dem sich die Kleidung des jungen Mannes befand, und entschied, sich statt dessen mit ihm im Bereitschaftsraum zu unterhalten. Dort spielten immer noch die Reporter aus San Francisco Poker. Sie versuchten sich ihr Geld von den Cops zurückzuholen, und das war auch der Grund, warum sie nicht zum Pier hinuntergerast waren, als die Nachricht von der Explosion eingegangen war. Jetzt unterbrachen sie ihr Spiel und hörten zu.

»Sie brauchen trockene Sachen«, sagte Jackson. »Vielleicht können wir aus den Spinden im Umkleideraum was auftreiben.«

»Machen Sie sich keine Mühe.« Miller versuchte, sein Zähneklappern zu unterdrücken. »Dick bringt mir was anzuziehen. Er wird gleich hier sein.«

»Kilgallen?«

Miller nickte. »Wir haben ihn bei seinem Haus abgesetzt. Er müßte schon auf dem Weg sein.«

»Dann ist er also da unten gewesen.« Das war mehr eine Feststellung als eine Frage, und Jackson erwartete darauf auch keine Antwort. »Was ist passiert?«

»Verdammt, ich weiß es selbst kaum«, brachte Miller in kläglichem Tonfall hervor. »Irgendwas ist in die Luft geflogen. Das ist alles, was ich weiß. Im Bug hat es einen Blitz gegeben, und dann war ich mit einemmal im Wasser. Der Benzintank ist im Bug, und die Zuleitung muß undicht gewesen sein. Da läuft ein Kabel von der Batterie zum Suchscheinwerfer vorn am Bug, und die muß einen Kurzschluß gehabt und das Ding hochgejagt haben.«

»Mag sein.« Jackson schien nicht gewillt, diese Theorie ohne weiteres zu akzeptieren. »Das Licht hat aber nicht gebrannt, oder?«

»Ich glaube, ich habe es eingeschaltet.«

»Weswegen denn? Es war doch noch hell. Sie hätten kein Licht gebraucht.«

Miller strich sich über das nasse Haar. Er schwankte leicht und stützte sich auf den Tisch. »Ich hab' den ganzen Tag am Boot gearbeitet. Es ist irgendwie nicht richtig gelaufen, und ich wollte eine Testfahrt machen, um zu sehen, ob jetzt alles in Ordnung ist. Hab' den Motor andauernd ein- und ausgeschaltet, und ich glaube, daß ich aus Versehen den Lichtschalter angefaßt habe.«

»Und da ist es in die Luft geflogen?«

Er nickte. »Muß ein Kurzer drauf gewesen sein.«

»Ich glaube nicht, daß es ein Kurzer gewesen ist«, sagte Jackson.

Der junge Miller schaute verblüfft. »Aber so muß es doch gewesen sein.«

»Das würde ich auch meinen, wenn innerhalb der letzten Woche nicht soviel passiert wäre.« Jacksons Gesicht war angespannt, und seine Miene war ernst. »So wie es aussieht, bin ich geneigt anzunehmen, daß jemand versucht hat, Sie zu töten.«

»Unsinn«, sagte Miller. »Es war ein Unfall.«

»Dann war der Tod Ihres Vaters auch ein Unfall und genauso der von Overton. Schauen Sie, Mr. Miller: Sie kreuzen doch noch spätabends viel auf dem Wasser herum, nicht wahr?« Sein Gegenüber nickte. »Sie haben heute nachmittag das Licht nur zufällig eingeschaltet«, fuhr Jackson fort. »Angenommen, Sie hätten den Schalter gar nicht angefaßt. Angenommen, Sie hätten beschlossen, heute abend oder morgen abend mit dem Boot rauszufahren. Sie wären dann allein gewesen – keine Menschenseele weit und breit. Sie hätten die Lichter des Bootes schon im Bootshaus angemacht. Wäre das Boot dann in die Luft geflogen, hätten Sie nicht die Spur einer Chance gehabt.«

Miller schauderte zusammen, doch ob vor Kälte oder weil ihn diese Vorstellung entsetzte, war schwer zu sagen. »Es muß der Benzintank gewesen sein.« Es schien, als wolle er sich das selbst einreden.

»Genaues wissen wir, sobald die Überreste Ihres Boots gefunden sind«, meinte Jackson. »Aber hier sind Ihre Sachen. Nehmen Sie eine heiße Dusche und kommen Sie dann zu mir ins Büro.«

Kilgallen ließ einen Armvoll Kleidungsstücke auf den Tisch fallen. »Die werden nicht passen, aber bis du zu Hause bist, wirst du schon klarkommen.«

Miller lächelte ihm dankbar zu und begann, sich die nassen Kleider auszuziehen. Er war noch unter der Dusche, als Marion Millers LaSalle vor dem Revier hielt. Bei ihr waren Robin und Mary.

»Ihm ist nichts passiert«, sagte der wachhabende Sergeant zu Miss Miller. Er wies mit dem Daumen zum Bereitschaftsraum. »Er ist jetzt da drin und zieht sich um. Mr. Kilgallen ist bei ihm.«

Langsam wich der entsetzte Ausdruck aus dem Gesicht des Mädchen. Sie setzte sich auf die Bank vor der Sperre, und Mary setzte sich neben sie, ergriff ihre kräftige braune Hand und tätschelte sie.

»Ich geh' mal nachsehen, was sich da tut«, sagte Robin. Er ging den Flur hinunter, betrat aber nicht den Mannschaftsraum. Statt dessen wandte er sich zu Jacksons Büro.

»Die Dinge kommen ins Rollen«, sagte Jackson. »Ich denke, so langsam nähert sich diese Geschichte ihrem Ende.« Zum erstenmal, seit der alte Miller ermordet worden war, schien er mit der Entwicklung des Falles zufrieden. Sich in seinem Stuhl zurücklehnend, legte er die Füße auf den Schreibtisch, zündete sich eine Zigarette an und paffte nachdenklich vor sich hin. »Sie machen immer Fehler«, fuhr er fort. »Ich meine die Mörder. Ganz gleich, wie gut sie alles vorausplanen, irgendwann patzen sie. Das müssen sie zwangsläufig. Das hier sieht mir ganz nach dem Fehler aus, mit dem sich unser Mann einen Strick gedreht hat.«

»Ich tappe noch im dunkeln«, sagte Robin.

Jackson setzte ihm kurz seine Theorie auseinander. »Ich glaube, daß dieser Lichtschalter mit einer Sprengladung verbunden war«, erklärte er. »Ich bin mir ganz sicher. Und ich glaube auch zu wissen, wer es getan hat.«

»Kilgallen?«

Jackson nickte. »Sieht ganz so aus.«

»Wollen Sie ihn einsperren?«

»Ich weiß noch nicht«, sagte Jackson. »Zuerst will ich mich noch ein bißchen mit Miller unterhalten. Dann sehen wir weiter.«

»Haben Sie was dagegen, wenn ich hierbleibe, während Sie mit ihm sprechen?«

Jackson versicherte ihm, daß es ihm nichts ausmache. Als Miller wieder erschien, aufgemacht wie eine Vogelscheuche, blieb Robin in Jacksons Büro sitzen.

Die Beine von Kilgallens Hosen endeten weit oberhalb von George Millers Knöcheln. Das weiße Hemd ließ zehn Zentimeter seines Unterarms frei, und er hinkte, weil die Schuhe um fünf Nummern zu klein waren.

»Setzen Sie sich«, forderte Jackson ihn auf. Er sah nichts Lächerliches an Millers Aufzug, weil er nicht in der Stimmung war, irgend etwas witzig zu finden. »Wie lange sind Sie im Boot gewesen, bevor es in die Luft geflogen ist?«

»Zehn Minuten«, erwiderte Miller. »Ich bin gegen vier zum Bootshaus, hab' eine Weile in der Sonne gesessen und dann ein bißchen am Motor gebastelt. Eine Stunde werde ich wohl dran gearbeitet haben. Dann hab' ich eine Probefahrt gemacht, um zu sehen, ob jetzt alles stimmt, und bin auf der Bucht rumgekreuzt.«

»War das Bootshaus verschlossen, als sie angekommen sind?«

»Nein, es war unverschlossen. Ich bin schon morgens unten gewesen und hab' es nicht abgeschlossen.«

»Sind Sie allein gewesen – ich meine, als Sie heute morgen zum Bootshaus gekommen sind?« Als sein Gegenüber bestätigend nickte, fragte Jackson: »Aber heute morgen haben Sie mit dem Boot keine Ausfahrt gemacht?«

»Nein, der Anlasser war ausgebaut.«

»Sind sie den ganzen Morgen dageblieben?«

»Die meiste Zeit, ja. Ich bin hoch in die Stadt gefahren und habe bei Dick vorbeigeschaut. Marion war auch da, und wir haben uns eine Weile unterhalten. Dann bin ich zu Mayfield's zum Lunch und hinterher –« Er brachte den Satz nicht zu Ende.

Das tat Jackson für ihn. »Hinterher haben Sie dann Judge Clark aufgesucht.«

»Woher wissen Sie das?«

»Wir haben ihn unter Beobachtung«, sagte Jackson. »Zwei Männer haben die Kanzlei rund um die Uhr im Auge behalten. Haben Sie übrigens Ihrer Schwester oder Kilgallen zufällig erzählt, daß Sie bei Mayfield's Mittag essen wollten?«

»Ich hab' sie aufgefordert mitzukommen. Dick wollte nicht, aber Marion hat mich begleitet.«

»Hat er einen Grund dafür genannt, warum er nicht mitkommen wollte?«

Der junge Miller musterte den Chief neugierig. »Ja. Er hat gesagt, er müßte noch ein Geschäft erledigen. Warum?«

»Ich hab' mich nur gefragt. Wohin ist Ihre Schwester nach dem Lunch gefahren?«

»Ich glaube, nach Hause. Jedenfalls hat sie gesagt, sie wollte zurück.«

»Und Sie haben dann Clark besucht? Sind ziemlich lange dort geblieben?«

»Zuerst sind wir zum –« Seine Stimme wurde rauh. »– Bestattungsinstitut gegangen. Dann hat Marion sich verabschiedet, und ich habe Clark besucht. Das war gegen vierzehn Uhr dreißig.«

»Eine Stunde später sind Sie aus Clarks Kanzlei gekommen«, sagte Jackson. »Danach sind Sie dann runter zum Bootshaus?«

»Stimmt.«

»Haben Sie am Strand jemanden gesehen?«

»Niemanden, den ich kannte.« Er schaute zu Boden. Plötzlich platzte er heraus: »Sie glauben doch nicht etwa, daß Dick damit zu tun hat?«

»Sie denn?«

»Selbstverständlich nicht!« Der junge Mann blickte den Chief ungehalten an. »Das ist doch lächerlich. Wenn jemand an meinem Boot rumgefummelt hat, war es jedenfalls nicht Dick.«

»Wer dann?«

»Clark«, sagte Miller.

»Das glaube ich nicht«, meinte Jackson. »Denken Sie dran, meine Männer haben sein Büro den ganzen Tag beobachtet. Warum verdächtigen Sie Clark?«

»Aus einem sehr guten Grund«, sagte Miller, stockte dann, schaute zu Robin hin und schien jetzt zum erstenmal zu bemerken, daß der Reporter mit ihnen im Zimmer war.

»Fahren Sie fort«, drängte Jackson. »Das hier ist vertraulich. Bishop wird es nicht drucken, oder?« Robin schüttelte den Kopf.

Miller sprach sehr leise, seine Stimme war fast ein Flüstern. »Aus einem sehr guten Grund«, wiederholte er. »Er weiß, daß ich die Buchhaltung der Miller Mining Company überprüfe. Jemand hat die Firma um hunderttausend Dollar erleichtert, und dieser Jemand, da bin ich mir ganz sicher, ist Clark.«

»Irgendwelche Beweise?«

»Die Beweise beschaffe ich mir«, sagte Miller. »Darauf warte ich ja noch.«

Jacksons Bleistift fügte dem Muster auf der Schreibunterlage weitere gewagte geometrische Linien hinzu. »Ich wäre persönlich auch geneigt, auf Clark zu tippen, wenn wir ihn nicht unter Beobachtung hätten.«

In den Augen des jungen Miller leuchtete es auf. »Also, Ihre Männer haben das Gebäude beobachtet. Wo waren die postiert?«

»Einer war auf der Straße gegenüber im Café und hat den Eingang im Auge behalten. Der andere hatte seinen Wagen am Seitenausgang geparkt. Der Mann im Café, das war Addison. Er hat Clark heute morgen beobachtet, wie er reingegangen ist. Dann ist Clark gegen Mittag ins Café gekommen, hat ein Sandwich gegessen und ist zurückgegangen. Er ist noch immer in seiner Kanzlei. Jorgensen, der den Seitenausgang überwacht, hat gesagt, daß er die ganze Zeit nicht rausgekommen ist.«

»Es gibt noch einen dritten Ausgang«, sagte Miller. »Man kann auch durch den Keller nach draußen. Es gibt da eine Tür zu einer Treppe, und von dort kommt man auf einen Parkplatz hinter dem Gebäude.«

»Sind Sie ganz sicher?«

»Ich bin selbst schon auf diesem Weg raus«, sagte Miller. »Wenn auf der Straße alles zugeparkt ist, fahre ich hinten rein auf den Parkplatz und geh' dann durch den Keller.«

Jackson runzelte mißmutig die Stirn. Er schien gar nicht glücklich. »Die blöden Hunde«, knurrte er. »Das hätten die doch wissen müssen.« Die Spitze des Bleistifts bohrte sich in die Unterlage. »Ich glaube nicht, daß es Clark gewesen ist«, fuhr er fort.

»Wenn jemand es getan hat, dann war es Clark«, beharrte Miller.

Ein Streichholz flammte auf. Robin führte die Flamme an die Zigarette, die zwischen seinen Lippen steckte. Er warf das abgebrannte Streichholz in den Papierkorb. »Ich bin geneigt, Mr. Miller beizupflichten«, sagte Robin. »Er scheint ein Motiv zu haben. Welches Motiv hätte denn Kilgallen haben können?«

Jackson blieb eine Weile stumm. Er erhob sich, lief im Raum umher und starrte trübsinnig auf seine Machwerke an den Wänden.

»Diese Explosion könnte ein Unfall gewesen sein«, fuhr Robin fort. »Allerdings glaube ich das nicht. Und ich bin sicher, daß der, der sie ausgelöst hat, auch Ihren Vater und Reed Overton getötet hat. Clark könnte es sehr wohl getan haben. Es sei denn – « Er betrachtete den dünnen jungen Mann, und in seine Augen trat ein Ausdruck, als blicke er in weite Ferne. »Ihre Schwester hat mir berichtet, daß Kilgallen in Reno geboren ist, Miller. Sie hat gesagt, sein Vater und Ihr Vater hätten einander gut gekannt.«

»Das stimmt«, räumte Miller ein. »Doch, das haben sie.« Seine Lippen öffneten sich, er setzte sich ganz gerade im Stuhl auf, und jetzt sah er lächerlicher denn je aus.

»Hat Kilgallen Grund, Ihren Vater zu hassen?« fragte Robin.

In das Gesicht des jungen Miller trat ein merkwürdiger Ausdruck. Er schien Furcht vor dem zu haben, was ihm in den Sinn gekommen war, schien beunruhigt darüber, daß das, was er jetzt dachte, die Wahrheit sein könnte. »Nein – das kann es nicht sein«, sagte er leise.

Der Chief unterbrach sein rastloses Umherwandern. Er baute sich vor dem jungen Miller auf und starrte auf ihn hinunter. »Was kann nicht sein, Mr. Miller?« drängte er.

»Es ist schon vor so langer Zeit passiert.« Widerstreitende Gefühle schienen Miller zu zerreißen. In seinen Augen lag ein Ausdruck des Entsetzens. Dann sagte er ruhig: »Dicks Vater hat sich erschossen. Er hat sich erschossen, weil er sein ganzes Geld verloren hatte. Eine Menge Leute haben geglaubt, daß mein Vater daran schuld gewesen ist.«

20

Abenddämmerung legte sich über die Stadt, über die baumbedeckten Hügel und das lange Tal. In dem Büroraum wurde es so dunkel, daß man die Gesichter der drei Männer nicht mehr sehen konnte. Jacksons Hand tastete nach einem Schalter, legte ihn um, und das Zimmer war von gleißend hellem Licht erfüllt. Fast im selben Augenblick klingelte das Telefon. Mit zwei Schritten hatte er den Raum durchquert. Er sagte »Hallo«, hörte eine Weile zu und bellte dann in die Sprechmuschel: »Bringen Sie's gleich rauf.« Er warf den Hörer auf die Gabel zurück.

Er schaute Miller an. »Das war Phelps«, sagte er mit harter Stimme. »Man hat Ihr Boot gefunden. Oder was davon übrig geblieben ist. Fast der ganze Bug ist weggerissen.« Er lehnte sich an den Schreibtisch. »Aber etwas ist übriggeblieben«, fügte er hinzu. »Ein Teil des Benzintanks ist noch da, und er ist nicht explodiert. Die Explosion hat außerhalb des Tanks stattgefunden, denn das Metall ist nach innen gedrückt worden, nicht nach außen. Aber das ist noch nicht alles, was Phelps gefunden hat.«

Das Gesicht des jungen Miller wirkte aschgrau. Er rieb sich mit der Hand über die Augen. »Was sonst noch?«

»Eine Mitteilung«, sagte Jackson. »Eine mit Maschine geschriebene Mitteilung, die Ihre Unterschrift trägt.« Er verstummte und betrachtete Miller eindringlich.

Verständnislos runzelte der junge Mann die breite Stirn. »Eine Mitteilung? Welche Mitteilung denn?«

Jackson erhob sich wieder. Er baute sich vor seinem Schreibtisch auf, lehnte sich, den Rücken dem Fenster zugekehrt, dagegen. »Der Abschiedsbrief eines Selbstmörders«, sagte Jackson. »Darin geben Sie zu, Ihren Vater und Overton getötet zu haben. Sie kündigen darin an, daß Sie sich in die Luft jagen wollten.«

»Ich habe so einen Brief nicht geschrieben«, sagte Miller. Er wirkte ängstlich.

»Phelps hat ihn in einer Ecke Ihres Bootshauses gefunden«, erklärte Jackson. »Obendrauf hat ein Stein gelegen.«

»Ich sag's Ihnen doch, ich habe so einen Brief nie geschrieben!« Seine Stimme überschlug sich fast.

»Das wird sich ja herausstellen«, sagte Jackson. »Aber erst einmal nehme ich Sie wegen Mordes in Haft.«

»Ich kann beweisen, daß ich ihn nicht geschrieben habe«, sagte Miller. »Die Unterschrift wird den Beweis dafür liefern.«

»Vielleicht«, sagte Jackson knapp. Sie warteten, ohne ein Wort zu sprechen. Miller zitterte wie im Schüttelfrost. Dann stapften schwere Schritte über den Flur. Jemand klopfte zaghaft. »Herein«, sagte Jackson.

Die Tür ging auf. Ein Blatt Papier in der Hand, stand Phelps draußen. Er kam in den Raum und händigte dem Chief das Blatt aus. Miller sprang hoch, stand mit wenigen Schritten neben dem Chief und versuchte, ihm das Papier wegzunehmen. Jacksons kräftiger Arm hielt ihn zurück. »Immer langsam mit den jungen Pferden«, sagte Jackson.

Der Chief strich den Bogen auf der Schreibunterlage glatt. Robin hatte sich jetzt auch an den Schreibtisch gestellt und schaute darauf. Es war ein Blatt Durchschlagpapier, wie es bei der Zeitung benutzt wurde, und darauf stand:

"Das ist das Ende. Ich habe geglaubt, ich könnte es durchstehen, aber ich kann es nicht. Vorn im Bug meines Bootes sind vier Stangen Dynamit angebracht, und sobald ich das Licht einschalte, werde ich mich damit ins Jenseits befördern.
Ich habe meinen Vater umgebracht. Warum? Sie werden es bald genug herausfinden.
Als ich Dienstag morgen in der Küche gewesen bin, angeblich um den Schraubenzieher zu suchen, habe ich den Kaffeerest vergiftet. Dann bin ich hinunter zum Pier, mit dem Rennboot bis in die kleine Grotte gefahren und den Pfad zu unserem Haus hinaufgestiegen. Dann bin ich hineingegangen und habe ihn erschossen. Ich habe versucht, es so aussehen

zu lassen, als sei es Selbstmord, doch Reed Overton hat alles von Anfang an durchschaut.
Ich habe Overton erschossen. Als er Mittwoch abend angerufen hat, teilte er mir mit, er wüßte genau, daß ich meinen Vater umgebracht habe. Ich bin zu Fuß zu seinem Haus gegangen, habe ihn erschossen, bin dann mit meinem Boot zur Grotte gefahren und habe es dort gelassen. Nachdem ich vom Polizeirevier zurückgekommen war, habe ich das Boot zurückgebracht und bin zu Fuß nach Hause gegangen.
Warum ich meinen Vater getötet habe, ist nicht von Belang. Warum ich mich selbst töte, hat einen guten Grund. Ich hatte geglaubt, ich hätte kein Gewissen. Ich habe doch eins, und jetzt kann ich nicht weiterleben."

Mit Tinte war George Millers Unterschrift deutlich unter den Brief gesetzt.

Jacksons langer Zeigefinger fuhr über die Unterschrift. »Ist das Ihre?« Sein Blick war auf Millers Gesicht gerichtet.

Der junge Mann betrachtete sie eingehend. Sein Gesicht war totenbleich, und er schluckte schwer. »Nein, das kann unmöglich sein.« Seine Hände, die er suchend in Kilgallens Hosen vergraben hatte, kamen leer wieder hervor. »Meine Brieftasche«, sagte er mit merkwürdig flacher Stimme. »Da ist mein Führerschein drin.«

Wortlos ging Robin aus dem Zimmer. Im Bereitschaftsraum fand er die tropfnasse Hose, die Miller getragen hatte, und zog die durchgeweichte Brieftasche aus der Hüfttasche. Er eilte zurück in Jacksons Büro und warf sie auf den Schreibtisch. Begierig riß Miller sie auf, zog ein nasses Stück Karton aus einem der Fächer und legte es neben den Abschiedsbrief. Die Unterschriften schienen identisch.

Jackson legte eine schwere Hand auf Millers Schulter. Zu Phelps gewandt, sagte der Chief: »Sperren Sie ihn ein.«

»Das würde ich nicht tun«, sagte Robin. »Schauen Sie mal.« Er drehte das Blatt um. Auf der Rückseite hatte sich die Unterschrift leicht durchgedrückt. »Ihr Experte sollte sich das mal genau ansehen«, empfahl Robin. »Ich glaube, er würde Ihnen sagen, wie es gemacht worden ist.« Er öffnete die oberste Schublade von Jacksons Schreibtisch, entnahm ihm ein Blatt Papier und einen Bleistift, legte das dünne Papier über den Führerschein und zog sorgfältig George Millers Unterschrift nach. Dann riß er ein Blatt Papier vom Notizblock, legte das Durchschlagpapier darüber und drückte mit der Bleistiftspitze die Unterschrift auf das zweite Blatt durch. Nachdem er das Pauspapier beiseite gelegt hatte, zog er die Unterschrift mit Tinte nach. »So einfach«, sagte Robin.

Miller seufzte auf. Das Lächeln, das er Robin zuwarf, wirkte, als sei ihm schlecht geworden. Doch sein Blick war nicht mehr ganz so furchtsam, und auf seinen Wangen bildeten sich zwei hochrote Flekken. Er humpelte zurück zu seinem Stuhl und setzte sich darauf, als sei er kurz davor, zusammenzubrechen.

Jackson untersuchte noch einmal den Abschiedsbrief und verglich dessen Unterschrift mit der, die Robin in aller Eile gefälscht hatte. Er grunzte. »So könnte es gemacht worden sein«, sagte er. Er drückte einen Summer, eine Stimme ertönte hohl aus der Gegensprechanlage, und Jackson gab Anweisung, daß der Sprecher zu ihm ins Büro kommen solle. Der Besitzer der Stimme, ein dicklicher Polizeitechniker namens Wiles, erschien kurz darauf. Aus seinen Ohren sprossen kleine Haarbüschel.

»Das ist abgemalt worden«, sagte Wiles, nachdem er den Abschiedsbrief einige Zeit begutachtet hatte. »Bei der benutzten Schreibmaschine handelt es sich um eine Underwood Standard.«

Jackson wandte sich an Miller. »Haben Sie zu Hause eine Schreibmaschine?« Miller nickte bestätigend. Er sagte, auf ihrem Schreibtisch in der Bibliothek stehe eine Royal. Der Chief blaffte Phelps an: »Sie gehen jetzt rüber in Clarks Kanzlei. Brechen Sie notfalls ein, falls keiner da ist. Und finden Sie raus, welchen Schreibmaschinentyp er hat. Wenn Sie rausgehen, fragen sie Kilgallen, ob er eine Schreibmaschine hat und welches Modell.«

»Ich fürchte, Sie werden enttäuscht sein«, wandte Robin ein. »Wer immer das hier geschrieben hat, ist nicht so dumm gewesen, seine eigene Maschine zu benutzen.« Während er das Zimmer durchquerte und durch die offene Tür nach draußen ging, fügte er hinzu: »Ich werde selbst ein bißchen nachforschen.«

Zehn Minuten später war Robin zurück. Er parkte Marion Millers LaSalle in der Verbotszone vor dem Polizeirevier und durchmaß im Eilschritt den Flur zu Jacksons Büro. In einer Hand trug er ein Buch. In der anderen hielt er einen Bogen Durchschlagpapier, auf das nur ein einziger Satz getippt war. »Nun ist es an der Zeit, daß alle ehrenwerten Männer für ihre Partei einstehen.«

»Sie hatten recht«, sagte Jackson zu ihm. »Clark hatte eine Remington. Kilgallen auch. Wiles hat den Abschiedsbrief nach Fingerabdrücken untersucht – es waren ein paar drauf, aber so verschmiert, daß er nichts damit anfangen konnte.«

Der Mann aus dem Polizeilabor nahm Robin das Stück Durchschlagpapier aus der Hand, betrachtete es eingehend, verglich es mit dem Brief, der in Millers Bootshaus gefunden worden war und nickte. »Dieselbe Maschine.«

»Sie gehörte Reed Overton«, sagte Robin. »Es ist die, die er zu Hause gehabt hat. Der Abschiedsbrief ist gestern abend geschrieben worden – nachdem er erschossen worden war. Das Papier hat mich drauf gebracht, wo ich nach der Maschine suchen mußte. Es ist dasselbe, das wir in der Redaktion benutzen. Reed hatte einen Vorrat davon zu Hause.«

Jackson schien aufgebracht. Er starrte auf den Abschiedsbrief und dann auf Robin und George Miller. Dann erregte das Buch auf dem Schreibtisch seine Aufmerksamkeit. Es war Overtons Exemplar von *Best News Stories of 1934*.

Robin schlug den Band auf Seite 212 auf. Mit Datumszeile aus Denver war dort eine Mordgeschichte abgedruckt. Der verstümmelte Leichnam eines Bergarbeiters namens Mark Noonan war in den Trümmern seiner Hütte in den Bergen hinter der Stadt gefunden worden. An einem Baum, fünfzig Meter von der Hütte entfernt, war ein mit Mark Noonans Namen gezeichneter Abschiedsbrief gefunden worden. In dem Brief stand, daß Noonan sich selbst umgebracht habe – daß er sich mit zehn Stangen Dynamit ins Jenseits befördert habe.

Nur daß der Abschiedsbrief eine Fälschung gewesen war. Noonan hatte nicht Selbstmord begangen. Sein Bruder Martin hatte ihn umgebracht. Aus dem Bericht ging hervor, daß Martin den Mord schließlich gestanden hatte.

»Aus einer Ahnung heraus habe ich in dieses Buch geschaut«, erklärte Robin. »Unser Mörder ist alles andere als originell. Ich hatte mir ausgerechnet, daß er wieder einmal eine Idee geklaut hatte. Und wer immer das da geschrieben hat, er hat sich wohlweislich gehütet, Fingerabdrücke auf der Schreibmaschine zu hinterlassen.«

Jackson strich sich mit dem Knöchel seines Zeigefingers über die linke Augenbraue. Er klappte das Buch zu und blieb, darauf starrend, am Schreibtisch stehen. »Ich frage mich, wo das Gegenstück zu dem hier abgeblieben ist«, sagte er.

»Noch immer verschwunden«, sagte Robin. »Ich habe vor einiger Zeit danach gesucht.«

Der Chief drehte sich um und musterte den großgewachsenen jungen Mann. »Auf den Trick mit dem Rennboot bin ich noch gar nicht gekommen«, sagte er nachdenklich. »Damit wären Sie nämlich wieder im Rennen.«

»Das ist genau das, was der, der diesen Abschiedsbrief geschrieben hat, uns glauben machen will«, warf Phelps ein.

»Danke«, sagte Miller und lächelte Phelps zu.

»Sehen Sie das nicht auch so, Chief?« Phelps versuchte, ihn zu überzeugen. »Mit seinem Tod wäre alles zu Ende gewesen. Er hätte ihm die Schuld angehängt, und der Fall wäre abgeschlossen.«

Jackson zog einen Silberdollar aus seiner Tasche und drehte ihn zwischen den Fingern. »Vermutlich haben Sie recht«, sagte er. »Ist Kilgallen noch im Bereitschaftsraum?«

Phelps sagte, er warte noch dort. »Ich geh' ihn holen.« Miller hielt ihn am Ärmel fest, als er auf die Tür zuging.

»Er ist nicht der einzige, der es getan haben könnte«, sagte Miller. »Clark könnte es gewesen sein – West kann es gewesen sein. Wir dürfen keine voreiligen Schlüsse ziehen, Mr. Jackson.«

»Wir müssen aber das Offensichtliche akzeptieren«, meinte Jackson. »Sie haben eben noch zugegeben, daß einige Leute ihren Vater für den Tod von Kilgallens Vater verantwortlich gemacht haben.«

Robin trat ans Fenster und warf das glühende Ende seiner Zigarette hinaus. Es blieb als leuchtender Punkt im Gras liegen und erlosch dann. »Wenn Sie so drauf aus sind, das Offensichtliche zu akzeptieren, dann sollten Sie Mr. Miller einsperren«, sagte er. »Der Abschiedsbrief zeigt Ihnen, wie er seinen Vater getötet haben könnte – wie er auch Reed getötet haben könnte.«

Wieder runzelte Miller besorgt die Stirn. Er sagte nichts dazu. Das übernahm Jackson. »Ist das Ihr Ernst, Bishop?«

»Ich versuche nur klarzulegen, daß wir noch niemanden verhaften können«, sagte Robin. »Wir verfügen über keine greifbaren Tatsachen. Verhaften Sie jetzt Miller – aber was dann? Können Sie beweisen, daß er den Brief geschrieben hat?«

Wiles sprang für den Chief ein. »Könnten Sie nicht«, sagte er.

»Stimmt genau«, fuhr Robin fort. »Verhaften Sie Kilgallen. Sie haben gegen ihn nichts in der Hand – nichts, was vor den Geschworenen standhalten würde.«

»Ich könnte ein Geständnis aus ihm rausprügeln.« Jacksons Kiefermuskeln mahlten, und sein Blick war finster.

»Das müssen Sie ja gar nicht«, meinte Robin. »Das ist ja gerade das Problem. Sie vergessen, daß er sich eine Gewohnheit daraus gemacht hat, Geständnisse abzulegen.«

Jackson wollte seinem Stellvertreter eine Anweisung erteilen, doch er bremste sich rechtzeitig. »Ein gerissener Anwalt würde uns mühelos in der Pfeife rauchen«, fuhr Robin fort. »Sicher, Sie hätten Kilgallens Geständnis. Schaffen Sie ihn her, und er wird alles gestehen – vom Mord an Overton bis zum Mordversuch an Mr. Miller. Er kann es sich leisten, weil er das vollkommenste Alibi hat, das sich nur denken läßt.«

»Alibi?« sagte Jackson mit verblüffter Miene. »Was für eine Alibi?«

»Das Alibi des Geständniszwangs«, sagte Robin. Er nahm seinen grauen Hut ab, und als er sich durchs Haar fuhr, ging ihm auf, daß er dringend zum Friseur mußte. »Ein Alibi, zu dem er den Grundstein vor etwa acht Jahren gelegt hat, als er auf eine New Yorker Polizeiwache spaziert ist und erklärt hat, er hätte Gertie Reilly mit einem Brotmesser abgestochen.«

»Allmächtiger – das haut hin«, sagte Jackson.

»Haut überhaupt nicht hin«, sagte Robin. »Ich sage ja nicht, daß er es getan hat. Ich sage nur, daß Sie keine Verurteilung erreichen können – nicht auf Verdachtsmomente hin. Und die sind alles, was Sie haben. Es gibt keinerlei greifbaren Beweis, der ihn mit diesen Verbrechen in Verbindung bringt.«

»Er ist Dienstag morgen auf der Landzunge in der Nähe des Miller-Hauses gewesen«, beharrte Jackson. »Er ist heute nachmittag am Strand gewesen.«

»Ich bin heute nachmittag auch am Strand gewesen«, warf Robin ein.

»Dann glauben Sie also nicht, daß er der Mörder ist?« Miller schaute Robin hoffnungsvoll an.

»Ich weiß nicht«, meinte Robin. »Er könnte es sein. Aber solange wir keinen endgültigen Beweis haben – etwas, das ihn unwiderlegbar überführt, hätten wir vor Gericht nicht den Hauch einer Chance. Er würde ein Geständnis ablegen, und sein Anwalt würde dann seine sämtlichen anderen Geständnisse verlesen, und die Geschworenen würden ihn umgehend freisprechen. Denken Sie dran, die Leute in dieser Stadt sind intelligent. Ihr Staatsanwalt wäre nicht imstande, sie mit einem Redeschwall einzulullen. Er würde Tatsachen brauchen. Und gerade die haben wir nicht. Wir haben weitaus bessere Anhaltspunkte dafür, daß Judge Clark Mr. Miller und Reed Overton umgebracht und versucht hat, auch Sie in den Himmel zu schießen. Kilgallen ist nicht der einzige, der Dienstag morgen auf dem Golfgelände gewesen ist. Clark ist auch dagewesen. Doch wir haben etwas Greifbares – etwas, womit wir gegen ihn vorgehen können. Sie haben erklärt, daß einhunderttausend Dollar verschwunden sind. Hier haben Sie ein Motiv.«

»Ich soll also glauben, daß der Haß auf einen Mann, von dem Sie glauben, er hätte seinen Vater ruiniert und in den Selbstmord getrieben, nicht Motiv genug ist«, bemerkte Jackson bitter.

»Das habe ich nicht behauptet«, sagte Robin. »Natürlich ist das ein ausreichender Grund. Aber warum ein Grund, ihn gerade am Dienstagmorgen umzubringen? Warum ein Grund, ihn an diesem bestimmten Tag zu töten, anstatt vor acht – fünf – zwei Jahren?«

Der junge Miller schaute fast glücklich drein, doch nur ganz kurze Zeit. Dann schien ihm etwas durch den Kopf zu gehen, das ihn wieder unsicher machte. »Trotzdem hat er es vielleicht getan«, sagte er beinahe schmerzlich. »Es gibt da etwas, das Sie noch nicht wissen. Er und meine Schwester sind verheiratet.«

Jackson sprang fast auf ihn los. »Was war das eben?«

»Ich weiß Bescheid«, sagte Robin. »Sie sind verheiratet. Na und?«

»Hat das Ihr Vater gewußt?« Jackson ragte drohend über dem jungen Mann auf. Mit einer Hand hielt er ihn an der knochigen Schulter gepackt.

»Ich weiß nicht«, sagte Miller kläglich. »Ich glaube nicht.«

»Falls doch, dann haben wir Kilgallen jetzt.« Jackson war sehr aufgeregt. »Dieser Anruf bei Freeman – der wäre damit erklärt. Ihr Vater könnte es rausgefunden haben und wollte dann Freeman aufsuchen, um ein neues Testament aufzusetzen, in dem Ihre Schwester enterbt wird.«

»Das erklärt nichts«, sagte Robin. »Freeman weiß nicht, warum Miller ihn aufsuchen wollte.«

»Das spielt doch keine Rolle.«

»Doch, das tut es«, entgegnete Robin. »Sie vergessen, daß Mr. Miller hier in Los Pinos einen Anwalt hatte – einen Anwalt namens Judge Clark. Clark hat das erste Testament aufgesetzt. Warum nicht auch das zweite? Warum sollte er damit zu einem anderen Anwalt gehen, Chief?«

»Das finden wir schon raus«, meinte Jackson. »Wir schütteln ihn so lange, bis er's uns sagt.«

»Ich fürchte, das können wir nicht.« Robin sank auf seinem Stuhl zusammen und fühlte sich plötzlich schrecklich müde. »Erkennen Sie das denn nicht, Chief? Dieser Anruf bei Freeman deutet nicht auf Dick Kilgallen, sondern von ihm weg. Er deutet auf Clark – oder auf –« Er hob beide Hände.

»Oder auf wen?«

»West – Mrs. Miller. Aber vor allem auf Clark. Er beweist, daß Mr. Miller kein Vertrauen zu Clark gehabt hat. Warum nicht? Jemand hat seiner Bergwerksgesellschaft ein Vermögen gestohlen – das wäre doch wohl ein Grund, Clark nicht mehr zu trauen, oder?«

Jackson wandte sich wütend zu Robin um. »Sie versuchen nur, alles zu vernebeln«, blaffte er. »Aus irgendeinem Grund wollen Sie Kilgallen schützen.«

Ärger flammte in Robins Augen auf. »Mist«, sagte er. »Hören Sie zu. Ich habe mehr Grund als jeder andere – mit Ausnahme von Mr. Miller und seiner Schwester und vielleicht seiner Stiefmutter –, Kilgallen hängen zu sehen, falls er der Täter ist. Sie vergessen, daß Reed Overton mein Freund gewesen ist. Was meinen Sie wohl, was ich fühle? Ich versuche Ihnen doch bloß immer wieder einzuhämmern, daß Sie Kilgallen nichts anhängen können, solange Sie keinen Beweis haben. Und ich sage nur, daß es im Augenblick stärkere Anhaltspunkte dafür gibt, daß Clark es gewesen ist – viel stärkere Anhaltspunkte.«

»Tut mir leid«, entschuldigte sich Jackson. »Ich wollte Ihnen nicht zu nahe treten. Ich bin ein bißchen erregt. Aber ich sehe noch nicht, daß wir massenhaft Beweise gegen Clark haben – jedenfalls nicht genug, um ihn zu verurteilen.«

»Darum müssen wir auch abwarten«, sagte Robin. »Deswegen können Sie heute abend keinen der beiden ins Loch stecken, weil wir uns vielleicht irren. Vielleicht sind sie beide unschuldig. Wir übersehen dabei West. Und wir übersehen Mr. Miller hier.« Robin grinste ihm zu. »Und wir übersehen sogar Sie, Chief.«

Jacksons Miene war verblüfft. »Mich?«

»Sie sind Dienstag morgen durch das Wachtor gefahren«, sagte Robin ganz freundlich. »Wir wissen auch nicht, wo Sie gestern abend gewesen sind.«

»Jesses, Sie machen daraus ein Riesendurcheinander«, stieß Jackson hervor. Er schaute den Reporter an, als hätte Robin den Verstand verloren.

»Ich mache nur das, was Kilgallens oder Clarks Anwalt auch tun würde«, sagte Robin.

Der Chief zuckte die Achseln. »Also warten wir ab – aber nur kurze Zeit. Wir lassen es drauf ankommen und warten.«

»Wir müssen gar nicht lange warten«, sagte Robin. »Ich glaube, ich weiß schon, wie wir noch heute abend alles aufrollen können, Chief. Das heißt, falls Sie etwas für mich tun wollen.«

»Was denn?« fragte Jackson. Er schien gewillt, alles zu tun, nur um diese vertrackte Sache aus der Hand geben zu können.

»Rufen Sie Clark an. Richten Sie ihm aus, daß er heute abend um halb elf in Ihrem Büro erscheinen soll«, sagte Robin. »Sagen Sie ihm, Sie hätten mit Mr. Miller gesprochen. Sagen Sie ihm, Mr. Miller hätte zugesagt, um halb elf bestimmte Beweismittel beizubringen. Ich denke, er wird dann schon verstehen.«

»Hört sich verrückt an.« Jacksons Tonfall war zweifelnd.

»Vielleicht ist es das auch«, räumte Robin ein. »Aber das ist noch nicht alles. Fordern Sie West und Kilgallen auf, um dieselbe Zeit hier zu sein. Sagen Sie beiden, Sie wüßten jetzt, wer Mr. Miller und Reed Overton ermordet hat. Schicken Sie ihnen keine Cops, die sie abholen sollen. Lassen Sie sie aus freien Stücken erscheinen. Seien Sie bitte auch hier.« Robin richtete seine letzte Aufforderung an Miller.

Die Augen des jungen Mannes glänzten. »Sie wissen also, wer meinen Vater getötet hat?«

Robin schüttelte den Kopf. »Nein. Ich wünschte, ich wüßte es. Ich werde mich derselben Taktik bedienen, die Reed das Leben gekostet hat – ich mache mir die Ängste des Mörders zunutze. Ich glaube, daß er dann seine Karten aufdecken wird.« Er seufzte auf. »Jesses, bin ich müde. Ich muß was essen – ich werde gegen neun wieder hier sein, um noch was mit Ihnen durchzusprechen, Chief. Da sind noch einige Sachen, die ich noch vor der großen Versammlung mit Ihnen durchgehen möchte.«

Miller erhob sich, schaute an sich hinunter und grinste über seinen Aufzug. »Ich mach' mich jetzt schnell auf den Heimweg, zieh' mir andere Sachen an und esse erst mal Abendbrot. Ich komme dann zurück.« Er humpelte aus dem Raum.

»Ich hoffe nur, daß dieser verrückte Plan aufgeht«, sagte Jackson.

»Nur noch eine Bitte«, sagte Robin. »Ich möchte mir nur ganz kurz ein paar Cops ausleihen. Ich hätte gern Phelps und Craig, falls das möglich ist.«

Jackson musterte ihn neugierig und dachte kurz über die Bitte nach. Dann zuckte er die Achseln. »Ich bin jetzt schon so weit gegangen – jetzt kann ich genausogut auch aufs Ganze gehen«, sagte er. »Allen, Sie und Craig begleiten Bishop.« Sein Stellvertreter wollte protestieren. »Keine Widerrede«, blaffte Jackson. »Ich weiß schon, was ich tue.«

»Also schön«, gab Phelps nach. »Ich sage Craig Bescheid und treffe Sie dann draußen.« Er ging aus dem Zimmer.

»Ich wünschte mir nur, ich wüßte genau, worauf ich mich da einlasse«, sagte Jackson.

21

In der Cocktail Lounge von Mayfield's war es gerammelt voll. Die Leute standen in drei Reihen vor der kleinen Bar, und die beiden Barmänner jonglierten unter Hochdruck mit Flaschen, Gläsern und Mixern. Einer der beiden, ein fetter, kahlköpfiger Bursche namens Jim, war leicht angetrunken, doch das schien seine Fähigkeiten nicht zu beeinträchtigen.

Mary saß an einem Ecktisch, einen halbleer getrunkenen Highball vor sich. Sie hatte die Eingangstür im Auge und schaute hin und wieder auf ihre Armbanduhr. Es war jetzt acht Uhr abends, und Robin war noch immer nicht zurück. Er hatte sie um sieben Uhr dreißig mit dem Versprechen vor der Lounge abgesetzt, daß er in fünf Minuten zurück sein wolle, und dann war er mit den beiden Polizisten weggefahren.

Die Jungs aus San Francisco machten sich an der Bar breit. Einer von ihnen, ein Typ namens Johnson, der für das *Call-Bulletin* arbeitete, führte einen Streichholztrick vor. »Also, ihr denkt euch 'ne Zahl zwischen eins und zehn aus, nehmt sie dann mal zwei, rechnet noch vier dazu, teilt das Ganze durch zwei und zieht dann von der Gesamtsumme die Zahl ab, die ihr euch zu Anfang gedacht habt«, sagte Johnson gerade. Dann riß er ein Streichholz ab und ließ es niederbrennen. »Da habt ihr die Zahl«, krähte er.

»Der Witz hat doch 'n Bart«, sagte der Bartender namens Jim mit schwerfälliger Zunge. Mit beträchtlichem Geschick mischte er ein scheußliches rotes Getränk zusammen, steckte einen winzigen Papierregenschirm in eine Kirsche und reichte das Gebräu einer Blondine, die am Ende der Bar saß. »Hier kommt er«, sagte Jim. »Nur zwei davon, und Sie legen sich schlafen.«

»Ich wünschte mir, daß sie das tut«, sagte Johnson. Er hatte das mit leiser Stimme vorgebracht, doch die Blondine hatte ihn gehört. Sie warf ihm einen giftigen Blick zu. Er wandte den Blick von ihr, ließ ihn durch den Raum schweifen und entdeckte Mary, die allein in der Ecke saß. »Nicht schlecht«, sagte er zu seinem Begleiter.

»Was ist nicht schlecht?« fragte der andere zurück. Es war ein Mann namens Burke, der für den *Examiner* arbeitete.

»Die Brünette da drüben«, sagte Johnson.

»Ach, die«, sagte Burke. Er erinnerte sich jetzt, sie zusammen mit Robin auf dem Polizeirevier gesehen zu haben, doch er hielt den Mund.

»Ich leg' mal 'n Wort für dich ein«, sagte Johnson.

»Du kannst sie haben«, sagte Burke.

Johnsons Blick begegnete Marys, und er lächelte ihr zu. Sie schaute verblüfft zurück und erwiderte dann, weil sie annahm, ihn von irgendwoher zu kennen, sein Lächeln. Johnson stieß Burke in die Rippen, nahm sein Getränk von der Bar und ging in die Ecke. Burke, der am Tresen sitzengeblieben war, verschluckte sich fast. Er sah, wie Robin zur Tür hereinkam.

»Hallo, Kindchen«, sagte Johnson. »So einsam?« Plötzlich wurde er gewahr, daß jemand neben ihm stand, jemand, der sehr groß und sehr breit war. »Oh, Entschuldigung«, sagte er mit einem Blick zu Robin. »Ich muß Sie wohl verwechselt haben.« Er verbeugte sich und machte einen Rückzieher zu seinem Barhocker.

»Du gabelst also fremde Kerle auf«, sagte Robin.

»Ich kann hier doch nicht den ganzen Abend allein bleiben«, gab Mary zurück. »Er schien mir *sehr* nett.«

»Er ist ein Säufer«, sagte Robin. »Er schreibt einen lausigen Stil. Ich habe heute einen Artikel von ihm gelesen, und der war hundsmiserabel. Er leidet an chronischer Hysterie.«

»Du bist ja bloß eifersüchtig«, sagte Mary. »Wo bist du gewesen?«

»Mal hier, mal da«, gab Robin zurück. »Ich hab' jemanden besucht. Komm, laß uns was essen.«

Mary stellte keine weiteren Fragen. Sie wußte, daß er reden würde, sobald er dazu bereit war. Sie entdeckte, daß seine Augen glänzten, und obwohl er ganz ruhig schien, wußte sie, daß er erregt war. Er trank nichts und aß nur wenig, stocherte in seinem Essen herum. »Ich hoffe nur, daß es klappt«, sagte er nach einer Weile.

»Das wird es«, sagte Mary. »Und falls ja, weißt du dann, wer ihn ermordet hat?« Von ihren Augen ließ sich unschwer ablesen, daß sie Reed Overton gemeint hatte.

»Ich weiß es jetzt«, sagte Robin, »aber ich kann es nicht beweisen.«

»Wer?«

Er zog einen Umschlag aus seiner Tasche. Auf dem Papier standen mehr Ziffern als noch vor zwei Stunden, als er sie sich bei den Millers notiert hatte. Die neuen Eintragungen hatte er vorgenommen, nachdem O'Hara ihm berichtet hatte, wie lange man für einen Fußmarsch von der Stadtmitte bis zum Haus auf der Landzunge und zurück brauchte. Er schrieb einen Namen auf den Umschlag, hielt ihn ihr hin und steckte ihn dann zurück in seine Tasche.

Mary bekam große Augen. »Vielleicht irrst du dich auch«, sagte sie.

»Das glaube ich nicht.«

»Was bringt dich dazu anzunehmen, daß er es gewesen ist?«

»Du fügst hier ein bißchen hinzu und nimmst da ein bißchen weg«, sagte Robin. »Er hat versucht, allzu gerissen zu sein. Aber vielleicht habe ich ihn auch unterschätzt. Vielleicht trickst er mich aus und entgeht meiner Falle.«

»Iß dein Steak«, sagte Mary. »Du brauchst Vitamine. So wie du aussiehst, nehm' ich lieber den Gentleman an der Bar.«

»Du könntest ihn sofort haben«, sagte Robin. »Ich bin so müde, daß ich nicht mal den Finger heben könnte, um dich zu bremsen.«

»Aber versuchen würdest du es?«

»Was glaubst du wohl?« erwiderte Robin. »Komm, gehen wir hier raus. Ich hasse Restaurants.«

Jackson war nicht in seinem Büro. Er sitze beim Abendessen, sagte der wachhabende Sergeant. Der Sergeant spielte Solitaire, diesmal in einer neuen Variante, und sie war noch komplizierter als sein anderes selbsterfundenes Spiel. Robin befand, es sei eine gute Methode, die Karten gründlich durchzumischen, und das sagte er auch.

»Ich mag's so«, meinte der Wachhabende, legte vier Karten verdeckt hin, und dann eine Pik drei auf ein Karo-As.

O'Hara hatte Stimmen gehört und steckte jetzt seinen Kopf aus der Tür von Phelps' Büro. »Wir sind hier drin«, sagte O'Hara. »Wir nehmen eine kleine Erfrischung zu uns.« Bei ihm waren Jones und Mitchell. Sie tranken Wilken Family Whiskey aus der Flasche.

»Was ich euch jetzt erzähle, ist die reinste Wahrheit«, sagte Jones gerade, als Robin und Mary hereinkamen. »Ich bin vergangenen Sonntag an der Baptist Church vorbeigegangen, gerade als die junge Gemeinde aus einer Versammlung kam, und die ganze Bande trug doch tatsächlich rote Feuerwehrhelme aus Papier. Ich hab' ein Mädchen gefragt, was es damit auf sich hat, und die hat's mir erzählt. Sie sagt, sie wären Gottes Feuerwehrbrigade, und sie wollten es sich zur Aufgabe machen, das Höllenfeuer zu löschen.«

»Die könnten bei meinem Bauch anfangen«, sagte Mitchell.

»Das ist unser Whisky, Nachbar, und, Nachbar, der geht auf deine Kappe«, sagte Jones, der sich den nächsten genehmigte. Er lächelte Robin zu. »Der hier die Flasche hält, das bin ich. Da drüben, das ist Vetter Jim, der grade 'n fünftes As aus'm Ärmel zieht.«

Sie hatten nicht länger als zehn Minuten gewartet, als Jackson mit einer Meute auswärtiger Zeitungsleute im Schlepptau an der Tür vorbeiging. Der Chief sah sorgenvoller aus als die Männer auf der Listerine-Reklame, und er war es auch.

»Ich sag' Ihnen doch, daß sich bisher noch nichts getan hat«, beteuerte er. »Ihr Jungs müßt eben noch warten.« Er ging auf Robin zu. »Kommen Sie mit in mein Büro.«

Für die ganze Meute waren nicht genügend Stühle da. Den Reportern war das gleichgültig. Einige setzten sich auf den Fußboden. Einer hockte sich auf die Ecke von Jacksons Schreibtisch. Auch Mary hatte vorgehabt, sich dazu zu setzen, doch sie änderte ihre Meinung, ging zurück ins Phelps' Büro, entdeckte ein Buch und steckte die Nase hinein.

Burke, der Mann vom *Examiner*, machte sich zum Sprecher der Gruppe. »Rücken Sie schon damit raus, Chief«, drängte Burke. »Ich hab' um neun Redaktionsschluß. Also, was steht an?«

»Nichts«, sagte Jackson. Die besorgte Miene blieb, und es schien so, als blickten seine Augen, die immer wieder Robin suchten, etwas verzweifelt.

»Weswegen haben Sie dann alle um halb elf herzitiert?« fragte Burke.

»Wer behauptet das denn?« wollte Jackson von ihm wissen.

»Wir haben so ein Gerücht gehört«, sagte Burke.

»Ich kann Ihnen jetzt noch gar nichts sagen«, beschied Jackson die Reporter. »Vielleicht bin ich später dazu in der Lage. Ich weiß es nicht.«

Burke deutete mit einem Kopfnicken auf Robin. »Was hat der da mit den beiden Cops gewollt?«

»Die sind meine Leibwächter«, sagte Robin.

Burkes Stimme wurde hart. »Hören Sie mal, Chief, wenn Sie meinen, Sie können uns zugunsten Ihrer Lokalpresse was vorenthalten, dann sind Sie aber schwer im Irrtum.«

»Was wollen Sie dagegen tun?« fragte Robin.

»Oh, eine Menge.« Burke tat geheimnisvoll.

»Vermutlich werden Sie ihm seinen Job wegnehmen«, sagte Robin.

Sein Gegenüber entschloß sich, Robin nicht weiter zu beachten, ihm war deutlich anzusehen, daß er wenig Respekt vor Kleinstadtreportern hatte. »Können Sie uns den Namen des Mörders nennen?« Seine Frage war an Jackson gerichtet.

»Das kann er«, sagte Robin. »Aber er wird's jetzt noch nicht tun. Oder doch, Chief?«

»Wer hat Sie denn gefragt?« entrüstete sich Burke.

»Beruhigen Sie sich«, sagte Jackson. »Wir arbeiten bei diesem Fall mit dem *Herald* zusammen. Falls Mr. Bishop den Wunsch hat, die Story bis morgen nachmittag zurückzuhalten, dann werden wir sie auch zurückhalten. Es hängt ganz von ihm ab.«

Burke lief rot an. Seine Wut wurde, wie es schien, von den anderen geteilt. McPherson, der Mann vom *Chronicle*, wollte auch aufbegehren, überlegte es sich dann aber anders und hielt den Mund.

»Danke, Chief«, sagte Robin. »Das wird nicht nötig sein. Falls nicht was Dramatisches passiert, könnt ihr Burschen die Story heute abend haben. Wir wollen sie nicht exklusiv. Daran ist uns gar nicht gelegen.«

Jetzt benahm sich Burke anders. Er war nicht mehr streitlustig, drohte auch nicht mehr. »Wie wär's, wenn Sie uns erzählen, was vor sich geht, Chief? Geben Sie uns die Story. Dann halten wir sie zurück, bis Sie uns das Stichwort geben.«

»Das kann ich nicht«, sagte Jackson. »Würde ich das tun, dann wäre sie amtlich. Warum fragen Sie nicht Bishop? Ich möchte nicht sagen, ob er recht oder unrecht hat, aber immerhin haben Sie dann schon ihren Hintergrund. Sobald ich bereit bin, eine amtliche Verlautbarung herauszugeben, brauchen Sie dann nicht auf Einzelheiten zu warten.«

»Warum, zum Teufel, sollten wir uns auf sein Wort verlassen?« blaffte Burke.

»Ich tu's«, entgegnete Jackson. »Ich lege heute abend den Fall in seine Hände.« Seine Finger tasteten nach dem Bleistift, und weitere bizarre Figuren wucherten auf der Schreibunterlage. »Bishop möchte Sie glauben machen, ich wüßte, wer Miller und Overton getötet hat. Ich weiß es nicht. Ich habe Verdachtsmomente. Und heute nachmittag war ich bereit, gegen einen bestimmten Mann Mordanklage zu erheben. Bishop hat es mir ausgeredet. Ich habe auf ihn gehört, weil mir seine Erfolge bekannt sind – weil ich weiß, was er in drei früheren Mordfällen geleistet hat. Ich bin nur der Polizeichef einer Kleinstadt, aber ich baue auf sein Wort. Das sollten Sie auch tun.«

McPherson, der Mann vom *Chronicle*, meldete sich zu Wort. »Weihen Sie uns ein, Bishop«, sagte er. »Wenn Burke nicht zuhören will, kann er ja raus auf den Flur.« Burke rührte sich nicht. »Wer hat sie umgebracht?« fuhr McPherson fort. »Und wer hat versucht, den jungen Miller in die Luft zu jagen? Wissen Sie das?«

»Ich glaube, ich weiß es«, sagte Robin. »Aber es gibt noch kein endgültiges Resultat. Vielleicht irre ich mich. Ich habe alles kalkuliert, und mir scheint, daß meine Schlußfolgerungen richtig sind.« Er schaute auf seine Armbanduhr. »Es ist jetzt einundzwanzig Uhr dreißig. Noch vor zweiundzwanzig Uhr dreißig werde ich wissen, ob sie es wirklich sind, es sei denn, ich habe einen Fehler begangen.«

»Uns reicht es, wenn Sie nur eine Vermutung aussprechen«, sagte McPherson.

»Nein, das reicht Ihnen nicht«, sagte Robin. »Aber ich werde folgendes tun. Ich werfe Ihnen das, was ich habe, in den Schoß, und dann sehen wir mal, was Sie damit anfangen können.«

»Also, dann los«, forderte ihn McPherson auf.

Robin kippte mit seinem Stuhl zurück und lehnte seinen Kopf an die Wand. Er entschied, daß er jetzt lieber daheim in seinem Bett am Fenster liegen und dem Rascheln des Windes in den Bäumen lauschen würde. Er rieb sich mit der Hand über das Gesicht und atmete tief durch. Die Luft schmeckte nach abgestandenem Zigarettenrauch. »Würde es Ihnen was ausmachen, das Fenster zu öffnen?« fragte er Jackson. Der lange Arm des Chief fand die Verriegelung, und er schob das Fenster hoch.

»Es sind drei Verbrechen, die wir zu bedenken haben«, sagte Robin. »Das erste ist der Miller-Mord am Dienstag morgen um zehn Uhr dreißig. Mir scheint, der Grund dafür, daß er zu diesem Zeitpunkt umgebracht worden ist, ist der Termin, den er mit einem Rechtsanwalt namens Freeman in Reno für Freitag vereinbart hatte – das wäre morgen. Sie kennen alle die Vorgehensweise – er ist mit Nembutal betäubt worden, der Mörder ist in sein Schlafzimmer gekommen, hat Reed Overton vom *Herald* angerufen und versucht, die Tat als Selbstmord hinzustellen, indem er erklärt hat, er wäre Miller und er wolle sich umbringen. Das hat nicht funktioniert, da Reed mit dem Buch vertraut war, das die Quelle für diesen Plan ist – *Best News Stories of 1934.*«

Robin lockerte seine Schultern, um den Schmerz zu lindern, der sich dort eingenistet hatte. »Das zweite Verbrechen ist der Mord an Reed Overton«, fuhr er fort. »Es gibt keinen Zweifel daran, warum er gestern abend getötet worden ist. Er kannte die Identität des Mörders – er hat sie erraten. Das dritte Verbrechen ist der Anschlag, beziehungsweise der mutmaßliche Anschlag auf das Leben von George Miller von heute nachmittag.«

Er sprach langsam, starrte dabei durch einen blauen Rauchvorhang auf eines von Jacksons Gemälden. Von draußen sorgten der Wind und das Meer für eine gedämpfte Geräuschkulisse zum Klang seiner Stimme. »Wenn Sie die drei Verbrechen gründlich untersuchen, werden Sie bemerken, daß eines davon nicht zu den anderen paßt. Der Killer hat uns glauben machen wollen, daß Walter Miller sich selbst getötet hat. Er hat uns auch glauben machen wollen, daß der junge

Miller sich umbringen wollte. Hingegen hat er sich keine Mühe gemacht, uns auch Reed Overtons Tod als Selbstmord unterzuschieben. Das heißt, der Mord an Overton war nicht Teil des ursprünglichen Plans.«

Das Zimmer war blau vom Rauch. Die Bilder an den Wänden waren nur verschwommen sichtbar, als wären sie von einem blauen Gazeschleier verhängt. Der Nachtwind strich durchs Fenster, doch er war zu lind, die Rauchschwaden durch die Oberlichte der Türen zu vertreiben. Keiner der anderen Männer sprach. Rauchend und beobachtend saßen sie da, angespannt und erwartungsvoll.

»Das wären also die drei Verbrechen«, sagte Robin. »Wir müssen noch wissen, wie der Mann beschaffen sein muß, der sie begangen hat. Offensichtlich ist er mit den Abläufen im Haushalt der Millers gut vertraut. Er hatte außerdem Zugang zur Bibliothek der Millers, wo sich ein Exemplar von *Best News Stories of 1934* befand. Er war, entweder allein oder mit Hilfe einer zweiten Person, in der Lage, ein Betäubungsmittel in Millers Kaffee zu tun. Er hatte guten Grund, Miller am vergangenen Dienstag aus dem Weg zu räumen. Er will uns glauben machen, daß er gründliche Kenntnis vom Pressewesen hat, oder er besitzt sie tatsächlich. Er ist Dienstag morgen um zehn Uhr dreißig im Haus der Millers gewesen. Er hat gestern abend einen Anruf von Reed Overton bekommen – wie sonst könnte er wissen, daß Reed ihn als Mörder im Verdacht hatte? Er ist gestern gegen dreiundzwanzig Uhr abends in Overtons Haus gewesen. Er hatte Angst vor Miller junior, oder er will uns glauben machen, daß er den jungen Miller fürchtet. Irgendwann heute ist er in Millers Bootshaus gewesen.«

Ein Streichholz kratzte über Robins Schuhsohle. Er führte die gelbe Flamme an seine Zigarette und entzündete sie. »Wir können uns folglich auf vier Hauptverdächtige und einen bedingt Verdächtigen beschränken. Die Hauptverdächtigen – das sind Dick Kilgallen, Judge Clark, Carlyle West und George Miller.«

Als der Name des jungen Miller fiel, wurde unwilliges Gemurmel laut. »Ja, George Miller«, sagte Robin. »Ich werde später erklären, warum. Der bedingt Verdächtige ist Lee Jackson, der Polizeichef.«

Alle Augen starrten auf den Chief. Er saß stirnrunzelnd an seinem Schreibtisch und hinterließ Bleistiftkringel auf der Schreibunterlage. Robin grinste ihm zu. »Ich habe den Namen des Chiefs erwähnt, weil er vor ein paar Jahren aus Nevada hierher gekommen ist, weil er in Carson City geboren wurde – einer Stadt, die Miller gelegentlich auf

Geschäftsreisen besucht hat – und weil er Dienstag morgen den Kontrollposten passiert und sich auf dem bewachten Gelände aufgehalten hat.«

»Wollen Sie nicht ein Geständnis ablegen, Chief?« fragte Jones.

»Fahren Sie doch zur Hölle«, schnaubte Jackson. Er schien das überhaupt nicht lustig zu finden.

»Na ja, und wer ist es nun gewesen?« fragte McPherson.

»Ich will daraus kein Ratespiel machen«, sagte Robin. »Ich versuche nicht, Sie im dunkeln tappen zu lassen. Ich lege Ihnen die Tatsachen dar, fordere Sie auf, sie in Erwägung zu ziehen, und bitte Sie zu prüfen, ob Ihre Antwort dieselbe ist wie meine. Ich habe gesagt, mir könnte heute abend ein Fehler unterlaufen. Falls das geschehen sollte, übernimmt die Polizeibehörde sofort diesen Fall. Falls Sie mit mir hinsichtlich der Identität des wahrscheinlichen Mörders übereinstimmen, dann können die Cops ihn einsperren und ein Geständnis aus ihm herausprügeln.« Er hakte seine Füße um die Stuhlbeine und versuchte, es sich etwas bequemer zu machen. »Einen nach dem anderen werde ich Ihnen jetzt die Verdachtspunkte gegen die einzelnen Personen nennen – ich lege Sie Ihnen so dar, als wäre der Mann, über den ich gerade spreche, auch der Mörder.«

Er schnippte seine Zigarette zum offenen Fenster hin und beobachtete, wie sie in hohem Bogen in der Dunkelheit verschwand. »Der Verdacht gegen Chief Jackson ist allzu mager, als daß man ihn ernsthaft in Erwägung ziehen könnte. Er ist in Carson City geboren. Er mag Miller irgendwann in der Vergangenheit gekannt haben, er mag ein Komplott mit Eileen Knapp geschmiedet haben, um sich seiner zu entledigen. Er mag ganz demonstrativ am Dienstagmorgen durch das Wachtor gefahren sein, vorgeblich, um Beschwerden nachzugehen, daß irgendwelche Knaben die Wasserversorgung der Stadt durch Verunreinigungen gefährden, und er könnte statt dessen zu Millers Haus gefahren sein. Doch ich glaube kaum, daß der Chief die Köchin gut genug kennt, um sie zu bitten, Nembutaltabletten in den Morgenkaffee ihres Arbeitgebers zu tun, und es würde mich zutiefst schmerzen, falls der erste nette Cop, dem ich je begegnet bin, gehängt würde. Also scheidet er schon mal aus.«

Jackson schien erleichtert. Er bedachte Robin mit einem seltsam schiefen Lächeln. »Der Chief ist also aus dem Rennen«, sagte Robin. »Ich nehme mir jetzt Carlyle West vor. Und denken Sie immer dran, ich behaupte nicht, daß er der Mörder ist. Es ist nur eine vorläufige

Annahme, daß er es sein könnte. West hat, wie Sie ja wissen, einige Zeit als Adressenschreiber beim *Newark Ledger* gearbeitet, wurde gefeuert und ist dann Chauffeur geworden. Er hat gerade zu der Zeit für den *Ledger* gearbeitet, als Kilgallen, damals bekannt unter dem Namen Mason, angefangen hat, Mordgeständnisse abzulegen. Das mag sich irrelevant anhören, doch ich werde Ihnen beweisen, daß es das nicht ist.

Wir nehmen weiter an, daß West, während er für Mrs. Millers vormaligen Ehemann gearbeitet hat, sich in sie verliebt hat und beide ein Verhältnis angefangen haben. Er ist ihr nach Reno gefolgt, nachdem sie sich wiederverheiratet hatte. Sie waren jung, es war Frühling, der große, laute und grobe Mann war gewiß keine romantische Figur. Das ist West durchaus, obwohl er Automobile fährt. Dann entwickelte sich das Motiv für den Mord. Miller verfügte testamentarisch, daß seine Frau eine Million Dollar in bar bekommen sollte, und der Chauffeur und die Ehefrau fingen an zu überlegen, wie sie das Geld in die Finger kriegen könnten. Sie beschlossen, den Alten umzubringen. West war als ehemaliger Adressenschreiber beim *Ledger* mit dem Zeitungswesen vertraut, und als er dann zufällig auf das Exemplar von *Best News Stories of 1934* des jungen Miller stieß und die Geschichte über den Songschreiber aus Los Angeles las, kam er auf die Idee, wie man es anstellen könnte, Millers Tod wie Selbstmord aussehen zu lassen.«

Robin zündete sich die nächste Zigarette an. Er schmeckte den Rauch und fragte sich, woher die Hersteller die Kühnheit nahmen zu behaupten, da sei Tabak drin. Als er mit der Zunge über seine Zähne fuhr, schien es ihm, als seien sie mit Moos überwachsen. Er sprach weiter: »West ist kein Narr. Er wußte, daß ein Fehler unterlaufen konnte, wußte, daß irgendwer es vielleicht Mord nennen würde. Er kannte Dick Kilgallens Vorgeschichte – er hatte beim *Ledger* gearbeitet, als Kilgallen im Rampenlicht gestanden hatte –, also rechnete er fest darauf, daß Kilgallen auftreten und ein Geständnis ablegen würde, falls die Polizei erklären sollte, daß Miller ermordet worden sei.

Wie Sie sehen, hat man die Sache sehr sorgfältig geplant. Dienstag morgen schüttete Mrs. Miller die Nembultabletten in den Kaffee. Dann ließ sie sich von West in die Stadt fahren, ging zu Jackman's und kaufte die Preise für den Bridge-Abend. Obwohl sie ja noch am selben Vormittag bei den Oakmans vorbeigefahren wäre, schickte sie West zu deren Haus, um die Preise abzugeben, während sie im Schönheitssalon war. Das sollte West einen Vorwand liefern, das Wachtor zu passieren. Falls Sie sich noch erinnern: Der Wachmann war sich nicht sicher, wie lange sich West auf dem Gelände aufgehalten hat. Er brauchte ja auch nicht viel Zeit – nur ungefähr fünfzehn Minuten –, gerade genug, um bis zur Landzunge zu fahren, den Wagen vor dem Tor stehen zu lassen, hineinzulaufen, den *Herald* anzurufen und das Telefongespräch mit einem Schuß zu beenden.

Aber der Fehler war gemacht. Reed Overton machte Chief Jackson auf die Story in der News-Anthologie aufmerksam. Dann tat Kilgallen genau das, was West von ihm erwartet hatte – er gestand. Wieder mischte sich Overton ein und brachte alles durcheinander, indem er aufdeckte, daß Kilgallen an Geständniszwang litt. Mittwoch abend dann, als Overton wegen des Telegramms anrief, entschied West, daß er zuviel wußte, und tötete ihn.«

»Wie soll er das getan haben?« unterbrach Jackson. »Nur ein einziges Auto hat das Haus der Millers verlassen, und die Fahrerin war Marion Miller. Er kann nicht zu Fuß hingegangen, Reed erschossen, jenen Abschiedsbrief geschrieben haben und dann zurückgelaufen sein, weil die Zeit nicht gereicht hat. Das hätte mehr als zwei Stunden beansprucht. Overton war gestern abend gegen zweiundzwanzig Uhr dreißig noch am Leben, da Mrs. Matheny um diese Zeit noch mit ihm gesprochen hatte. Und als Marion um null Uhr fünfzehn nach Hause gekommen ist, hat sie West oben über der Garage rumwandern hören.«

»Er könnte es zu Fuß in einer Stunde und fünfundfünfzig Minuten geschafft haben«, sagte Robin. »O'Hara hat den Fußmarsch heute abend gemacht und die Zeit genommen.«

»Ich hab' mich auch tüchtig ins Zeug gelegt«, sagte O'Hara.

»West ist nicht beide Strecken zu Fuß gegangen«, schränkte Robin ein. »Hinwärts ist er gelaufen. Dafür hat er nicht lange gebraucht, weil es bergab geht. Nicht mehr als fünfzig Minuten.«

»Und wie ist er zurückgekommen?« fragte Jackson. »Nur ein einziger Wagen ist danach beim Haus vorgefahren. Sie wollen mir doch nicht weismachen, daß er ein Taxi genommen hat?«

»Er ist übers Wasser gekommen«, sagte Robin. »Miss Knapp hat, wie Sie sich noch erinnern werden, die Geräusche von zwei Motoren gehört. Das war einmal Miss Millers Auto, als sie weggefahren ist. Das andere Geräusch stammte von dem Rennboot, als dieses gerade nördlich von Millers Haus in die kleine Felsgrotte eingefahren ist.

West ist zu Fuß hingegangen, hat Overton erschossen, Miller juniors angeblichen Abschiedsbrief auf Overtons Schreibmaschine geschrieben, ist zu Millers Bootshaus geeilt, hat sich das Rennboot ausgeliehen und ist damit aus der Bucht hinaus in die Grotte gefahren, wo er es vertäut hat. Er ist über den Pfad die Klippe hinaufgeklettert und war in seinen Wohnräumen, als Marion nach Hause gekommen ist. Er ist deswegen herumgewandert, damit sie ihn auch gut hören konnte, sobald sie in der Garage aus ihrem Wagen stieg. Und so ist es dann auch gewesen. Sie haben ihn dann hergeschleppt und befragt. Dann, kaum zu Hause angekommen, hat er sich hinausgeschlichen, das Rennboot wieder untergestellt und dann den Weg zum Haus zu Fuß zurückgelegt.«

»Aber warum der Anschlag auf den jungen Miller?« fragte McPherson.

»Darauf komme ich gleich zu sprechen«, sagte Robin. »Laut Millers testamentarischer Verfügung sollten sich für den Fall, daß George vor Mrs. Miller das Zeitliche segnete, sie und Marion die Hälfte seines Anteils bekommen. Falls beide, George und Marion, zuerst sterben, fällt Mrs. Miller alles zu. West war habgierig. Außerdem brauchte er jemanden, dem er die Tat anhängen konnte. Also wählte er George aus und kopierte die nächste Geschichte aus der Anthologie. Er sah einen Weg, die Morduntersuchung zu beenden, indem er George in die Luft jagte. Gestern abend entdeckte er, nachdem er Overton erschossen hatte, die Schreibmaschine auf dem Tisch in der Ecke, schnappte sich ein Blatt Durchschlagpapier und schrieb darauf den Abschiedsbrief eines Selbstmörders, auf den er dann, später am Abend, Georges gefälschte Unterschrift setzte. Als er heute früh morgens das Boot zurückfuhr, brachte er die Bombe im Bug an und hinterließ gut sichtbar den Abschiedsbrief im Bootshaus.«

Jacksons Miene wurde wieder besorgt. »Falls das wahr sein sollte, was dann? Er könnte versuchen, die Sache jemand anderem anzuhängen.«

»Machen Sie sich deshalb keine Sorgen«, sagte Robin. »Denken Sie dran, ich habe mir heute abend zwei ihrer Jungs ausgeliehen. Die kümmern sich um alles.«

Jackson entspannte sich, zog eine alte Pfeife aus seiner Tasche und stopfte sie aus einem abgewetzten ledernen Tabaksbeutel. »Das klingt ganz logisch«, sagte er. »Aber es ist auf Mutmaßungen aufgebaut. Sie theoretisieren bloß, liefern aber keine Tatsachen.«

»Was glauben Sie wohl, worauf wir jetzt warten?« fragte Robin.

»Verdammt, wenn ich das wüßte«, erwiderte Jackson.

»Falls wir West dabei erwischen, daß er heute abend versucht, jemand anderem die Schuld anzuhängen, könnten Sie dann mit seinem Fall vor Gericht gehen?«

»Selbstverständlich.« Jacksons Pfeife war ausgegangen. Er zündete sie wieder an.

»Genauso könnten Sie auch den jungen Miller vor Gericht bringen«, sagte Robin. »Wie Sie wissen, hat auch George bei einer Zeitung gearbeitet. Er besitzt etliche Zeitungsanthologien, darunter *Best News Stories of 1934*. Jetzt zu seinem Motiv. Irgend jemand – in diesem Punkt ist er sehr beharrlich – hat der Miller Mining Company hunderttausend Dollar gestohlen. Seit dem Tod seines Vaters macht er ständig Andeutungen, daß an den Geschäften der Firma was faul ist. Niemand sonst scheint zu wissen, daß das Geld verschwunden ist – nur George weiß das. Heute abend, nachdem sein Boot explodiert war, hat er uns eröffnet, was faul ist und auf Judge Clark als den Schuldigen hingewiesen. Aber bedenken Sie eins. Bis heute abend hat er nur Andeutungen gemacht. Er hat nicht offen angeklagt – er hat stets nur gesagt, daß er uns zu gegebener Zeit Mitteilung machen wollte, was vor sich geht. Angenommen, er und nicht Clark hat das Geld entwendet. Angenommen, Clark hat kurz davor gestanden, den Diebstahl aufzudecken. Dagegen würde George doch etwas unternehmen, oder? Er würde Clark aus dem Weg schaffen.«

Jackson sprang auf. »Allmächtiger«, sagte er. »Vielleicht –«

»Setzen Sie sich«, sagte Robin. »Ihre Jungs behalten die Dinge im Auge. Es sind fähige Burschen. Außerdem sind das alles nur Mutmaßungen. Lassen Sie mich diesen Fall zu Ende bringen. George, so haben wir gesagt, hat die Firma seines Vaters um hunderttausend Dollar bestohlen. Sein Vater erfährt von dem Diebstahl, läßt ihn Montag nachmittag zu sich kommen und teilt ihm mit, daß er ihn enterben wird. Der alte Mann hat geglaubt, daß Clark mit ihm unter einer Decke stecken könnte, also vereinbart er einen Termin mit Freeman in Reno. Er wollte Freeman beauftragen, ein neues Testament aufzusetzen und die Diebstahlsangelegenheit vor Gericht zu bringen. Das konnte George nicht zulassen. Immerhin ist er ein gestandener Hedonist.«

»Man merkt, daß Sie sich mit Kreuzworträtseln bestens auskennen«, warf Jones ein.

Robin überging die Zwischenbemerkung. Er sagte: »Er hat in seiner Jugend, als seine Mutter die Fremdenpension geführt hat, genügend Armut erlebt, um das alles nicht noch einmal durchmachen zu wollen. Die Zuneigung zu seinem Vater war nicht sehr groß. Immerhin hatte der Alte die erste Mrs. Miller und die beiden Kinder über etliche Jahre am Hungertuch nagen lassen, und Georges Mutter war infolge von Überarbeitung und Unterernährung gestorben. Da gab es nur eins, was er tun konnte, und zwar, seinen Vater ermorden. George wußte, wer Kilgallen in Wirklichkeit war – wußte übrigens auch, daß Kilgallen und seine Schwester verheiratet sind. Wie ich vorhin von West behauptet habe, plante auch er, diesen Mord als Selbstmord hinzustellen. Und für den Fall, daß ihm ein Fehler unterlief, verließ er sich voll und ganz auf Kilgallen, von dem er erwartete, daß er seine Geständnisnummer vorführen würde.«

Robin schielte auf seine Armbanduhr. Es war jetzt einundzwanzig Uhr fünfundfünfzig. Noch reichlich Zeit, beruhigte er sich und fuhr fort: »Ich muß nicht eigens erklären, wie George unter Umgehung des Wachtors zum Haus gelangt ist. Er hat es uns selbst in dem Abschiedsbrief auseinandergesetzt, den er im Bootshaus deponiert hatte. Er hat sein Rennboot benutzt. Die Fahrt zu Wasser dauert zehn Minuten, und für den Aufstieg zur Klippe braucht man weniger als zehn. Dann erklärt er in dem Brief auch noch, wie er gestern abend von Overton zurückgekommen ist. Wie Sie sehen, passen die Tatsachen sowohl auf George wie auf West.«

»Aber warum die Explosion?« rätselte McPherson. »Hat er denn vorgehabt, sich umzubringen?«

»Ganz gewiß nicht«, sagte Robin. »Gestern abend, nachdem er Overton getötet hatte, wußte er, daß die Pläne, die er geschmiedet hatte, gescheitert waren. Die Explosion ist Teil eines neuen Plans, eines Plans, den er, falls er schuldig ist, heute abend versuchen wird, zu Ende zu führen. Er wollte uns glauben machen, daß er als nächstes Opfer ausersehen war.«

»Aber falls er der Mörder ist, dann kommt doch dieser Abschiedsbrief einem Geständnis gleich«, argumentierte McPherson. »Er setzt uns darüber ins Bild, wie er seinen Vater umgebracht hat, ohne das Wachtor zu passieren.«

»Das war der Realist in ihm«, sagte Robin. »Er hat gewußt, daß irgend jemand hinter den Dreh mit dem Boot kommen würde. Das ist Overton wahrscheinlich gelungen. Er wollte ja auch vernommen werden – wollte die Chance bekommen, Judge Clark zu beschuldigen. Und er hat sie bekommen. Er wollte, daß der Abschiedsbrief echt klingt, und er hat es dann so angestellt, daß die Fälschung seiner Unterschrift allen offenkundig sein mußte. Das Boot in die Luft zu jagen war die einzige Möglichkeit, über die er verfügte, um einen Anschlag auf sein Leben vorzutäuschen. Er konnte sich nicht selbst ein Stück Eisenrohr über den Schädel ziehen oder sich selbst anschießen. Die Explosion war einfach, schmerzlos und gefahrlos. Sofort nachdem er den Lichtschalter berührt hatte, ist er losgesprungen, in dem sicheren Wissen, daß die Schubkraft des Bootes es weit genug von ihm wegführen würde, ohne daß er eine Verletzung riskieren mußte. Er wußte, daß sich Lansing am Landungssteg befand und den Knall hören würde.«

»Sie sagen, er hat Clark beschuldigen wollen«, warf Jackson ein. »Warum hat er dann aber, als wir Dienstag morgen mit ihm gesprochen haben, West und seine Stiefmutter angeklagt?«

»Er war noch nicht darauf vorbereitet, Clark zu beschuldigen«, setzte ihm Robin auseinander. »Er wollte es zuerst mit der Kilgallen-Theorie versuchen und zusehen, ob sie funktionierte. Also ließ er bloß so aus heiterem Himmel eine Andeutung über West und seine Stiefmutter fallen. Er hatte was Besseres im Sinn, als ernsthaft zu versuchen, den beiden die Morde anzuhängen.«

»Falls er schuldig ist, glauben Sie dann, daß er versuchen wird, Clark zu ermorden?« Jackson trommelte mit den Fingern auf der Schreibtischplatte. Sein Blick war nachdenklich, sein Tonfall besorgt.

»Ja, das ist für ihn der einzige Ausweg.« Robin sah, daß Jacksons Hand vorschnellte und er das Telefon zu sich heranziehen wollte. »Nein, nicht«, sagte er, »Ich habe Ihnen gesagt, daß Clark in Sicherheit ist. Das ist er wirklich. Und sehen Sie, ich habe ja auch nicht behauptet, daß Miller schuldig ist. Ich habe Ihnen nur gezeigt, auf welche Weise es möglich sein könnte, daß er schuldig ist. Vielleicht ist Clark gar nicht in Gefahr. Vielleicht ist er derjenige, den man unter Beobachtung halten sollte. Unser Verdacht gegen ihn sieht auch nicht schlecht aus. Wir stützen ihn auf die Annahme, daß Clark einhunderttausend Dollar an Firmengeldern gestohlen hat. Am vergangenen Montag nachmittag hat Miller den Diebstahl entdeckt, Clark zu sich kommen lassen und ihm eröffnet, daß er eine Untersuchung einleiten wolle, daß er vorhätte, Rechtsanwalt Freeman einzuschalten. Miller war sich zwar nicht sicher, wer das Geld gestohlen hatte, doch Clark bekam es mit der Angst. Er beschloß, den alten Mann umzubringen.«

Das Sitzen auf dem Stuhl wurde von Minute zu Minute unbequemer. Robin rutschte darauf herum und fragte sich, wie ein Mensch so müde sein konnte wie er und trotzdem immer weiterreden. Er sagte: »Clark hatte erst kürzlich Millers Testament aufgesetzt. Darin hinterließ Miller Eileen Knapp ein Legat von fünfzigtausend Dollar. Montag nachmittag suchte er die Köchin auf und fühlte vor, deutete an, daß sie Miller wahrscheinlich überleben werde, und überredete sie dazu, ihm zu helfen. Durch Eileen Knapp erfuhr Clark von Millers morgendlicher Tasse Kaffee. Er gab ihr das Nembutal, forderte sie auf, das Betäubungsmittel in den Kaffee zu schütten. Sie setzte ihm auseinander, daß sie es nicht bewerkstelligen könnte, solange nicht das Jensen-Mädchen außer Haus wäre. Also regelte er diesen Punkt. Er rechnete fest damit, daß wir Millers Tod als Selbstmord akzeptieren würden. Und angenommen, wir würden es nicht tun – auch für diesen Fall hatte er vorgesorgt. Er suchte sich den jungen Miller als Sündenbock aus. George, so wußte er, hatte bei einer Zeitung gearbeitet. George besaß eine Anthologie sensationeller Zeitungsartikel. George hatte ein Boot und wußte von der Existenz der kleinen Felsgrotte hinter der Landzunge. Am Dienstagmorgen ging Clark Golf spielen, schlich sich hoch zum Haus und tötete Miller. Dann lief er zurück und brachte sein Spiel zu Ende. Um neun Uhr dreißig hatte er den ersten Abschlag gemacht. Das gab ihm ausreichend Zeit.«

Robin schaute Jackson an. »Sie erinnern sich noch, er wollte unbedingt, daß wir die Selbstmordtheorie akzeptieren – hat geradezu versucht, uns zu zwingen, daß wir sie akzeptieren. Das haben wir nicht getan. Reed Overton hat sich nicht nur geweigert, es zu tun, sondern erraten, wer der Mörder war, und Mittwoch abend hat er Clark angerufen. Also ist Clark zu ihm gegangen und hat ihn aus dem Weg geräumt. Dann hat er Pläne ausgetüftelt, wie er die Schuld an dem Mord und dem Diebstahl George Miller in die Schuhe schieben könnte. Von Overtons Haus ging er zum Bootshaus, brach dort ein, jagte mit hoher Geschwindigkeit mit dem Rennboot um die Landspitze, so daß jemand im Haus der Millers das Röhren des Motors unbedingt hören mußte, ist dann zurück zum Bootshaus, hat den Abschiedsbrief deponiert und die Bombe angebracht, ist dann durch die Hintertür in seinen Gasthof zurückgekehrt und lag seelenruhig im Bett, als wir ihn aufgesucht haben.«

Wieder zeichnete sich Besorgnis auf Jacksons Zügen ab. »Falls das wahr ist – falls er wirklich so schlau ist –, dann wird er jetzt nicht halt machen. Er muß glauben, daß der junge Miller heute abend herkommt, um ihn anzuschuldigen, das Geld gestohlen zu haben. Er wird dafür sorgen, daß Miller nie hier ankommt.«

»Ich hab' Ihnen doch gesagt, daß er unter Beobachtung steht«, sagte Robin. »Jeder seiner Schritte wird beobachtet.«

»Sie haben gesagt, es könnten Fehler unterlaufen.«

»Aber kein derartiger Fehler«, beruhigte ihn Robin. Er legte eine Hand hinter den Kopf und massierte eine Weile seinen Nacken. »Bleibt uns als letzter Dick Kilgallen, früher bekannt unter dem Namen Dr. Richard Mason – der Mann mit dem seltsamsten Alibi der Welt. Ich habe Ihnen gesagt, daß sein Alibi der unwiderstehliche Geständniszwang ist. Ein Alibi, auf das er sich seit acht Jahren berufen kann. Das heißt, natürlich nur, sofern er der Mörder von Walter K. Miller und Reed Overton ist. Nehmen wir an, daß er es ist. Nehmen wir an, daß er Miller aus zwei Gründen getötet hat – um den Selbstmord seines Vaters zu rächen und den Anteil seiner Frau Marion am Miller-Vermögen in die Finger zu bekommen.«

Die Gesichter im Raum waren vernebelt vom Rauch, und Jacksons Gemälde wirkten wie ungelenke Farbkleckserеien. Robin schaute sekundenlang aus dem Fenster und konnte verfolgen, wie der Mond die Dunkelheit durchbrach. Er fuhr fort: »Vor acht Jahren beschloß er, den Mann zu töten, der seinen Vater ruiniert hatte. Die Idee dazu kam ihm, als er herausfand, daß Marion Miller die Schule in Scarsdale besuchte. Er traf sich mit ihr, führte sie aus. Sie war jung, und er sah sehr gut aus. Sie verliebte sich in ihn und heiratete ihn.

Also, ich will gern zugeben, daß es bizarr ist – unglaublich – unlogisch, aber Mord ist nie plausibel. Und obwohl man einen Mörder entlarven kann, indem man schlichte Logik einsetzt, ist Logik bei Verbrechen nie anwendbar. Kilgallen – oder Mason – heiratete also Marion Miller. Sie war die Tochter eines der reichsten Männer Nevadas. Wenn ihr Vater starb, würde sie über Millionen verfügen – und ein Teil des Geldes gehörte rechtmäßig Kilgallens Vater. Also machte er Pläne – begann, sich ein Alibi für jenen Tag aufzubauen, an dem er zu Miller gehen und ihm eine Kugel in den Kopf schießen würde. Eine Blondine namens Gertie Reilly war gerade ermordet worden. Kilgallen las alles, was über den Mord geschrieben worden war, trat dann vor und legte ein Geständnis ab. Er machte es beinahe zu gut. Beim zweitenmal war er vorsichtiger. Er ließ mehr

Lücken in seinem Geständnis, und nach und nach wurde er für die Polizei zur Plage. Sie hörten ihn nicht einmal mehr an.«

Alle Augen waren gespannt auf ihn gerichtet. Ab und zu, wenn die Reporter Notizen hinkritzelten, hinterließen Bleistifte schwarze Zeichen auf Papier. Robin fuhr fort: »Marion konnte das nicht ertragen. Sie lief ihm weg – damit hatte er nicht gerechnet, hatte sich ihrer so sicher geglaubt, daß er annahm, sie würde zu ihm halten. In gewisser Weise hatte er sich auch nicht getäuscht. Sie ließ sich nicht von ihm scheiden, sie kehrte lediglich nach Hause zurück. Dann setzte er alles daran, sie zurückzugewinnen. Sein Alibi, so wußte er, war jetzt bombenfest. Er wußte genau, daß ihm zeitlebens nie jemand eins seiner Geständnisse abnehmen würde. Also zog er nach Los Pinos, wurde Grundstücksmakler und schrieb Marion regelmäßig Briefe. Er überzeugte sie davon, daß er geheilt wäre, überredete sie dazu, Miller herzulocken, um sich Mattisons Besitz anzusehen, und als Miller ihn kaufte, war alles für den perfekten Mord vorbereitet.« Robin sprach jetzt schneller, und er wandte den Blick nicht vom Telefon.

»Niemand in Los Pinos wußte zuerst, wer Kilgallen war. Doch er erkannte einen Mann wieder – Reed. Overton, erinnerte sich, ihn in New York gesehen zu haben. Er wollte, daß Overton ihn erkannte, und eines Tages bot Reed ihm die Gelegenheit dazu. Er hat das sehr subtil angefangen. Overton hatte einen schweren Kater, und er erzählte Kilgallen davon. Kilgallen stellte ihm daraufhin ein Rezept aus. Der Apotheker wollte wissen, wer der Arzt war, der es ihm ausgestellt hatte, und in diesem Augenblick wußte Reed, daß Kilgallen in Wirklichkeit Mason war, der Mann, der so viele Geständnisse abgelegt hatte.

Auf diese Weise sicherte Kilgallen seine Identität ab. Dann machte er Pläne, Miller zu töten. Er dachte nicht daran, ein Risiko einzugehen. Er wußte, daß sein Plan scheitern konnte – er war sich des Erfolgs nicht mehr so sicher. Also beschloß er, es erst einmal anders zu versuchen – mit dem Selbstmordtrick. Der funktionierte nicht. Also kam er auf sein ursprüngliches Vorhaben zurück, den Dreh mit dem Geständnis.«

McPherson unterbrach ihn. »Wie hat er das Betäubungsmittel in den Kaffee praktiziert?«

»Wie Sie sich erinnern werden, hat er an jenem Morgen mit der Familie am Frühstückstisch gesessen. Entweder hat er gleich am Tisch oder später, als er sich in der Küche auf die Suche nach Miller junior machte, das Zeug in den Kaffee geschüttet. Schließlich ist er Arzt. Er hat es nicht nötig gehabt, das Mittel aus Millers Badezimmer zu stehlen. Er hat es sich selbst beschafft. Ich muß nicht näher erklären, wie er Miller umgebracht hat. Das hat er selbst bei der Voruntersuchung getan, aber diesmal war er gewieft – er konnte sich noch sehr gut an jenes erste Geständnis erinnern, das ihn beinahe auf den elektrischen Stuhl gebracht hatte. Und diesmal ließ er wohlweislich eine Lücke. Er erwähnte das Betäubungsmittel mit keinem Wort.«

Robin bekam es langsam mit der Angst. Jetzt müßte das Telefon klingeln, dachte er. War sein Plan fehlgeschlagen? Etwas Zeit blieb ihm noch – ein paar Minuten würde er noch warten. Also fuhr er fort: »Als Overton ihn gestern abend angerufen hat, wurde ihm bewußt, daß er in der Falle saß. Nachdem Marion weggegangen war, erschoß er also Reed und brütete den Plan aus, Miller junior umzubringen. Ich habe vorhin gesagt, Clark hätte Millers Rennboot um die Landzunge gefahren, damit jemand sich an das Geräusch des Motors erinnern konnte. Ich behaupte jetzt, daß es Kilgallen gewesen ist, der dann auch das Dynamit in das Boot praktiziert hat. Er hat fest damit gerechnet, daß George heute morgen mit dem Boot rausfahren würde, doch George hat ihn enttäuscht. Heute nachmittag beschlich Kilgallen Besorgnis, und er ist runter zum Strand – hat da herumgelungert und der Dinge geharrt, die sich ereignen sollten. Dazu kam es schließlich auch, aber George ist mit dem Leben davongekommen.«

»Warum hat er nicht den Mord an Overton gestanden?« wollte McPherson wissen. »Warum hat er seinen ursprünglichen Plan nicht eingehalten?«

»Er ist zu dem Schluß gelangt, daß er nicht funktionieren würde«, sagte Robin. »Der Chief hatte ihm gedroht, er werde ihn einlochen für den Fall, daß er wieder ein Geständnis ablegen sollte. Davor hat er Angst gehabt.« Wieder warf er einen Blick auf seine Armbanduhr, stellte fest, daß es bereits zehn Minuten nach zehn Uhr war, stand auf und ging ans Fenster. Der Mond kabbelte sich mit einer Wolke über den Bergen, und der Nebel war so dicht, daß die Sterne in noch viel weitere Ferne gerückt schienen. »Das wär's dann«, sagte Robin. »Ich habe mir einen dieser vier als Mörder ausgesucht und ihm eine Falle gestellt. Vielleicht habe ich mich geirrt – vielleicht erwartet der Mörder genau das von mir, was ich jetzt tue.«

»Vielleicht macht er genau das«, sagte Jackson trocken. »Vielleicht übernehme ich jetzt besser.«

»Geben Sie mir nur noch fünf Minuten«, sagte Robin. »Ich warte auf Phelps' Anruf.«

»Na schön«, sagte Jackson, riß ein Streichholz an und setzte seine Pfeife in Brand.

Streitlustig erhobene Stimmen, die das Für und Wider erwogen, verschafften sich Gehör. Robin hatte sich auf den Fenstersims gesetzt. Er rauchte nervös, versuchte sich einzureden, daß alles in bester Ordnung sei, daß sein Plan nicht fehlschlagen könne. Sein Gesicht war angespannt und müde, und er ließ die breiten Schultern leicht hängen. Jacksons kräftige, sonnengebräunte Finger wirkten wie lange Ketten aus Büroklammern. Er schien ruhig, doch als das Telefon klingelte, fuhr er hoch.

»Das muß Phelps sein«, sagte Robin schnell und griff nach dem Hörer. Jackson kam ihm zuvor und klemmte ihn sich ans Ohr. Es war nicht Phelps. Die Stimme am anderen Ende klang gedämpft und etwas heiser.

»Hier spricht Adam Clark«, sprach die Stimme. »Ich werde um zweiundzwanzig Uhr dreißig nicht bei Ihnen sein.«

»Warum nicht?« schrie Jackson.

»Weil«, sagte die Stimme, »ich dann tot sein werde. Ich habe Miller getötet, und ich habe Overton getötet, und ich werde mich jetzt umbringen. Wenn Sie zuhören wollen, hören Sie jetzt gleich den Schuß.«

Jacksons Finger tasteten fieberhaft nach einem Bleistift. Er kritzelte etwas auf den Notizblock, und die Hand, die den Hörer hielt, gab etwas nach, so daß jeder, der sich im Raum befand, den schwachen Knall hören konnte, der durch die Leitung kam.

Auf Jacksons zerklüftetes Gesicht trat blankes Entsetzen. Er schien unfähig, ein Wort herauszubringen, er schien außerstande, etwas anderes zu tun, als den Hörer krampfhaft an sein Ohr zu pressen. Robin war vor ihm stehengeblieben, stand da und starrte auf das, was Jackson auf den Notizblock gekritzelt hatte.

»The Inn – Zimmernummer von Clark«, hatte Jackson notiert.

Robins Gesicht glich einer Maske. Er war jetzt nicht mehr nervös. Die Hand, die locker auf der Schreibtischplatte gelegen hatte, zitterte nicht. Er wartete. Eine neue Stimme meldete sich am anderen Ende der Leitung.

»Chief«, sagte die Stimme. »Hier ist Phelps. Wir haben ihn.«

Jackson, der unter Hochspannung gestanden hatte, atmete auf. Man konnte seinen befreiten Seufzer durchs ganze Zimmer hören.

»Wir kommen gleich vorbei«, sagte Phelps, und dann war die Leitung tot.

Jackson schlug ungeduldig auf die Gabel. Nach einer Weile meldete sich die Telefonvermittlung des Inn.

»Verbinden Sie mich mit Clarks Zimmer«, schnauzte Jackson. »Aber schnell.«

Eine Minute verging. »Mr. Clark nimmt nicht ab«, sagte die Telefonistin.

Krachend warf Jackson den Hörer auf den Apparat. »Der verdammte Phelps«, schrie er. Alle Reporter waren jetzt auf den Füßen und wollten hören, was passiert war. »Jesses, ich weiß gar nichts«, sagte Jackson. »Clark hat angerufen –«

»Das war nicht Clark«, sagte Robin. »Das war der Mann, der Goliath getötet hat – das war ein Gentleman namens George Miller. Es sei denn, ich irre mich.«

Robin hatte sich nicht geirrt. Das Heulen einer Sirene kam näher, ihr Echo wurde von den fernen Bergen zurückgeworfen. Es wurde schwächer und verstummte dann ganz. Die Vordertür wurde aufgestoßen. Den Flur entlang kamen Phelps und Craig, und zwischen ihnen, den Arm mit einem Handtuch des Los Pinos Inn umwickelt, ging der junge Miller. Judge Adam Clark bildete das Schlußlicht. In seiner Hand trug er das fehlende Exemplar von *Best News Stories of 1934*.

22

Als Phelps von der Notaufnahme des Krankenhauses zurückkam, stand eine Literflasche Bourbon auf Jacksons Schreibtisch.

»Wenn Sie gestatten«, sagte Phelps. »Ich bin ein bißchen durcheinander.«

»Das haben wir gleich«, sagte Jackson. Er goß sich ein Glas ein und trank es halb leer. »Ich bin es auch«, fügte er mit einem Blick auf Robin und Mary hinzu. Die beiden teilten sich einen Stuhl, und neben ihnen saßen O'Hara, Jackson und Mitchell. Die anderen Herren der Presse waren inzwischen im Telefonamt und versuchten, ihre Storys nach San Francisco durchzugeben. »Das war die reinste Hölle, was Sie mir da angetan haben.«

»Mr. Phelps hat einen Sinn fürs Dramatische«, sagte Robin.

»Von wegen Dramatisches«, sagte Phelps. »Ich hab' solche Angst gehabt, daß ich nicht wußte, was ich machen soll.«

»Was ist passiert?« fragte Jackson.

»Eine Menge«, sagte Phelps. »Ich war auf der Feuertreppe draußen vor dem Fenster. Craig steckte im Wandschrank. Wir dachten schon, daß Ganze wäre ein ausgemachter Blödsinn. Uns waren Zweifel an Mr. Bishops Urteilsfähigkeit gekommen. Ich glaube, Judge Clark ging das genauso. Er war ziemlich nervös. Er hat im Bett gelegen, versuchte zu lesen, und dann klopfte jemand an die Tür. Ich dachte schon, er würde glatt aus dem Bett fallen. Aber er hielt sich tapfer. Das muß ich schon sagen. Der alte Knabe hat voll mitgespielt. Seine Stimme zitterte ein bißchen, als er fragte, wer da wäre. Der junge Miller meldete sich, und Judge forderte ihn auf hereinzukommen. Ich hatte die Kommode so verschoben, daß ich das, was sich abspielte, im Spiegel verfolgen konnte. Craig linste durch ein kleines Loch, das wir in die Tür des Wandschranks gebohrt hatten.« Phelps seufzte und leerte sein Glas. Er warf einen sehnsüchtigen Blick auf die Flasche.

»Nehmen Sie noch einen«, forderte Jackson ihn auf.

»Danke«, sagte Phelps und ließ sich vom Chief das Glas nachfüllen. Er nahm einen ordentlichen Schluck, bevor er weitersprach. »Miller kam ans Bett. Er hatte einen Revolver in der Hand – einen 38er –, vermutlich denselben, mit dem auch sein Vater getötet wurde, und in der anderen Hand hielt er dieses Buch. ›Eine Bewegung, du alter Schweinehund‹ – Verzeihung, Mrs. Bishop – ›und ich verpaß dir eins wie den beiden anderen auch‹, sagte Miller. Clark war so verängstigt, daß er kein Wort rausbrachte. Miller nahm das Telefon und ließ sich eine Verbindung nach draußen geben. Er nannte der Vermittlung diese Nummer. Ich war aufgestanden und hatte meinen Revolver auf dem Fensterbrett in Anschlag gebracht. Ich hab' ihn eine Minute reden lassen, und dann fand ich es besser, nicht länger zu warten, weil er nämlich schon mit dem Revolver zielte und dem Judge die Zunge raushing. Also hab' ich ihm eins in den Arm verpaßt. Craig kam aus dem Wandschrank, und da dachte ich, der schießt jetzt auch gleich, also bin ich durchs Fenster gestürzt und auf dem Fußboden gelandet. Aber das hat er dann doch nicht. Er hat gesehen, daß es nicht mehr nötig war.«

Marys Stimme war zaghaft. »Sie hätten Judge Clark treffen können«, sagte sie.

»Aber Phelps doch nicht«, sagte Jackson. »Ich hab' mir von ihm

Zigaretten aus der Hand schießen lassen. Craig ist auch ganz gut, aber so gut nun doch nicht.«

Phelps versuchte, bescheiden dreinzuschauen. Sein Glas war leer, und Robin nahm es und ließ den Chief nachgießen.

»Er hat seine Pflicht erkannt und es vollbracht«, sagte O'Hara.

»Halt die Klappe«, sagte Mitchell. Er schaute Robin an. »Woher haben Sie gewußt, daß es der junge Miller gewesen ist? Mir schienen die vier alle gleich schuldig?«

»Da gab es einiges«, sagte Robin. »Aber hauptsächlich war es der Kaffee. Warum ist das Jensen-Mädchen aus der Stadt gejagt worden? Weil sie Miller jeden Morgen den Kaffee gebracht hat – weil sie ihm immer frischen Kaffee gemacht hat. Erinnern Sie sich noch, was Eileen Knapp bei der Voruntersuchung gesagt hat? Sie hat gesagt, daß sie nie eine neue Kanne aufbrüht, weil immer eine Menge übrig ist und sie haßt es, etwas zu vergeuden. Da ging mir auf, daß dies der Grund sein mußte, warum Miller sich den Morgenkaffee lieber von Miss Jensen als von der Köchin bringen ließ. Er wußte ja aus Erfahrung, daß die Köchin ihm Kaffee bringen würde, der noch vom Frühstück stammte und nur aufgewärmt war. Es war also nur logisch, davon auszugehen, daß derjenige, der Miller ermordet hatte, von Miss Knapps Knauserigkeit wissen mußte – wußte, daß sie Miller Kaffee brachte, der noch vom ersten Frühstück übrig war. Aber wer konnte das wissen? Clark sicher nicht. Auch West nicht – er war noch nicht lange genug bei der Familie. Ebenso Mrs. Miller. Nur der junge Miller und seine Schwester konnten hinreichend vertraut sein mit den Eigenheiten der Köchin, um daraus Nutzen zu ziehen. Der Mörder aber war ein Mann. Also schied Marion aus. Blieb der junge Miller übrig.«

»Die Köchin könnte eine Komplizin gewesen sein«, sagte Mitchell.

»Könnte sie«, räumte Robin ein. »Aber sie hatte kein Motiv. Zuerst habe ich das auch geglaubt, als ich erfuhr, daß sie fünfzigtausend Dollar erben würde. Doch nachdem ich es mir noch einmal überlegt hatte, habe ich sie von der Liste gestrichen. Mir wollte nicht einleuchten, daß sie ihre Sicherheit für eine Erbschaft aufs Spiel setzen sollte, die ihr ja doch eines Tages zufallen würde. Übrigens war der Kaffee nicht das einzige, was mich stutzig gemacht hat. Er war nur ein deutlicher Hinweis auf Miller. Aber vor allem war er der Besitzer der Zeitungsanthologie und infolgedessen derjenige, der genau wissen mußte, was darin stand. Dann war da noch Reeds Telefongespräch mit ihm. Ich konnte nicht begreifen, warum Overton ihn anrufen sollte, um ihm zu eröffnen, er wüßte, daß der junge Miller vier Monate beim *Brooklyn Eagle* gearbeitet hatte. Das war doch relativ unwichtig. Dann schien mir, daß da noch etwas anderes sein müßte. Als ich dann dahinter gekommen bin, daß Reed Freeman angerufen hatte, konnte ich mir denken, was es war.«

Robin goß sich vom Whiskey des Chief ein. Die Flasche war jetzt halb leer. »Dann war da auch noch die Sache mit den fehlenden hunderttausend Dollar. Wie hat George davon wissen können? Hat sich ihm sein Vater Montag nachmittag anvertraut? George hat nichts dergleichen erwähnt. Marion wußte nichts davon, ebensowenig Mrs. Miller. Und dann war George so auffällig darauf bedacht, die Sache zur Sprache zu bringen und Clark bis zum letzten Augenblick zu beschuldigen. Ich kam zu dem Schluß, daß George deswegen von dem Geld wußte, weil er es gestohlen hatte.«

Mary bewegte sich leicht, versuchte sich in eine bequemere Sitzposition zu bringen. Robin legte den Arm fester um sie, und sie lächelte ihn an. »Erst als wir nach der Explosion mit George gesprochen hatten, kam mir der Verdacht, daß er und nicht Clark das Geld unterschlagen hatte. Ich wollte ganz sicher gehen, also habe ich einen Köder ausgelegt – habe ihm Gelegenheit gegeben, Clark umzubringen.«

»Und er hat angebissen«, sagte Jackson.

»Aber sicher hat er angebissen«, sagte Robin. »Er wollte, daß wir Clark in Verdacht haben, damit er seinen letzten Zug machen konnte – einen Zug, den er von Anfang an als Eventualität eingeplant hatte für den Fall, daß wir die Selbstmordtheorie oder Kilgallens Geständniszwang nicht akzeptieren würden. Er ist ein schlauer Bursche.«

»Zu verdammt schlau«, bestätigte Jackson.

»Nein«, sagte Robin. »Nicht schlau genug. Nehmen wir zum Beispiel die Explosion. Er hat seine Bombe an den Lichtschalter gekoppelt und den Abschiedsbrief im Bootshaus hinterlassen. Er hat erwartet, wir würden glauben, daß jemand versuchte, ihn umzubringen. Na schön. Die einzige Zeit, zu der man Licht braucht, ist abends und nachts. Und falls jemand anders diesen Brief geschrieben und das Dynamit angebracht hätte, dann wäre dieser Abschiedsbrief zum einen irgendwo gut sichtbar außerhalb des Bootshauses deponiert worden, und zum anderen wäre auch die Bombe irgendwo anders angebracht worden und nicht mit dem Lichtschalter verbunden. Trotzdem war er so schlau, daß ich West von der Liste der Verdächtigen streichen konnte. Die Erklärung, die West und Mrs. Miller dafür hatten, daß

West am Dienstagmorgen innerhalb des bewachten Geländes gewesen ist, war plump – dermaßen plump, daß sie irgendwie nicht passen konnte. Ein Mann, der gerissen genug war, den Mord an Miller zu planen, hätte sich was Besseres ausgedacht. Außerdem hatten wir nichts als die Behauptung von Miller junior, daß Mrs. Miller und ihr Chauffeur ein Verhältnis miteinander hätten. Die Welt hier ist sehr klein – falls da etwas Verbotenes vor sich gegangen wäre, hätten wir es bestimmt von den Nachbarn erfahren.«

»Wie kommt's, daß Clark und Kilgallen für Sie als Täter nicht mehr in Frage gekommen sind?« fragte Jackson.

»Clark hatte kein eindeutiges Motiv. Wir hatten unsere Verdachtsgründe, aber sonst nichts. Und er hätte einen Helfer gebraucht. Er ist Anwalt, und Anwälte wissen Besseres, als andere Leute um Hilfe zu bitten, mit ihnen einen Mord durchzuziehen. Ohne die Hilfe der Köchin konnte er Miller nicht getötet haben. Zwei Dinge sind es gewesen, weswegen ich Kilgallen von der Liste gestrichen habe. Das eine war das Nembutal. Es ist als Betäubungsmittel nicht sehr bekannt. Mrs. Miller hat es genommen, und im Badezimmer war ein Fläschchen mit Tabletten. Man konnte fast mit letzter Gewißheit davon ausgehen, daß das Mittel, das in Millers Magen festgestellt worden ist, aus dieser Flasche stammte. Das Badezimmer war Kilgallen nicht zugänglich. Die Chancen dafür, daß er Nembutal gewählt hätte anstatt Amytal oder Allonal oder irgend ein anderes der besser bekannten, gängigen Schlafmittel, waren äußerst gering. Doch was mich endgültig von seiner Unschuld überzeugte, war seine Vorgeschichte mit den Mordgeständnissen. Das war eine so grandiose Idee, sie war dermaßen gut, daß Kilgallen, falls er Miller umgebracht hat, von Anfang an davon Gebrauch gemacht hätte. Er hätte gar nicht erst versucht, uns glauben zu machen, daß Miller sich erschossen hat. Und dann: Wäre dieser Geständniszwang sein ureigenster Trick gewesen, hätte Kilgallen konsequent weiter Geständnisse abgelegt. Aber das hat er nicht. Er hat bei Miller aufgehört.«

»Ich hab's ihm ausgetrieben«, sagte Jackson.

»Das glaube ich nicht«, wandte Robin ein. »Ich glaube, der Grund für diesen Zwang bei Kilgallen ist mit Miller gestorben. Ich bin kein Psychiater, und vielleicht irre ich mich, aber ich habe mir folgendes überlegt: Miller hat Kilgallens Vater ruiniert – hat ihn so weit gebracht, Selbstmord zu begehen. Unbewußt hatte Kilgallen den Wunsch nach Rache. Der Drang zu töten ist ihm selbst nie bewußt geworden, trotzdem muß er tief in ihm gesteckt haben. Seine Begegnung mit Marion Miller muß ihn an die Oberfläche gebracht haben. Und plötzlich bekennt er sich zu jedem Mord, der irgendwo passiert. Er selbst hat nicht gewußt, warum. Ich habe einmal mit ihm gesprochen. Und er hat mir gestanden, er wüßte nicht, warum er das tue. Miller wird ermordet. Da erklärt er, er hätte Miller getötet. Damit war es zu Ende. Dieser innere Zwang starb mit dem Mann, der ihn in Kilgallens Unterbewußtes gepflanzt hatte.«

»Sie sollten es mal als Medizinmann versuchen«, sagte O'Hara.

Mary schaute hoch in das hagere Gesicht ihres Mannes, entdeckte die Schatten unter seinen Augen und tiefe Linien um seinen Mund, die neu waren. Er war, so fand sie, seit dem vergangenen Dienstagmorgen, als er so frohgemut losgezogen war, sich Arbeit zu suchen, um etliche Jahre gealtert. Ihre Hand schloß sich um seinen Arm. Sie stand auf. »Du gehst jetzt ins Bett«, sagte sie. »Komm.«

Jackson erhob sich. Er starrte auf den Schreibtisch und schien nach den richtigen Worten zu suchen. Schließlich sagte er: »Ich bin froh, daß ein so guter Mann Reeds Platz eingenommen hat.«

»Danke«, sagte Robin und folgte Mary nach draußen.

Am Tisch des Wachhabenden saß ein Mann, und als er Robin und Mary über den Flur kommen hörte, stand er auf. Es war Dick Kilgallen. Der gehetzte Blick war verschwunden, und zum erstenmal, seit Robin ihn Scotch trinkend in der Bar hatte sitzen sehen, lächelte er.

»Ich bin gekommen, um Ihnen zu danken«, sagte er und streckte die Hand aus.

Robin ergriff sie. »Wie geht's Ihrer Frau?«

»Sie ist ziemlich gebrochen. Jetzt ist sie drüben im Krankenhaus. Wissen Sie, sie liebt George.«

»Und Sie liebt sie auch«, sagte Mary. »Das hat sie bewiesen.«

Aus Kilgallens Stimme klang Stolz heraus, und er sagte zärtlich und leise: »Das weiß ich.« Dann wandte er sich ab und ging.

Der Mond hatte sich über die Baumkronen erhoben und ergoß sein silbriges Licht auf die Berge, das Tal und das Meer. Sie gingen die Ocean Avenue hinunter, schauten auf die unermeßliche Weite der See, hörten das Tosen der Brandung, die die Felsen umspülte. Jetzt kam Nebel auf, und die Boje von Point Doom stöhnte klagend. Oben auf der Landspitze brannten nur zwei Lichter und markierten die Stelle, wo das große Haus stand. Und im Mondlicht schien es ein Teil der Klippe, etwas, das seit undenklichen Zeiten da war, zusammen mit dem Felsmassiv den Fluten entstiegen war.

Laute Stimmen und Gelächter schallten aus der Cocktail Lounge von Mayfield's, doch sie kehrten nicht ein. Sie sprachen auch nicht, bis sie nach Süden abgebogen waren und unter dem Laubdach der Bäume ihrem neuen Heim zustrebten.

»Wir könnten jetzt weiterziehen«, sagte Robin. »Wir könnten den Wohnwagen ans Auto hängen und losfahren. Nicht mehr lange, und wir haben genügend Geld, uns auf die Socken zu machen.«

»Möchtest du denn?« Mary schaute zu ihm hoch.

»Und du?«

»Ich mag unser kleines Haus«, sagte Mary.

»Ich auch«, erwiderte Robin, beugte sich zu ihr hinab und küßte sie. Und wieder fragte er sich, wie lange ein Mann verheiratet sein mußte, bevor der Wunsch in ihm erlosch, seine Frau zu küssen. Seiner Meinung nach mußte dazu unendlich viel Zeit verstreichen.

Bitte beachten Sie
die folgende Seite